Pamina Normal

Tausend Türen hat die Hölle

Pamina Normal

Tausend Türen hat die Hölle

BoD

Bibliografische Information der Deutschen Nationalbibliothek:
Die Deutsche Nationalbibliothek verzeichnet diese Publikation
in der Deutschen Nationalbibliografie; detaillierte bibliografische Daten sind im Internet über dnb.dnb.de abrufbar.

© 2016 Pamina Normal
Umschlaggestaltung: Anton Christian Glatz
Herstellung und Verlag:
BoD - Books on Demand, Norderstedt
ISBN: 9783743164055

Inhaltsverzeichnis

Teil I..9
Präliminarien..10
Der Inder..15
Ich..20
Different36...26
Wizard34..30
Günther Uecker..33
Scheiß-Motto..40
Der Luxuspenner..45
Hirnwichsen vor dem Date...............................50
    Immer wieder Sonntag................................50
    Retter Alkohol...51
    Bildung und Fortbildung............................53
    Musik...58
    Literatur..59
    Kommunikation...60
    Rendezvous...63

Teil II..65
Initiator und Usurpator.....................................66
Profilprobleme..84
Psycho-Treffen..101
Gilberts Foto...107
Ein ganz normales Date..................................126
Die Causa Ewald Cotter..................................132
    Alkoholprobleme......................................134
    Tablettenprobleme...................................150
Downburst..167

Teil III..185
Der Englischlehrer...186
Ostereier suchen...201
Mirella...211
Rockland...217
Bekanntschaft mit einem Alien............................225
Yusuf und der Tiroler...230
    Lucky..234
Tino...243
Die Enthundung...254
Jiri 273
Der Nachbar...283

Nachwort und Ausblick..285

Für J. K.

Es war Zeit, und was für eine Zeit es war

Es war die Zeit der Unschuld

Die Zeit des Urvertrauens

Es muss lange her sein

Ich habe eine Fotografie

Erhalte deine Erinnerungen

Sie sind alles, was dir bleibt

(Simon & Garfunkel: „Bookends Theme", auf „Bookends", Columbia Records 1968)

Teil I

Den größten Teil von dem, was meine Mitbürger gut nennen, halte ich innerlich für schlecht und wenn ich irgendetwas bereue, so ist es höchstwahrscheinlich mein gutes Betragen.
(Henry David Thoreau: „Walden" 1854)

Präliminarien

Was ist das Ergebnis jeder langen Suche? Man findet Dinge, nach denen man niemals gesucht hat und die man dann mühevoll loswerden muss. Es ist wie mit der Popper-Matrix: In dem Moment, in dem sich der Mensch einlässt, eine Lösung für ein Problem zu finden, entstehen sofort hunderte andere. Tatsächlich kann die Zahl der Probleme nahezu exponentiell ansteigen. So haben sich im Laufe der Geschichte der Wissenschaft viel mehr Probleme angehäuft, als gelöst worden sind. Und ich wurde bei meiner Suche immer verrückter und verrückter.

Kontaktbörsen ernst zu nehmen, bedeutet in aller Regel nicht den Auftakt zu einer erfolgreichen Partnerbeziehung, sondern den Beginn einer persönlichen Tragödie. Das Erschreckende daran ist, dass es schnell zur Routine wird und deswegen prognostizierbar. Es gibt Leute, die man gar nie zu Gesicht bekommt in der Realität, weil das ihren Vorstellungen einer Kontaktanbahnung merkwürdigerweise widerspricht. Manche, die man irgendwann zu Gesicht bekommt und es dann bitter bereut, nicht doch die Variante der Brieffreundschaft gewählt zu haben. Schlussendlich diejenigen, die im entscheidenden Moment nicht auftauchen. Letzteres ist mir heute passiert und ich wette, dass dies nicht das letzte Mal gewesen sein wird. Der letzte Fall ist also noch nicht zur Routine geworden, vorhersehbar war er allemal.

Wer glaubt, seinen Traumpartner im Internet zu finden, ist dumm wie ein Sack Weißmehl. Die Männer und

Frauen in den vielen Partnerbörsen sind ja nicht umsonst im Netz auf der Suche, falls sie überhaupt auf der Suche sind und sich nicht einfach nur ganz entsetzlich langweilen. Die besten Zeiten unwiederbringlich hinter sich gelassen, stranden sie im Netz, wo sie oft jahrelang vor sich hin rotten, im Kreis rotieren, ständig wartend auf etwas Besseres, auf etwas Passenderes. Mir blieb ja nichts anderes übrig, wollte ich nicht als alte verhärmte Mumie unter all dem immer jünger werdenden Frischfleisch versauern. Außerdem war ich den Großteil des Jahres nicht gesellschaftstauglich. Zu meinen narkoleptischen Stimmungstiefs gesellten sich spätestens im Oktober übelste Depressionen, die nur im Vollrausch zu ertragen waren. Aber ich wollte wirklich einen Partner. Meine einzige echte Liebesbeziehung hatte ich genauso spontan und unmotiviert beendet wie ich später meine einzige sinnvolle Arbeit kündigte. Was folgte war ein nie mehr enden wollender Irrsinn aus manischen Krisen, depressiven Dämmerphasen und einem Spießrutenlauf aus wahllosen Affären, frustrierenden Jobs, vergeblichen Bewerbungstrainings und Schulungsmaßnahmen, begleitet von Therapeutensitzungen und Aufenthalten im Irrenhaus.

Leider[1] werden meine Aufzeichnungen nicht chronologisch sein. Ich neige nämlich zu ausgeprägtem Alkoholkonsum. Es existieren daher Tage, über deren Verlauf ich nicht Bescheid weiß. Die Antidepressiva regen eine intensive Traumtätigkeit an. Ein Großteil meines Lebens verlief derart ereignislos, dass ich zu Mittag nach dem Aufstehen der festen Überzeugung war, das Geträumte tatsächlich erlebt zu haben. Meine Nerven sind so strapaziert, dass mich ein abgerissener Schnürsenkel an den Rand des Wahnsinns treibt. Mit der paranoiden Gereizt-

---

1 Ich möchte nie wieder „leider" sagen.

heit einer Süchtigen verfiel ich der Vorstellung, dass ich das Opfer einer riesengroßen Weltverschwörung wäre, die nichts anderes im Sinn hatte, als mich qualvoll zermürben. Ich musste mich mit allen Mitteln dagegen wehren.

Im Alter von sechzehn hörte ich damit auf, mich von den Kadavern meiner Mitgeschöpfe zu ernähren. Ich schaffe es nicht mehr, in den Leichen von Tieren zu fleddern, die ich im Gegensatz zu den Menschen für die intelligenteren Kreaturen auf dieser Welt hielt. In den frühen Neunzigern kamen Vegetarier den Ketzern des dreizehnten Jahrhunderts gleich; der Verzicht auf Fleisch wurde als Pervertierung der gottgegebenen Natur gedeutet, was mich nur noch deutlicher aufs soziale Abstellgleis manövrierte. Zu faul, um vielseitig zu kochen, befiel mich ein lächerlicher Proteinmangel, der es mir verbat, meinen Verpflichtungen als Plasmaspenderin nachzukommen. Nach Jahren exzessiven Zapfens hatte ich mir ein Vermögen von einigen Tausend Euro angespart und meine Venen waren endlich so auftrainiert, dass ich nur mehr fünfunddreißig Minuten pro Sitzung benötigte. Eine Spitzenarbeit. Und dann spuckte mich die Pharmaindustrie aus, ließ mich mit meinen ausgemergelten Einstichstellen einfach fallen. Für Monate hatte ich keinen Termin in der Außenwelt mehr.

Die Partnerbörsen präsentieren sich so ausdifferenziert, dass man unweigerlich der Wahnvorstellung verfällt, in den nächsten Sekunden Superman und die Krone der Schöpfung geliefert zu bekommen, hat man erst einmal die richtige gefunden. Auf allen Seiten sind die, die nur gratis ficken wollen, naturgemäß in der Überzahl. Die wirkliche Katastrophe sind aber jene, die sich nur virtuell austauschen möchten, die auf den Vorschlag für ein Treffen mit dem Ausruf: „Was, aber ich kenne dich doch gar nicht!" antworten. Ihre nichtsnutzige Dahinschreiberei, falls man ihre verhunzte Aneckerei überhaupt als schreiben bezeichnen konnte, fiel mir unsäglich auf die Nerven. Nur wenige Kontaktseiten steuern den ausufernden Zusatzfeatures wie Chats, Forum, Kuschel- und Gruschelfunktion entgegen, um ein reales Kennenlernen zu beschleunigen; am liebsten hätten die stressgeplagten Singles aber, dass ihre Avatare das für sie erledigen. Kennt man eine von diesen Vertrottelungsmaschinerien, kennt man alle. Der Markt ist mit zirka fünfhundert Kontaktbörsen mehr als gesättigt.

In der Ernüchterungsphase meines letzten manischen Stimmungshochs registrierte ich mich in einer Online-Partnervermittlung für Vegetarier. Man möchte also meinen, einer Kontaktbörse, bei der sich Leute mit vegetarischem oder veganem Lebensstil näherkommen möchten und damit basta. Ohnehin ein schwieriges Unterfangen, wenn man sich das statistische Vorkommen von Fleischverweigerern in der Bevölkerung ansieht. In der eigentlich verzichtbaren Rubrik „Ernährungsgewohnheiten" reihten sich sonderbare Auswüchse dieser Lebensform, darunter fast vegetarisch (!) gleich zu Beginn, Rohköstler – vegetarisch, vegan und instincto (?) oder Frutarier und Freeganer. Selbstverständlich hatte ich nicht die geringste Ahnung, was Freeganer bedeutete, aber ich wusste mit Sicherheit, dass mir in Graz nichts Derartiges über den Weg laufen würde. Nichtsdestotrotz musste ich mir eingestehen, dass sich mein latent-postalternativer Habitus davon berührt zeigte und so erledigte ich meine Registrierung. Hier ein Klick, da eine Zustimmung: I agree, I agree, yes, I agreed. Als Nächstes wurden die politische Ansichten, von extrem-konservativ bis hin zu ultralinks, abgefragt. Auch hier gab es welche, die vor Mehrfachnennungen nicht zurückschreckten und sich schlussendlich als Anarchisten deklarierten. Den Menschen war nichts zu blöd.

In meiner Stadt fand ich bei der Probesuche Mutzi, eine Fast-Vegetarierin und DummerBub, einen 53-jährigen polyamourösen, temporär veganen Libertarian. Das alles las sich nicht sehr erfolgversprechend, immerhin war die Registrierung kostenlos. Ich vollendete mein Profil, füllte mehr oder weniger lustlos die obligaten Fragen zu Wünschen, Vorlieben, Abneigungen und Hobbys aus und ging zur Belohnung in das Feinkostgeschäft, um reichlich Bier zu holen.

Der Inder

Trotz der tristen Ausgangslage behielt ich Interesse am weiteren Verlauf der Geschichte. Ich spekulierte mit der Möglichkeit, dass sich auch nicht registrierte Benutzer über die Suchfunktion auf meine Fährte locken lassen würden. Vierzehn Tage hindurch öffnete ich voller Erwartung täglich, dann begrenzt auf das Wochenende, meinen eigens für die Kontaktaufnahme geschaffenen Webmail-Account. Was kam, war der übliche Freischaltcode, eine Begrüßungsnachricht der Singleseite, die eine oder andere Werbemail, sonst gähnende Leere. Aber was hatte ich mir erwartet? Mit Mitte dreißig einen Mann zu finden war kein Honigschlecken. "Lesson number one that you learn while you're young: Life just goes on and on getting harder and harder."[2] Völlig richtig. Aber was hatte Mick Jagger zu lamentieren? Er musste in meinem Alter gewesen sein, als er diesen Song schrieb, stinkreich, all seine Träume verwirklicht, jede Menge Bräute, Drogen und Spaß. Ich hatte rein gar nichts, außer die Resopalplatte meines Küchentisches, in die ich stundenlang hineinsinnierte, meinen Tagträumen ausgeliefert, in denen ich selbst auf der Bühne stand, umjubelt von den Massen. Mick hatte Recht. „Lose your dreams and you will lose your mind!"[3]

Auf allen anderen Seiten wurde Frischfleisch sofort

---

[2] The Rolling Stones: „Indian Girl", auf „Emotional Rescue", Virgin 1980.
[3] The Rolling Stones: „Ruby Tuesday", auf „Flowers", London Records 1967.

bemerkt. Selbst nach Jahrzehnten der erfolglosen Internetpräsenz konnte man sein Profil nach vorne reihen. Irgendein Idiot schrieb dir in jedem Fall, auch wenn er nur eine bissige Bemerkung loswerden wollte. Ich versuchte es mit Trick siebzehn, fuhr den Computer hoch und lud Browser und die Singleseite. Dann erledigte ich den Berg Bügelwäsche, um den Online-Status möglichst lange beizubehalten. Nichts. Keine Nachrichten. Nicht das Mindeste. Scheiße und erst drei. Beginn der Sauregurkenzeit. Ich hatte bereits fünf Kaffee intus und mir geschworen, kein Bier vor vier zu trinken. Also zog ich mir Musik vom Netz, um den Ort des Geschehens nicht verlassen zu müssen und so war für alle erkennbar, dass ich online und verfügbar war. Während ich mir die „Emotional Rescue" von den Stones runterlud und gerade nach „Tanz der Lemminge" von Amon Düül suchte, kam die ersehnte Nachricht. Was war denn jetzt los? Seit wann standen wasserstoffblonde Mädchen auf mich? Geschminkt wie Tante Erna. Cristella hatte keine Kosten und Mühen gescheut, Buntheit in ihre trostlose Erscheinung zu bringen. Von ihrem farbenfrohen Outfit bekam man Augenkrebs. Ihr Torso klemmte in einem sogenannten Rollschinken-Oberteil. Pink. Pink mit Grellgrün und Strass.

„Ich würde so froh einen lieben Mann haben, mit dem ich den Rest meines Lebens aufwenden kann. Meine Eltern starben, aber ich bin noch Junge und kann den ganzen Tag arbeiten und mich für den Haushalt interessieren. Ich bin neunzehn und mein befreunden Sie erklärte mir, dass ich hübsch bin und eine wütende Abbildung habe …", schrieb mir Cristella, die nie und nimmer neunzehn Jahre alt war. Wenn ich etwas auf den Tod nicht ausstehen konnte, war das Kinderprostitution. Und noch immer sieben Minuten mit dem Nullerpegel.

Ich lauerte vor dem Kühlschrank. Countdown: drei Minuten. Beckenbodengymnastik! Zeit für Beckenbodentraining! Nur einfach so warten war nicht mehr. Beckenbodenmuskeln anspannen, nach oben und innen, zehn Wiederholungen, Anspannungsdauer sechs bis acht Sekunden. Bei jedem Anspannen ausatmen. Ich öffnete die Kühlschranktür. Die Batterie Dosenbier teilte sich den Kühlschrank mit einer Tube Ketchup, einem Glas Artischocken und einem angebissenen Baguette. Hilfe, einen Bäcker! Jemand muss einen Bäcker rufen! Ich nahm das Brot und schmiss es in den Abfalleimer. Mit Wiederbelebung war da nichts mehr zu machen. Dann nahm ich eine Dose, rauchte mir eine an und setzte mich hinter den Bildschirm.

Laut Monitor war es Punkt 16:00 Uhr. „Liebe Zosi, ich möchte dich gerne kennenlernen", las ich im Betreff und überflog die Zeilen. Ein Inder suchte eine heiratswillige Kandidatin. Super, ein Inder! Seine Darbietungen stilistisch und grammatikalisch tadellos. War mir aber völlig gleichgültig. Einzig und allein das Foto zählte. Barumani grinste schief. Die Schwarzweißaufnahme wirkte antiquarisch. Vielleicht diente sie schon mehreren Generationen als Vorzeigeabbildung. Durchschnittlicher konnte ein Durchschnittstyp nicht sein: Kurzes Haar, Allerweltsgesicht, mittlere Statur, mittleres Alter. Barumani personifizierte die bislang konsequenteste Umsetzung von Mittelmäßigkeit. Ein Dreiviertelporträt in sitzender Position, weißes Hemd, schwarze Bundfaltenhose, ein Paradebeispiel an Charakterlosigkeit. Die Aufnahme schien aus Zeiten zu datieren, als man noch nicht auf Schritt und Tritt mit der idiotischen Knipserei mittels digitaler Fotografie belästigt wurde und als das Posieren vor der Kamera ein sensationelles Ereignis darstellte. Es sah aus, als hätte sich Barumanis Urgroßvater im neunzehnten Jahrhundert auf einen langen Weg durch die Wüste gemacht, um in einem abgeschiedenen Dorf in der Nähe von Jaipur bei einem Wanderfotografen ein Lichtbild anfertigen zu lassen. Sein Sonntagsgrinsen – eine Zumutung. Es entstellte ihn regelrecht. Fazialislähmung. Gesichtslähmung wie bei Mona Lisa. Dieser stupide, zahnlose, noch dazu schiefe Grinser. Kein Wunder, dass ich Tabletten nehmen musste.

Ich holte mir ein weiteres Bier. Der Text, zwar ein langatmiger, konventioneller Ausfluss an Nichtigkeiten, aber gut strukturiert, ließ auf äußerste Professionalität schließen; die Kenntnis der AIDA-Formel[4] ein Bestandteil der Konstruktion. Sein Dauergegrinse musste seine Familie wahnsinnig machen. Womöglich hatte das seine Mutter für ihn arrangiert. Barumani war ja seit Jahrzehnten nicht rauszubringen aus seinem Kinderzimmer. Barumani, der indische Bamboccione. Dann dieses gottlose Lächeln: gleich am Morgen nach dem Aufstehen; bei jedem Unglück in der Nachbarschaft, auf Begräbnissen musste man ihn verstecken. Ich überlegte mir, ob er aufgrund des Frauenmangels in Indien eine Ausländerin suchte, die er importieren wollte? „Ich trinke und rauche nicht", zitierte ich fassungslos, „und arbeite im gehobenen Management eines internationalen Konzerns." Ja wo denn? In Graz bestimmt nicht. Dass ich nicht zu seiner Kaste gehörte, sah ein Blinder mit Krückstock. Wieso hatte Barumani keine langen Haare? Inder hatten die

---

4 Im Arbeitslosen-Kurs mussten wir diese Formel, eigentlich ein Werbemodell (Akronym für Attention, Interest, Desire und Action), in unsere Bewerbungsunterlagen einbauen. Im Marketing-Modul hingegen habe ich den unvergesslichen Satz „*Online-Direktmarketing wird in der Lage sein, eine dauerhafte und wertschöpfende Penetration von Endkunden zu erreichen*" gelernt, an den vielleicht auch der Inder gedacht hat.

schönsten Haare überhaupt. Ganz im Gegensatz zu den scheußlichen europäischen Eierschädeln.

Singh, der Löwe, hatte tiefschwarzes Haar. Vor einem Jahr gehörten wir zu den Übriggebliebenen in der Disco Q und fuhren nach der Sperrstunde zu ihm. Im Sikhismus heißen alle Singh und für mich klang es wunderbar exotisch. Die Sikhs lassen Ihre Haare von Geburt an wachsen, ohne sie zu schneiden, denn die Haare sind etwas von Gott Gegebenes. Wer sich die Haare schneidet, gilt als Abtrünniger. Endlich eine vernünftige Religion. Singh trug einen eisernen Armreif, das Haar im Nacken gebändigt, nur Turban und Dolch fehlten. Yoni und Lingam waren keine Fremdworte für ihn, das Kamasutra kein spirituelles Sanskrit-Gewäsch. Im Bett zeigte er mir Stellungen, die ich danach vergeblich zu rekonstruieren versuchte und er verfügte über ein sagenhaftes Durchhaltevermögen. Ich schrie mir die Seele aus dem Leib.

Singh vermisste seine Heimat. Graz musste die Hölle für ihn sein. In dieser reizlosen Ansammlung aus Kuhdörfern gab es maximal vier Inder. Außerhalb der indischen Restaurants hatte ich bis auf Singh noch keinen gesehen. Singhs Arbeit war beschissen und seine Wohnung zu klein. Er sprach kein Deutsch, wenig Englisch, war kein Vegetarier und ich wollte ihn nach dem dritten Mal nicht mehr sehen. Ich hielt es nicht aus, dass er meine Gary Larson-Cartoons nicht witzig fand, nicht einmal die von Perscheid.

Ich

Normalerweise nahm ich alle. Weil ich mich selbst nicht liebte, mussten das andere für mich erledigen. Bei jedem kam ich früher oder später zur Ansicht, dass er mich zu wenig liebte und die Beziehung fand ein jähes Ende.

Als Kind sprach ich wenig. Die meisten Menschen widerten mich an, insbesondere meine Volksschullehrerin, die dauergewellte, kreuzbrave Frau Evelyn, was für ein sagenhaft scheußlicher Name. Am allerschlimmsten ihr Dankeslied für diesen schönen Morgen. *„Danke, oh Herr, oh lass mich danken, dass ich danken darf"*, frömmelte sie völlig unbeeindruckt von ihrer Bigotterie, genauso wie bei „The Answer is blowin' in the Wind" von Bob Dylan. *„Die Antwort, mein Freund, weiß ganz allein nur Gott"*, sang sie stattdessen, zu vernagelt von ihrem Glaubenseifer, um diese Zeile aus dem Englischen richtig zu übersetzen. Ja, wenn Gott die Antwort wusste, wieso tat er dann nichts gegen all diesen Irrsinn? Dazu ihre Katzenmusik auf der Gitarre, diese viel zu leise Fieselei an den schlecht gespannten Saiten. Ich brachte kein einziges Wort über die Lippen, brodelte nur stumm vor mich her, aus Sorge um mein gutes Benehmen, kopfnickend im Duckmäuschentum festgefangen. Meine Kochlehrerin beschimpfte mich ab meinem sechzehnten Lebensjahr drei Jahre als Mimose. Ich versteckte mich in der Vorratskammer der Betriebsküche vor ihr, wo ich herausfand, dass sich Rum, Likör und Weinbrand nicht nur zum Flambieren eigneten. Seitdem trank ich regelmäßig.

Der fortdauernde Zustand sozialer Phobie bildete den idealen Nährboden für Hass, Neid und Eifersucht, die Dreifaltigkeit jeder depressiven Alkoholikerin, was den immensen Vorteil bedeutete, dass mir nichts größeres Vergnügen bereitete als der Schaden anderer. Zudem war ich eine Versagerin. Darüber waren sich auch meine Eltern einig. Ständig arbeitslos, knapp bei Kasse und dem Alkohol verfallen. Die Attribute meiner Namenspatroninnen waren Turm, Kamm und Schweißtuch. Mich sah man häufiger mit Flasche und Zigarette. Das Leben war für mich eine Abfolge von Depressionsschüben und permanenten Zukunftsängsten, sinnlos obendrein, gemein und verkehrt.

Ein Dutzend Mal pro Tag suchten mich meine Suizidgedanken auf. Ich ärgerte mich über den schlechten Status, den der Selbstmord in unserer Kultur hatte. Der Passionsfanatismus und die Versündigungsangst des Christentums hatten für diese Misere gesorgt. Also nahm ich meinen ganzen Mut zusammen und holte mir in angemessenem Abstand nach meiner Firmung den Taufschein, um bei Gelegenheit aus der Kirche auszutreten. Der fette Dorfpfarrer schäumte vor Wut. Des Slowenischen nicht mächtig, konnte ich nur erahnen, welchen Bannfluch er verkündete. Ich habe die Urkunde für den Austritt nicht benötigt, wusste aber nun, dass ich zur Brut einer erzkatholischen Familie gehörte.

Nach der Matura ging ich ins Ausland, kehrte nach langen Monaten wieder zurück in mein Dorf und stellte fest, dass alle halbwegs vernünftigen Menschen die Flucht ergriffen hatten. Ich ging erneut weg, schaffte es aber nur über den Packsattel, wo ich mich völlig erschöpft in der nächstbesten Stadt niederließ, um irgendwas zu studieren. Eine grausame Zeit begann: Ängste, Depressionen und das ewige Alleinsein. Den Machenschaften der Psychiatrie ausgeliefert, überlebte ich wie durch ein Wunder Jahr für Jahr.

An der Realisierung meines Suizid-Vorhabens hinderte mich meine Trägheit. Bedingt durch den Umstand, dass man ohnehin von alleine stirbt, erschien mir die Aktion widersinnig. Dann waren da noch meine unerschütterliche Feigheit und der Umstand, dass mich auf alle Fälle irgendjemand mit Befremden in meiner Wohnung finden würde. Kein schöner Anblick, so eine Selbstmordsauerei. Dann doch lieber der klassische Schienen-Suizid, aber inkognito. Meine Selbstmordphantastereien besänftigten mich und gaben mir Mut. Ich beschriftete den gelben Sack für die Leichtfraktion mit: „Vorsicht Leiche, bitte nicht öffnen und kein Mitleid. Darf nicht in Kinderhände geraten! PS: Entschuldigung." Verdammte Drecksmüllgedanken. Eitriger Mumpitz. Der Scheißsack war auch viel zu klein. Ich musste den Sack für die Leichtfraktion in einen Sack für die Leichtfraktion stopfen, um ihn zu entsorgen. Die Absurdität zur Potenz.

Ich hatte von einem Selbstmörder gelesen, der die Geo-Koordinaten für seine Leiche als Geocache im Internet veröffentlicht hatte. Als sich die gierigen Schnitzeljäger mit Hilfe ihres GPS-Gerätes an die verfallene Blockhütte pirschten, worin sie den versteckten Schatz und die Urkunde für Erstlingsfinder vermuteten, baumelte ihnen der Erhängte entgegen. Wahrscheinlich wollte er rasch bemerkt werden, damit er noch halbwegs passabel roch.

Auf keinen Fall beabsichtigte ich, dem Lokomotivführer mit meinen Teilen um die Ohren zu spritzen. Deswegen fand ich die Idee mit dem verschließbaren, wasserfesten Sack äußerst klug. Warum durfte man einfach nicht in Würde sterben? Tiere schläferte man ein, ohne sie zu fragen. Menschen wurden in die Geschlossene geführt und mit überteuerten Medikamenten am Leben erhalten. Eine Menschenquälerei, wo man nur hinsah. Depressionen gingen gar nicht. Das Leben hatte gefälligst lebenswert zu sein. Warum, wusste zwar niemand, aber über Selbstmordgedanken, das Allernatürlichste, das sich in einem Hirn abspielen konnte, zu sprechen, war ein Affront für die Menschenwelt. Dabei würden ohnehin alle sterben. Die meisten früher als ihnen lieb war. Deswegen hielt ich meine Klappe. Ich tat so, als wenn es das Normalste auf diesem Erdenrund wäre, unter Einsamkeit und Irrsinn zu Grunde zu gehen. Am meisten hasste ich diese Spinner, die meinten, dass es für jeden von uns eine erfüllende Arbeit geben könnte. Ja, wenn wir uns nur bemühten. Für jeden von uns Wohlstand, wenn wir nur wollten. Für jeden von uns Glück und Liebe, wenn wir nur Geduld hatten. Meine achte Todsünde war die Aggression. Ob es helfen würde, einem Menschen das Gesicht zu brechen, weil er es nicht anders verdient hatte? Langfristig helfen?

„Was, Depressionen? Was ist denn das für ein Scheiß? Du bist noch so jung. Du bist gesund. Warum denn das? Warum hast du Depressionen?" Bei völlig grundloser Traurigkeit eine Zumutung. Wenn einem da nicht die Faust ausfährt, dann nie mehr. Mit dem Schädel voraus in den Dummschwätzer. Von einem Irrenhaus-Kollegen erfuhr ich, dass man beim Aufprall den eigenen Kopf in Bewegung halten müsste, um für sich selbst völlig schmerzfrei den anderen in die Bewusstlosigkeit zu katapultieren. Verstand ich nicht. Wie sollte man einen Schädelreiber üben? Ich ärgerte mich über das konsequente Ausbleiben jeglicher krimineller Energie. Ich verfügte nicht über ein Mindestmaß an Delinquenz.

Quälten mich meine Zukunftsängste, beruhigte ich mich mit dem festen Entschluss, vor drohender Verwahrlosung in das Gefängnis zu wechseln. Anders als in der Gosse, brauchte man dazu kein Geld. Schlechtes Essen, Einsamkeit und Eisenstäbe[5], die sich in das Fleisch bohrten. Die obsessive Orientierung am Ich in seiner eingesperrten Einzigkeit – herrlich, wie depressiv sein zu Hause.

Ich schaute nie, wenn ich über die Straße ging. Aber nichts passierte. Obwohl ich von jeher trank und rauchte, bis die Lunge brannte, erfreute ich mich allerbester Gesundheit. Ich war niemals obstipiert, hatte nichts mit der Wirbelsäule, schon gar nichts mit den Bandscheiben, keine Krusten in der Nase, überhaupt nichts was mir körperliche Schmerzen verursachte. Permanent starben Leute, die gar nicht beabsichtigten zu sterben. Ich schämte mich, weil ich noch immer auf der Welt war und prokrastinierte, was das Zeug hergab. Beachy Head im verregneten England? Nein danke. Niemals würde ich mich von diesem Kalkfelsen ins raue Meer stürzen. Jungfernsprung in Gösting bei Minusgraden und schlottrigen Knien? Mit Sicherheit nicht. Zabriskie Point im Tal des Todes und den Klängen von Pink Floyd ging wegen der Hitze nicht.

Jeden Sommer brannte sich die Sonne unerbittlich in meine schwarzgalligen Sehnsüchte, dörrte meine mühevoll konstruierten Vorhaben unwiderruflich aus. Wie ein Wüstenleguan kam ich morgens erst spät aus dem Bau, fuhr in der Mittagshitze an den See um zu baden. Im Sommer liebte ich das Leben und mich noch mehr. Je heißer es war, umso verrückter liebte ich dieses verhasste Leben. Ich ertrug sogar die Menschen, einige wenigstens. Die Sonne war meine Freiheit, mein größtes Glück und die unerlässliche Bedingung für meine Existenzüberbrückungen. Ich verliebte mich jeden Sommer. Wenn ich die

---

5 Scheiß-Alliteration!

Augen schloss, freute ich mich auf den nächsten Tag. Auf mich, auf meinen Geliebten, auf meinen Mut, meine Zuversicht und das Wasser. Und wenn der Herbst ins Land zog und meine anfangs harmlos erscheinende Tagesschlaflethargie von einem infernalischen Stimmungssturz überrumpelt wurde, hatte ich es wieder verabsäumt zu sterben.

Jeder, der meint, dass Depressionen mit Medikamenten und ein paar Kalendersprüchen geheilt werden können, ist ein Arschloch. Depressionen sind der absolute Nullpunkt, der Marianengraben der Vorstellungskraft, das Epizentrum der Hoffnungslosigkeit. Man kann daran verzweifeln oder sie aussitzen. Auf keinen Fall sollte man über sie sprechen. Zu niemandem und zu ausnahmslos niemanden ein Sterbewörtchen über Selbstmord. Verstanden? Schon gar nicht Psychiatern gegenüber. Selbst nicht nach hartnäckigster Fragerei. Die sind die Ersten, die sich in den Pelz gacken. Aus reinem Selbstschutz natürlich. Es gibt nichts Peinlicheres, als mit der Polizei in die Geschlossene transportiert zu werden, weil man für den Bruchteil einer Sekunde seine Zunge nicht unter Kontrolle hatte. Diese infame, vor gespielter Belanglosigkeit strotzende Frage: „Haben Sie schon an Selbstmord gedacht?" – „Um Gottes Willen! Nein, Herr Doktor." Na also, ist ja nicht so schwer und damit habe ich das letzte Mal das Wort peinlich gebraucht. Alles was ich wollte, war irgendwo dazuzugehören und jemanden, der mich gern hatte. Und ich Schwachkopf glaubte, so jemanden über das Internet bestellen zu können.

Different36

Freitagabend, allein in der Wohnung. Seit zweiundsiebzig Stunden hatte ich mit keiner Menschenseele mehr gesprochen. Ich probierte „*Hallo, du*" aus und las eine Schlagzeile aus der Zeitung laut vor mich hin: „*Schafe warnten Hirten per SMS vor Wölfen.*" Nach anfänglichem Krächzen hatte ich meine Stimme wieder. Mein früherer Studienkollege, meistens einziger Bestandteil meines sogenannten Freundeskreises, hatte mir geschrieben, dass unser Freitagsbesäufnis ausfallen würde. Mangels Alternative kam das einer existenziellen Bedrohung gleich. Ich würde also wieder alleine saufen müssen.

Da bei den Vegetariern nichts zu holen war, hatte ich mir auf einer unspezialisierten Singlebörse einen Probeaccount zugelegt. Ich holte mir eine Dose Bier und loggte mich ein.

Besenkammer52 fand, dass ich so pessimistisch klänge, weil mich wahrscheinlich schon zu lange keiner mehr durchgevögelt hatte.

Sickboy1978 hatte einen Eintrag in meinem Gästebuch hinterlassen: „Ich finde deinen Musikgeschmack außergewöhnlich, aber prima." Prima! – Schwachsinn. Außergewöhnlich! – für ihn vielleicht.

Mirnixdirnix, Trompe8 und Kantenschoner erkundigten sich – zu blöd um zu googeln – was mein Nickname Opisthodom bedeutete. Ja genau: Oh bist du dumm auf Althochdeutsch. Ach Scheiße. Einfach zum Nachschenken.

Dann der Anhang von RainerZufall. Er hatte sein

Motorrad fotografiert. Daneben stand ein pissender Gartenzwerg. Betreff: „Ich bin heiß wie mein Ofen."

InspektorWu, ebenfalls mit der Intelligenz eines Schuhlöffels gesegnet, fand, dass wir perfekt zusammenpassen würden, da er schon einmal „Smoke on the Water" von Deep Purple gehört hatte. Aktionsgemeinschaft Trotteln hinter Computern. Immer dasselbe Geschwafel.

Gerade kam was Neues rein. Ja, Freitag, da zeigten sich die Singles sprachgewaltig: „Recht nettes Profil. Lust auf ein Treffen?" von Different36. Foto hatte er keines. Hobbys: „Lesen und Kochen." Sein Motto: „Nimm mich so wie ich bin." – Wie denn sonst, du Langweiler? Ich schrieb ihm zurück, dass wir uns in einer Stunde treffen könnten. Das hatte er nun davon. Den Ort der Übereinkunft gab ich ihm auch gleich bekannt. Wozu die lange Schreibe? Tatsächlich sagte er zu. Ich leerte noch ein Bier und schlurfte die paar Meter zum vereinbarten Treffpunkt, einem kontrolliert eintönigen Studentenlokal im neuen Technikviertel.

Different36 saß schon am Tisch und stand auf, als ich mich ihm näherte. Mittlere Größe, auffällig unmuskulöse Statur, schütteres dunkelblondes Haar, Brille, tief sitzende Augen, verkniffene dünne Lippen. Insgesamt sehr blasser Teint. Ich konnte es fast nicht erwarten bis der Kellner kam.

„Ach, du auch ein Bier. Du trinkst Bier?"

Ich wusste nicht, ob das als Frage oder als besonders scharfsinnige Beobachtung gedacht war. Different36 rauchte in kurzen, schnellen Zügen. Seine Finger waren dünn, die Nägel abgebissen. Nervös hantierte er an der Zigarettenpackung und an seinem Glas herum. Er hatte einen Tick.

„Ach, du rauchst auch. Was sind denn deine Lieblingszigaretten?"

„*Scheißegal, ich rauch' alles, deine?*"

„*Ja Chesterfield, siehst eh. Leider ganz schön viel. Na ja, hab' eh schon des Öfteren aufgehört, weißt eh.*"

„*Hm.*" Woher sollte ich das wissen?

Ich bemerkte, wie sich mein aufgesetztes Grinsen zur Grimasse verzog. Die Lippen in der entsprechenden Position zu halten, tat richtig weh.

„*Was liest du so?*", fragte ich unmotiviert.

„*Na ja, eher Zeitungen, Fachzeitschriften, Magazine und so. Hab' sehr viel mit Computern zu tun und so.*"

„*Hm.*"

„*Und was arbeitest du?*", erkundigte sich Different36 wissbegierig.

Ich tat als hätte ich nichts gehört und fragte ihn einfach weiter: „*Und sonst, außer Arbeiten, Kochen und Zeitungen lesen, was taugt dir denn?*"

„*Na ja, is' ja immer viel zu tun, immer viel Arbeit, danach ein bisschen ausspannen. Faulenzen mit Petzi. Das ist meine Katze. Am schönsten ist es mit Petzi im Bett fernzusehen.*"

Sympathieträger Haustier. Ich bemerkte, wie er die Katze zum Thema einer netten Plauderei machen wollte.

„*Übrigens, ich hab' mich noch gar nicht richtig vorgestellt. Ich bin der Herbert.*"

Oh nein, Herbert. Wie konnte man bloß in diesem Alter Herbert heißen? Nur Heribert wäre schlimmer gewesen. Ich erinnerte mich, dass ich gerne einen frechen, orangen Kater gehabt hätte, den ich Bertl taufen wollte. Niemand würde je darauf kommen den Namen Herbert mit Bertl zu verkürzen. Herbert, der Langweiler. Herbert, der Fernseher. Herbert, der schon als Kind wegen seiner großen Füße gehänselt wurde. Herbert, dessen größtes Besitztum sieben Kunstlederalben mit Briefmarken seiner verstorbenen Großtante waren. Herbert vor seinem TV-Gerät an einer Fischgräte erstickt. Leiche blieb drei Wochen unbemerkt. Herbert, der fade Datenbankadministrator und Toupettträger. Herbert, der stille Eigenbrötler, der schon mal seine Popel beim Spielfilmgucken aus der Nase kitzelte. Herbert, der seit Menschengedenken seine Zigarettenmarke nicht mehr gewechselt hatte. Mutti wusste gar nicht, dass ihr Bub rauchte.

„*Nein, ich wohne nicht weit weg von hier, und du?*", wollte er wissen.

Anscheinend hatte ich ihn etwas gefragt.

„*Hä? Ach so, äh ja, ebenfalls.*"

„*Ganz nette Bar. Bist du öfters hier?*"

Oh Gott! Ich hatte nicht einmal mehr Lust auf ein zweites Bier.

„*Äh, Entschuldigung. Ich hab' gerade den vollen Einbruch. Bin urplötzlich saumüde. Schlecht ist mir auch. Kommt wohl von den vielen Tabletten, die ich mir massenweise reinziehen muss, wegen der verdammten bipolaren Störung. Ich glaub', ich muss auf der Stelle gehen. Nichts für ungut.*"

Herbert blickte irritiert in sein Glas.

„*Ist schon gut. Passt schon. Vielleicht sehen wir uns ja einmal wieder.*"

Fluchtartig stand ich auf. Jetzt oder nie. Ich musste sofort von hier verschwinden. Unverzüglich diesen Ort verlassen. Augenblicklich. Schnurstracks zurück nach Hause und alles vergessen. Ich reichte ihm meine schwitzende Hand. Seine fühlte sich an wie ein toter Fisch. Daheim speicherte ich mir seine Nummer unter Heribert ein. Sicherheitshalber. Falls er sich noch einmal melden sollte. Nicht, dass ich vielleicht abheben würde.

Wizard34

Ich fand, dass es an der Zeit war, Nägel mit Köpfen zu machen und zu investieren. Also meldete ich mich bei der Singlebörse con-te.at an, für deren dreimonatige Benutzung ich einen ordentlichen Batzen Geld überwies. Auf Nichtmehrallein war ich ohnehin. Hier sind alle, waren alle oder werden demnächst sein. Gratis und umsonst. Beim Geld hört sich der Spaß auf, dachte ich mir und ich würde von den Schwachköpfen, wie es sie auf Nichtmehrallein gab, die sich beinahe ausnahmslos einen Spaß daraus machten, verschont bleiben. Schon bald kommunizierte ich mit Wizard, mal per E-Mail, dann mit SMS. Er schien völlig normal. Mario suchte wirklich eine Partnerin. Er war jung, hatte einen guten Job als Techniker und sehnte sich nach einer verlässlichen Frau, mit der er eine ruhige Zweisamkeit genießen konnte. Lange schaute ich mir seine Fotos mit den ernsten Gesichtszügen und den blassblauen Augen an. Plötzlich bemerkte ich, dass er Ähnlichkeit mit Rippe besaß. Marios' Körpergröße und die schlanke Statur passten auch. Vielleicht war er wie Rippe. Möglicherweise war er sogar besser als Rippe: schöner, humorvoller, zärtlicher. Notfalls könnte er sich die Haare wachsen lassen. Die Farbe stimmte überein.

Es war bereits November, Allerheiligenzeit, und nur das fiebrige Erwarten auf unser Date ließ mich mit Freude das Haus verlassen. Am späten Nachmittag trafen wir uns in einem unscheinbaren Lokal am Dietrichsteinplatz. Mario war zurückhaltend und sehr zuvorkommend, wirkte intelligent. Ich war traurig, weil er in keinster Weise mit Rippe vergleichbar war. Er wollte mich wiedersehen, aber ich dachte an Rippe und dass ich nirgends jemanden finden würde, der so sein würde wie er. Ich löschte Marios' Daten und beantworte seine Nachrichten nicht mehr. Er stöberte mein Profil auf Nichtmehrallein auf. Ich teilte ihm mit, dass ich bereits mit einem anderen ausging. Später bereute ich diese Entscheidung und suchte vergebens nach ihm. Es tat mir leid, dass ich ihn damals nicht mehr treffen wollte, nur weil meine illusorischen Erwartungen nicht erfüllt wurden.

Das ist der Unterschied zwischen dem Kennenlernen in der Realität und der Kontaktaufnahme im Internet. Beim ersten vereinbarten Treffen stellt sich unweigerlich Enttäuschung ein, weil man sich zuvor ein Wunschbild konstruiert hat, das der Wirklichkeit nicht standhält, nicht standhalten kann. Dann setzt man sich erneut an den Computer und die Optimierungsfalle des weltweiten Netzes schnappt zu. Schließlich suggeriert es, dass Unmengen potentieller Partner existieren.

Ganz anders beim zufälligen Treffen: Da plaudert man dahin, ohne sich viel zu denken, trifft sich wieder, wenn es halbwegs passt und zeigt sich bei Gefallen von der besten Seite. Erst viel später kristallisiert sich heraus, dass man sich gar nicht viel zu sagen hat. Sprachlosigkeit macht sich breit, aber man macht trotzdem weiter. Wochenlang, monatelang. Oft werden selbst Jahre und Jahrzehnte daraus, manchmal aus purer Bequemlichkeit, da man sich ohnehin schon vertraut ist. Insgeheim wünscht man sich stets Besseres. Prince hatte es auf den Punkt gebracht: Auch ich konnte nicht zufrieden sein.

> How can u just leave me standing?
> Alone in a world that's so cold? (so cold)

Maybe I'm just 2 demanding
Maybe I'm just like my father 2 bold
Maybe you're just like my mother
She's never satisfied (she's never satisfied)
Why do we scream at each other
This is what it sounds like
When doves cry[6]

---

[6] Prince: „When Doves Cry", auf „Purple Rain", Warner Bros 1984.

Günther Uecker

Es summte. Ich öffnete die Tür. Wahnsinn. Sauber war es hier. Nicht so eine Drecksbude wie bei mir. Das Stiegenhaus blitzblank. Auf den Böden konnte man operieren, garantiert keimfrei. Es roch nach Chlor wie in einem Schwimmbad. Eigentlich konnte ich mich – bis auf das Aussehen meiner Onlinebekanntschaft – an nichts mehr erinnern. Babyface Gabriel. Hatten wir derart über die Stränge geschlagen? Schmusen war noch drin, aber genau wusste ich es auch nicht. Mumpsgesicht Gabriel. Ziegenpeter führt bei dreißig Prozent der Erkrankten zu einer schmerzhaften Entzündung der Hoden. Der Sack läuft blutrot an und glänzt wie Klarlack. Äußerst schmerzhaft. Nicht zu unterschätzen.

Gabriel und ich hatten uns Freitag im Tick Tack getroffen, wo er mit einer ordentlichen Schlagseite auf mich zugetorkelt war, als ich eintraf, und mich mit einer degoutant-jovialen Art umarmte. Eigentlich grässlich, aber ich hatte zu Hause vorgeglüht und so hielt ich es für den großartigsten Einstand überhaupt. Die Krügerl Bier wanderten im Viertelstundentakt über die Theke. Nicht nur bei uns, bei sämtlichen Gästen. Bier, wo immer man hinschaute. Eher würde die nächste Eiszeit ausbrechen, als dass im Tick Tack das Bier ausginge. Herrlich.

Disturbed dröhnte aus den Boxen. Gabriel studierte irgendwas abartig Langweiliges: Betriebswirtschaftslehre, Volkswirtschaftslehre, etwas, das nur die absolut Interesselosesten zu studieren imstande sind. Sein Aussehen war leicht zu erklären: eher klein und wabblig, nicht fett, nein, noch lange nicht richtig korpulent, aber schon etwas aus der Kontur geraten, dichtes kurzgeschnittenes Haar, Babyspeck, Hamsterbacken, Typ Pacey Witter von Dawson's Creek, nur hässlicher.

Gabriels Apartment hatte die Qualitäten eines White Cube. Frisch ausgetünchte Wände, sparsames Mobiliar, strenge Klarheit und kein Schnörkel zu viel. Auf zwei Tellern war Spargelrisotto angerichtet, das er hastig in sich schlang, währenddessen er nicht das geringste Interesse an mir bekundete und ich in aller Ruhe, sozusagen ohne den mindesten Beobachtungsstress, wie eine Normale essen konnte. Ich war begeistert. Ausnahmsweise zitterten die Hände nicht. Ob das nur bei Spargelrisotto funktionierte? War ich geheilt? Würde ich in Zukunft Nudelsuppe ohne Tremor essen? Vor aller Augen? Kaum hatte Gabriel alles aufgegessen stand er auch schon auf und schob mich Richtung Bett. Da war meine gute Laune dahin. Ich näherte mich einem der Bilder an der Wand. War das ein weiblicher Akt ohne Kopf oder ein zerdrückter Käfer? Schwer zu sagen.

„*Die Radierung ist von Beuys*", erklärte Gabriel ungeduldig.

„*Vom echten?*" Damit hatte ich überhaupt nicht gerechnet.

„*Ja, natürlich vom echten*", antwortete Gabriel bierernst. Außerdem sah ich, dass ihm die Unterhaltung überhaupt nicht ins Konzept passte. Betrunken war er mir wesentlich sympathischer gewesen.

„*Was hast du gedacht? Dass Beuys immer Fett und Filz sein muss?*"

„*Oder Hut oder Hase*", führte ich aus. „*Gehört das auch zu seinem hochgelobten erweiterten Kunstbegriff oder was? Soziale Plastik! Jeder Mensch ein Künstler! Wenn man solche Theorie predigt, ist es naturgemäß ein Leichtes, jeden Krempel in Kunst zu ver-*

wandeln. Deswegen auch Tausendsassa Beuys, Multitalent Beuys. Wie willst mit einer verrosteten Blechdose und einem Stück Holz die Gesellschaft verändern? Bitte erklär mir das!" An sich fand ich Beuys gar nicht so ungenießbar, aber dass mich Gabriel auf diesem direkten Weg Richtung Bett schieben wollte, wurde mir jetzt durch und durch bewusst und es begann mich fürchterlich anzuwidern.

„*Im Grunde waren Fett und Filz das bei weitem Interessanteste, das er der Nachwelt hinterlassen konnte",* schloss ich meine Expertise.

Gabriels Ausdruck nach zu urteilen, war er in höchstem Maße gereizt. Seine wie bei Descartes angehobene Augenbraue zuckte nervös.

Ein anderes Bild begann mich zu interessieren.

„*Ein Uecker ist das"*, kommentierte er kurz und schob schon wieder. Wahrscheinlich hatte er gedacht, dass ich mich so leicht abfertigen ließe. Nicht bei Uecker. Nicht bei Günther Uecker. Uecker daselbst! Ein weiß bemaltes Nagelrelief, spärlichst ausgeführt.

„*Günther Uecker"*, wiederholte ich. „*Unfassbar".* Hatte klein Gabriel doch tatsächlich einen Uecker in seiner Studentenbude hängen. Ich geriet nahezu aus der Fassung.

„*Das ist wirklich von Uecker, vom echten Uecker?"*

„*Ja was glaubst du? Dass ich das selbst gemacht hab'?"*, fragte Gabriel, wieder völlig humorlos und zunehmend gereizter.

So abwegig fand ich das gar nicht. Ich hatte mir einen Lucio Fontana gebastelt. Leinwand mit roter Ölfarbe bepinselt und Schlitz mit dem Messer: fertige Arbeit. Ich liebte die Leinwandschlitzer, die Werksdurchlöcherer, die Schießer, aber zuallererst die Minimalisten, die Puristen, die Monochromisten am allermeisten.

„*Hast du gewusst, dass Ueckers Schwester mit Yves Klein verheiratet gewesen ist?"*

„*Nein, mir egal.*" Gabriel rollte seine Augen nach oben. Dann begann er seine Hemdsärmel aufzuknöpfen.

„*Mit Yves Klein! Blaue Schwammreliefs! International Klein Blue*", rief ich entzückt.

„*Ja und kurze Zeit später ist er gestorben*", knurrte jetzt Gabriel, schon wieder deutlich ungeduldiger.

„*Weißt du, ganz zufrieden bin ich mit Kleins Blau nicht. Da fehlen mir das Grau und das Grün, sogar das Violette. Taubenblau oder Rauchblau ist am schönsten, aber schwer zu bekommen.*

„*Blau ist Blau und nicht Grün oder Violett.*" Er streifte sich das Hemd ab.

„*Vespa hat so eine Lackierung. Aber die Farbe hat keinen richtigen Namen. Meine Recherchen ergaben Berliner Blau, Preußischblau und schlussendlich Stahlblau und da glaubte ich, es endlich gefunden zu haben. Ist es aber nicht. Am Monitor auch komplett schwer darzustellen. Mit RGB 45,92,108 bekommt man wenigstens eine leise Ahnung. Beim Vespablau ist der Rotanteil aber wesentlich geringer.*"

Es half nichts. Gabriel hatte keine Lust, sich mit mir zu unterhalten. Wir landeten im Bett. Am wenigsten stressen die weißen Leinwände, sagte ich mir und ich dachte an Uecker, das ganze langweilige Prozedere hindurch, die ganze sinnlose Schrauberei hindurch nur an Uecker, während dieser freudlosen, durch und durch verzichtbaren Herumfuhrwerkerei, diesem vermaledeiten Bettdesaster an Günther Uecker und dass ich keine zwei Meter von einem echten Uecker entfernt war.

Als ich das nächste Mal zu ihm kam, hatte Gabriel nichts für mich gekocht. Außerdem hatte er darauf verzichtet, seine Kontaktlinsen einzulegen. Stattdessen hockte er mit aschenbecherdicken Brillen auf dem Bettrand. Er musste blind wie ein Maulwurf sein. Die wohl ödeste Nummer in Missionarsstellung vollzog sich in minutiöser Wiederholung ganz wie beim zuletzt im Bett Erduldeten.

Gabriel erklärte mir ohne Umschweife, dass ich bald zu gehen hätte, da er zu einer Party eingeladen war. Ich frisierte mich in seinem Badezimmer, Gabriel putzte sich die Zähne. Den Knäuel ausgefallener Haare beabsichtige ich im Klo zu entsorgen, damit sich ja keines auf seinem glattgewischten Boden verflüchtigen würde.

„*Lass das mal*", kläffte er und schmiss sein gebrauchtes Handtuch auf den Boden. „*Da wird morgen ohnehin zusammengeräumt.*"

„*Ja genau. Schrubb endlich den Boden sauber. Ist ja nicht auszuhalten dieser Dreck.*" Gabriel blieb todernst. Geradezu stumpfsinnig blähte er seine angeschwollenen Backen. Erst beim Anblick seiner Hamstervisage im Spiegel bemerkte ich, mit welch dreister und primitiver Schamlosigkeit er meine Präsenz leugnete.

„*Nein, ich mach' da gar nichts*", sagte er richtiggehend gekränkt. „*Einmal wöchentlich wird die ganze Wohnung durchgeputzt.*"

„*Echt, du hast eine eigene Putzfrau?*"

„*Der Vermieter will das so. Alle seine Wohnungen werden professionell gereinigt. Der hat Schiss, dass ihm wieder einer von den Studenten die Wohnung versaut. Die Wäsche wird auch gewaschen und gebügelt.*" Demonstrativ zerknüllte er sein altes Hemd, stopfte es in einen großen Sack und nahm sich ein frisches, das feinsäuberlich an einem Kleiderhaken an der Tür hing. Wir gingen nach draußen auf seinen Balkon, weil ich rauchen musste. Statt sich mit mir zu unterhalten, fieselte er – wie eine fünfzehnjährige Berufsschülerin – an seinem Mobiltelefon herum.

„*Ich muss jetzt*", drängte er. „*Am Wochenende hab' ich auch keine Zeit, da bin ich bei meinen Eltern. Sonntag am späten Abend frühestens.*"

Nach der Bettaktion am Sonntagabend erzählte mir Gabriel hochdramatisch von seinen vielen Prüfungen, die er in nächster Zeit zu absolvieren hätte. Außerdem wollte ein Freund aus Japan zu ihm kommen. So ging es in einer Tour. Er hatte nicht das mindeste Verlangen, etwas mit mir zu unternehmen, mit Ausnahme dieser nervtötenden Vögelei, die ihm sichtlich selbst keinen Spaß mehr bereitete. Ungeniert erzählte er mir von seinen Partys, seinen Studienkolleginnen, den lustigen Unifesten.

„*Gehen wir wenigstens einmal ins Kino, okay?*"

„*Ehrlich gesagt muss ich Geld sparen. Hab' in letzter Zeit zu viel ausgegeben.*"

Nanu? Der Kerl hatte eine Wohnung, ein Auto, einen Beuys, einen Uecker, vielleicht sogar mehrere.

„*Ja, aber du hast mir ja erzählt, dass du einiges auf dem Konto hast und außerdem ein paar aktiengebunden Fonds und eine Eigentumswohnung in Wien.*"

„*Stimmt, aber das sind in erster Linie Sparformen. Für die Zukunft. Verstehst?*"

Alter! Ich verstand sogar ausgezeichnet. Wenn ich etwas zutiefst, auf das wirklich allertiefste verabscheute, waren das irgendwelche verklemmten, mit ihrem Geld ausgestopften Sparmeister, die auf ihrer Kohle brüteten wie die Glucken und von nichts anderem als von der Wichtigkeit des Sparens und ihrer Altersvorsorge daherschwadronierten und sich mit der abscheulichsten Geschmacklosigkeit und ihrer auf die Tränendrüse drückenden Larmoyanz bei ihren Zeitgenossen über die Knappheit ihrer Finanzen ausließen. Was käme als Nächstes? Würde er sich etwa Geld von einer Arbeitslosen borgen? Sollte ich ihm einen Grünen zustecken wie seine Erbtante? Ein fettes Bankkonto und kein Geld fürs Kino. Aus! Diese um Mitleid flennende Entblößung seiner vermeintlichen Geldsorgen war die bei weitem unappetitlichste Ausrede seiner primitiven und ebenso hinterfotzigen Zurschaustellung seiner grenzenlosen

Ignoranz. Da mir Gabriel kein weiteres Treffen mehr in Aussicht stellte, verpuffte unsere armselige Liaison in diesen paar Sekunden unwiderruflich. Da konnte auch Günther Uecker nichts mehr ausrichten. Auf eine mir unbegreifliche Art war ich dennoch traurig. Wie gestört war ich eigentlich?

Scheiß-Motto

Es gibt Fragen im Profil, die einem den letzten Nerv ziehen. Besonders, wenn sie dir auf jeder Seite erneut begegnen: „Was macht dich aus/Wie lautet deine Lebensphilosophie?", in ihrer eindringlichsten Form: „Was ist dein Motto?" In allen Fällen wird man dazu gezwungen, in prägnanter Form etwas über seine Weltanschauung preiszugeben und das möglichst spitzfindig. Die Mottobeantwortung ist enorm zeitintensiv, weil kein Mensch auf diesem Erdenrund a priori über einen Leitsatz verfügt. Ein Lieblingsbuch hat man schon vor dem Profil, ein Motto nicht. Niemand kommt in den existenzialistischen Zwang, sein Leben auf wenige Wörter zu reduzieren. Im Ranking der nervigsten Profilfragen ist es aber das Nonplusultra. Obwohl ich seit Geburt völlig ohne Devise, ohne Leitsatz, also komplett unmotiviert und ohne jeglichen Plan durchs Leben gegangen war, hatte ich es geschafft, fünfunddreißig Jahre alt zu werden und keinen allzu großen Schaden davonzutragen. Die Frage nach dem Motto machte mich zur Tabula rasa, danach generierte sie unaufhörlich Antworten, ein Perpetuum mobile, das nicht mehr zu stoppen war. Es ist wie mit einer Bewerbung oder einem Vorstellungsgespräch. Auch da muss man sich aus der Masse hervorheben. Es ist nur eine noch größere Schweinerei. „Was können Sie besonders gut? Was sind ihre Stärken?" – „Nichts, nichts und nochmal nichts." – „Warum haben Sie sich gerade in unserem Unternehmen beworben?" – „Weil ich mir die Scheiß-Stelle nicht aussuchen kann. Ich muss nehmen, was übrig ist, Sie neugieriges Ignorantenarschloch, Sie überhebliches!"

Nach all den belanglosen und unverfänglichen Fragen zu musikalischen, literarischen und kulinarischen Vorlieben in den Singleprofilen, die es einem ermöglichten, aus einem reichen Fundus an Alltagserfahrung zu schöpfen, wird man genötigt, besonders kreativ, authentisch und originell zu sein. Allerdings ist ja schon alles da gewesen! „Es gibt nichts Neues unter der Sonne"[7], nachzulesen in den Büchern der Weisheit in der Bibel. Gott konnte nicht irren.

Ein Leitsatz ist nicht für die Ewigkeit. Innerhalb ein- und desselben Profils wird dieser modifiziert, variiert, in andere Sprachen übersetzt, radikal ausgetauscht, mit Fragezeichen beschwichtigt, mit Rufzeichen forciert, Autor und Quelle ergänzt, sofern es sich um ein fremdes Zitat handelt, bis man schließlich kapituliert und die Sache unbeantwortet stehen lässt. Trotzdem fühlt man sich als Versager. Richtig wegignorieren lässt sich das nicht. Man fühlt sich bemüßigt was beizusteuern, letztendlich doch die ultimative Lösung des Problems zu erfinden. Es mag nicht gelingen. Außerdem schürt es Aggressionen, weil viele andere nichts von der Idee des Wegignorierens halten.

Was man zu lesen bekommt, ist erbärmlich. Am schlimmsten dabei ist die präpotent zur Schau gestellte naive Herangehensweise, untrügliches Zeichen des absoluten Neueinsteigers in der Welt der digitalen Partnersuche. Wie anders lässt es sich sonst erklären, dass jemand ein lapidares „Ich bin wie ich bin", wo auf primitive Weise der Unwille zur charakterlichen Veränderung mit dem Umstand der persönlichen Exklusivität gerecht-

---

7 Das Buch Kohelet (Prediger Salomo) Kapitel 1 Verse 9f.

fertigt wird, freiwillig mit Tausenden anderen teilt? Mangels fehlender Alternative so zu sein, wie man ist, bedarf keiner Kunst und der gleichzeitige Anspruch auf Exklusivität macht alle gleich. Der Schlager in der Hitparade der unoriginellsten Sprüche ist „carpe diem". Gleich vorweg: Dieser Spruch hat sich mittlerweile so abgenützt, dass dies selbst den Retardiertesten endlich aufgefallen ist. Auch der unvermeidbare Folgespruch „carpe noctem", Ausdruck revolutionärer Gesinnung unter den Hobbylateinern, wird heute nicht mehr gebraucht. Stattdessen ist „Lebe jeden Tag so, als wäre es dein letzter" an deren Stellen getreten. Dieser Satz wird heute nicht mehr abgeschrieben, sondern kopiert, Strg+C, Strg+V. Denkbar wäre die Einführung einer Tastenkombinationen, ein Drop-down-Menü bei der Mottoabfrage oder die Aktivierung mittels Checkbox. Was bleibt ist die Vorstellung von der Umsetzung dieses Gedankens: absolutes Chaos, Anarchie und Wahnsinn; Zustände, die unvermeidlich zum Weltuntergang und zum allerletzten aller Tage führen müssen. Fazit: ein extrem saublödes Motto. Was wollen diese geistlosen Auswüchse in ihren unzähligen Variationen also bezwecken? Sie zeugen von der hohen Moralverpflichtung, dem unerschütterlichen Optimismus, der edlen Gesinnung der Autorenschaft. Den Augenblick unseres Daseins schätzen, die Schönheit der Welt sehen, sich selbst und andere wichtig nehmen (Lebe dein Leben, leben und leben lassen), Grundvoraussetzung, um sich auf einen neuen Menschen einzulassen, die Liebe des Lebens finden. So weit, so fad.

Kurzfristig überlegte ich mir, ob ich nicht die Preziosen meiner Hauptschulzeit zum Besten geben sollte. „Scheiß mit Reis zum halben Preis", „Arsch mit Ohren ist teurer g'worden" oder ganz übel, wirklich unterste Liga: „Fut ist gut, wenn man haben tut." Das stand seinerzeit ganz groß auf dem Unterstand an der Bushaltestelle. Klosprüche waren mir sowieso am liebsten. Mein unangefochtener Favorit: „Ach wie gut dass niemand weiß, dass ich hier wichse anstatt scheiß'!"

Will man die Welt in ihrer Schlechtigkeit darstellen, gilt es sich hinter einer bekannten Person zu verstecken. Die eigene Lebenserfahrung wird angezweifelt, wenn das Resümee daraus zu verbittert klingt und als unkontrollierter Verzweiflungsausbruch gewertet, der die Freizeitpsychologen (subsumiert unter: Geht nicht, gibt's nicht), auf den Plan ruft. Irgendwie muss man seine desperate Stimmung erklären. Gefüge wie: „Besser als einen Stein am Schädel" müssen gerechtfertigt werden. Sie müssen zumindest beschwichtigt werden, zum Beispiel mit einem Emoticon. Die unaufhaltbare Emoticon-Inflation zeigt sich am besten am Gebrauch des zwinkernden Smileys am Ende des Satzes. Damit nimmt man der vorangestellten Aussage den Wind aus den Segeln, entschärft jede Unflätigkeit, entschuldigt eine nüchterne, allzu realistische Betrachtungsweise und wird weniger angreifbar. Ein hervorragendes Instrument, wenn man nicht ernst genommen werden möchte.

Ansonsten schiebt man eine gewichtige Persönlichkeit hinten dran. Den Namen von einem, der es wissen muss, von einem, dem man eine reflektierte und kompetente Meinung über das Leben zutrauen kann, vorausgesetzt er hat Besagtes bereits hinter sich gebracht. Am besten eignet sich eine alte Mumie der Geisteswissenschaften, ein toter Poet oder Philosoph. Setzt man hinter „L'enfer, c'est les Autres/Die Hölle, das sind die anderen" Jean-Paul Sartres Namen, outet man sich keineswegs als hoffnungsloser Misanthrop, sondern kokettiert mit der Gedankenwelt einer einflussreichen Kapazität. Jede Aussage legitimiert sich mit der Gewichtigkeit des Autors.

Aus welchem Kontext der Satz gerissen wurde, ist dabei völlig irrelevant.

Ich legte mir den Zitatenschatz des deutschen Volkes zu. Aber auch „Der neue Büchmann" stellte mich nicht hundertprozentig zufrieden, bis ich auf ein Couplet von Otto Reutter stieß: „In fünfzig Jahren ist alles vorbei." Darauf hoffte ich auch. Damit konnte ich leben. Von Reutter passte fast alles „Kinder, Kinder, sorgt für Kinder" oder „Die ganze Geschicht', die lohnt sich nicht", „Es ist nichts Halbes, es ist nichts Ganzes", „Man wird ja so bescheiden", sogar „Laß dir bloß die Nase ändern" und natürlich „Phantasie ist jederzeit schöner als die Wirklichkeit." Irre, als hätte sich Reutter schon vor hundert Jahren mit den vertrottelten Partnerbörsen abgekämpft.

Um dem Dilemma der Mottofindung zu entkommen, gibt es immer wieder Versuche einer humoristischen Annäherung. Sätze wie „Der Otto braucht kein Motto" und „Nur kein Motto ist ein gutes Motto" sind oft die letzten Vorboten der totalen Kapitulation. „Ich pfeif' auf ein Motto", denken viele, schreibt aber keiner, weil es allzu plakativ das eigene Versagen untermalt. Wer will zugeben, dass man schon so viele Profile aufgesetzt oder überarbeitet hat, dass einem eine denkbar einfache Frage zur Weißglut bringen kann? Also blieb mir nichts anderes übrig, als mir wieder einmal einen umzuhängen und ich stellte zufrieden fest: „Wenn der Kopf schmerzt und die Füße stinken, ist es Zeit ein Bier zu trinken!"

Der Luxuspenner

Als mir Noblehobo schrieb, hatte ich längst vergessen, dass ich noch immer in der Partnerbörse der Vegetarier vor mich hin gammelte. Er beanstandete, mich noch nie in der veganen Lifestyle-Szene gesehen zu haben, fand cool, dass ich Schlagzeug spielte und erkundigte sich, ob Jüngere bei mir Chancen hätten. Ich hasste ihn dafür. So jung war er gar nicht, gerade mal fünf Jahre jünger als ich und bestimmt nicht sonderlich attraktiv. Wieder einmal ein Schwarzweißfoto, das von der harten Realität ablenken sollte, der Kopf bis auf einen winzigen Gesichtsausschnitt von einer Kapuze verhüllt, on the road[8] wie es sich für einen Hobo, einen Landstreicher, gehörte. Beim Fortgehen hatte er sich umgedreht und mit mürrischem Blick in die Kamera geschaut. Wenigstens keine von diesen bescheuerten Grinsbirnen, dachte ich mir und erteilte ihm einen Pluspunkt. Besser grantig und ehrlich als freundlich und falsch. Diese Dauergrinser waren mir zuwider, man konnte sich bei ihnen zusammenreimen, welch aufreibend lebensbejahende Parolen man ihren Beschreibungen entnehmen würde können.

Also klickte ich auf sein Profil. Nummer 8927, Mitglied seit drei Jahren, letzte Änderung vor einem Jahr. „Lebe in offener Beziehung", las ich unter Beziehungsstatus. Mir war zum Kotzen. Dann seine Suche nach Brieffreunden, Aktivisten, polyamourösen Kontakten und was

---

8 Vgl. Jack Kerouac's „On the Road/Unterwegs", worin zwei Outlaws auf rustikale Art durch die Staaten reisen.

sich ergibt (homo und hetero). Abgesehen davon, dass man Dinge, die sich ergeben, nicht suchen muss, irritierte mich der Zusatz in Klammern. „Ein bisschen bi schadet nie", dachte ich mir. Ein klassischer Fall für „Nichts muss, alles kann" und „Schauen wir mal." Dieser Typ hatte nicht die geringste Ahnung, was er überhaupt wollte. Ich überlegte, welche dieser attraktiven Rollen ich künftig übernehmen sollte. Warum schrieb er mir überhaupt? Alles, was mir vorschwebte, war eine traditionelle Zweierbeziehung von Mann und Frau, etwas das in der Vorstellungswelt dieser beziehungsunfähigen Selbstdarsteller gänzlich fehlte.

In seinem Profil ließ der Pennbruder die üble jugendliche Arroganz heraushängen: mehr als die Hälfte in Englisch, vieles in Zitatenform, homophone Abkürzungen wie cu und l8r. Eine kleine, provokante Rotznase mit dem Mut zur Selbstdarstellung. „Don't reduce your life to a slogan" als Motto war in Ordnung, seine kryptischen Sonderzeichen gingen mir auf die Nerven. Die sollte er mir im Laufe unserer Bekanntschaft gefälligst erklären, damit auch ich davon profitierte. Ich schrieb ihm zurück, um ein paar Dinge auszuprobieren. Ich wollte wissen, ob er seinen Schwanz einzog, wenn ich ehrlich war und wie lange es dauerte, bis er sich absentierte.

„Snare's also! In punkto Schlagzeugspielen hat sich mein anfänglich wohl zu hoch gesteckter Optimismus an der harten Tatsache mäßiger Konsequenz und fehlender Lockerheit aufgerieben. Dieses monotone und stupide Dahingeklopfe will ich nicht einmal mehr meinem Lehrer zumuten. In letzter Zeit trinke ich, bevor ich zu ihm gehe. Üben ist nicht mehr drin, auch nicht mit Kopfhörern am elektronischen Set. Vom Anschlagen der Fußtrommel über ihrem Bett bis zum Bersten angespannt und vor Tollwut schäumend, klingelt seit kurzem meine Nachbarin, eine gereizte Rechtsanwältin, an meiner Wohnungstür. Sollte ich auch nur wagen, ans Üben zu denken, steht mir eine mit wirr abstehenden Haaren und überquellenden Augen halb wahnsinnig gewordene Vogelscheuche im Nachtgewand gegenüber, beschimpft mich aufs Übelste und droht mir mit Rausschmiss. Ich spreche aus Erfahrung, was die Juristerei und die von Gier und Arroganz verkrüppelten Seelen der Rechtsanwälte anbelangt, daher erspare ich mir jeden weiteren Kommentar.

Trotz deiner aufklärenden Worte, glaub ich mitnichten an eine Veggieszene in dieser Provinzstadt, falls du vegan unterwegs bist, zolle ich dir allen Respekt. Wenn du mit mir spazieren gehen willst: An mir soll es nicht scheitern (auch im Hinblick auf weitere Aufklärung, die neueste Jugendsprache betreffend – "kewl[9]" ist mir gänzlich unbekannt). Ob ich etwas gegen Jüngere habe? Natürlich nicht. Warum auch? Ich steh auf junge Buben. Bestimmt erleben wir dieselben fröhlichen Abenteuer wie Harold and Maude. Ich versichere dir auch, nicht gleich zu sterben, wiewohl ich mir eher wie Harold vorkomme, dem das Leben in seiner Totalität gehörig auf den Ranz zu gehen schien."

Immerhin hatte er mir ein sofortiges Treffen in Aussicht gestellt, was keine Selbstverständlichkeit bei den idiotischen Dauerschreibern im Netz war. Die Bemerkung mit dem Alter ging mir gewaltig auf den Senkel. Ob ich auch Jüngeren eine Chance gäbe? Bildete sich der kleine Scheißer tatsächlich etwas auf seine vermeintliche Jugendlichkeit ein und das bei einem Altersunterschied von fünf Jahren? Der Rückzieher in eine traditionalistische Wertvorstellung von der Zunge eines übereifrigen Nonkonformisten. Hatte ich jemals einen Typen gefragt, ob

---

9 cool

ich ihm zu jung war? Nein. Hatte sich jemals einer von den alten Knackern bei mir erkundigt, ob er mir zu alt wäre? Selbstverständlich nicht.

In seiner Antwortmail schickte er mir ein paar knappe Vorschläge für unseren gemeinsamen Spaziergang. Zuvor unterstrich er seine künstlerische Ader und teilte mir seine musikalischen Aktivitäten mit. Das war alles. Nicht viel Text für einen angehenden Briefeschreiber. Ich googelte mir ein Foto seiner Band, einen Haufen von bunt zusammengewürfelten Individualisten mit einer Vorliebe für Blechblasinstrumente, allesamt so abscheulich, dass ich das Fenster öffnen musste. Ich klickte mich durch die Audiodateien und stieß auf den klanglichen Abschaum eines in Tönen dahergerotzten Sinnlosgedudels. Eine abgehalfterte, auf Studentenfesten grölende Bigband, die darauf hoffte, ihr spaßiges Treiben würde als jazziges Improvisationsspiel durchgehen. Tatsächlich war unschwer zu erkennen, dass bei den meisten sogar die Suzuki-Methode fehlgeschlagen hatte. Wahnsinn, worauf sich die Typen alle etwas einbildeten.

Es gefiel mir auf Details zu stoßen, die dazu dienten, meine Erwartungen niederzuschrauben. Der Leitsatz „Alles kann, nichts muss" ist eine Fehleinschätzung wie die damit verbundene Vorgabe einer weltoffenen Abenteuerlust. Die vollständige Eliminierung der Erwartung ist so illusorisch, dass sie sich auch nach der tausendsten Enttäuschung nicht einstellen wird. Nach einer deprimierenden Break-Even-Analyse war meine Fokussierung auf eine unverfängliche Zielvorgabe Resultat dieser Überlebensstrategie. Ich war seit vielen Jahren im Geschäft. Ich wusste, dass es zu einem bestimmten Punkt besser war, seine Vorstellungen mit der Wirklichkeit zu vergleichen, um zumindest eine Teilkonsolidierung zu erreichen. Die Hoffnung reduziert sich aus den Erfahrungen wie von selbst, verschwinden tut sie nie. Sie stirbt auch nicht zuletzt, weil sie gar nicht stirbt. Auch der Freitod resultiert aus der Hoffnung auf ein besseres Danach.

Maximales Downsizen der Ansprüche für minimale Enttäuschung. Dass ich ihm einfach erklärte, nichts von einer derart eingebildeten Krätze wissen zu wollen, auf diesen Gedanken kam ich gar nicht. Oh, mein Gott. De profundis clamavi ad te Domine/Aus der Tiefe rufe ich, Herr, zu Dir.[10] Hauptsache, es passierte irgendetwas.

---

10 Psalm 130

Hirnwichsen vor dem Date

Das Reinsteigern, die Endlosgrübelei, das Gedankenkarussell, auch bekannt als Hirnwichserei, zählte zu den Fähigkeiten, die ich bis zur Perfektion vorangetrieben hatte. Mittels der Führung imaginärer Dialoge beispielsweise, sah ich mich in der Lage, jede noch so fehlgeleitete zwischenmenschliche Begebenheit richtigzustellen. Aber auch Tagträumereien die Zukunft betreffend, das Durchleben aller möglichen Konstellationen, kurzum das Führen von zermürbenden Gedankenschleifen, beherrschte ich wie kein anderer. Wenn ich mir mit abgewandtem Blick und steifen Nacken den Schädel zerfurchte, gab es nichts auf dieser Welt, was mich dazu bewegen konnte, damit aufzuhören. Mein Psychiater fand, dass es an der Zeit wäre, meine Medikamente aufzujustieren[11] und verschrieb mir ein Präparat, das mir künftig helfen sollte, „mich von mir zu distanzieren."

Immer wieder Sonntag

> On the Sunday morning sidewalk
> Wishin' Lord that I was stoned
> Cause there is something in a Sunday
> Makes a body feel alone ...[12]

---

11 „Wir müssen Ihre Medikamente 'aufjustieren'", die am öftesten verwendete Formulierung meines Psychiaters.
12 Kris Kristofferson: „Sunday Mornin' Comin' Down", auf „Kristofferson", Monument Records 1970.

Ohne Zögern wählte ich den mir verhasstesten Wochentag für unser Date. Nichts ist schlimmer als ein Sonntag: der totale Zusammenbruch der Infrastruktur, Ende des Wochenendes, abendliches Grauen vor der nächsten Arbeitswoche, im Fernsehen nur Mist, die Lottoziehung am Sonntagabend der absolute Downburst. Die Geschäfte sind geschlossen, was einer Katastrophe gleichkommt: Weder kann man eine lästige Pflicht erfüllen noch seinen Frust mit dem Kauf unnützer Dinge kompensieren.

Der einzelne, einsame Mensch, der nur zum Spaß das Haus verlässt, ist am Sonntag nicht existent. Hat man sonntags keine familiären Verpflichtungen, muss man gefälligst zu Hause bleiben. Wie soll man andernfalls all diese debil vor sich hin schmachtenden Jungpärchen und all diese Väter und Mütter mit ihren lärmenden Blagen aushalten? Die singuläre Präsenz ist ein Affront für diesen allerheiligsten Familientag. Wer sich dabei ertappen lässt, ist eine Rechtfertigung schuldig.

Retter Alkohol

Mein Datesonntag sollte anders werden. Auch an diese Verabredung knüpfte ich meine speziellen Erwartungen. Ich stellte mir einen leichtfüßigen, ziellosen Gang durch die Stadt vor, unbeschwert und frei jeder Verpflichtung. Meinetwegen könnten wir auch am Fluss entlang flanieren oder eine Parkbank beschlagnahmen. Worüber aber würden wir sprechen? Der Kerl war bestimmt saublöd, ohne dass er es wusste. Ein Siebenmalkluger mit dem Intellekt eines Schuhlöffels. Karl Marx zitieren und ein fettes Erbe samt Familienbetrieb im Talon. Wie er mir jetzt schon auf die Nerven ging. Hatte der Kerl auch nichts im Hirn, sollte er mir wenigstens ein kurzweiliges Amüsement bescheren. Selbstverständlich hatte ich vorgeglüht. Die meisten Treffen ertrug ich nur im Suff. Ich würde noch drei, vier Dosen nachlegen müssen. Wie sonst könnte ich die ewig im Mentalen stecken gebliebenen Weltverbesserungsansätze meines Gegenübers durchstehen? Mit ein paar Volumprozent würden seine trotzradikalen geistigen Ergüsse in Bezug auf unseren neokapitalistischen Untergang erträglich sein. Wenigstens war er Veganer, hoffte ich zumindest. Vielleicht hatte er sogar lange Haare. Ich klammerte mich an jeden noch so kleinen Grashalm.

Im Notfall musste ein Vollrausch her, gefolgt von den unvermeidlichen Auswüchsen der absoluten Niveau- und Respektlosigkeit: „Ein Humpen Bier, dann steht er dir!" Tiefer als der Marianengraben musste es sein: „Heute geht's wieder rund: einmal in den Arsch, einmal in den Mund." Ein derber Witz war sowieso das ultimative Ziel jeder Zusammenkunft. So etwas ist nicht zu unterschätzen. Dadurch sorgt man für ein vertraulich-gediegenes Ambiente. „Spielen zwei Schwule Tennis. Sagt der eine: 'Du hast ja einen Ständer.' Sagt der andere: 'Kein Wunder, du spielst ja auch wie ein Arschloch.'" Okay, die meisten Witze waren scheiße. Aber man darf sich für keine Unflätigkeiten zu schade sein: „Für ein Cornetto Heidelbeer zeige ich meine Muschi her", untermalt mit einem dezenten Rülpser. Solange es die Vorderzähne aushalten, warum nicht? Wieso denn nicht gleich einen ordentlichen Kriecher zünden? Flatulieren statt diskutieren.

Zur Not versucht man es mit Frauenfeindlichem. Das ist zeitlos und hat immer Hochsaison. Ordentlich in die Bresche schlagen und dann laut und schrill lachen bis es nur mehr für ein Grunzen reicht. Für ein kommunikatives Miteinander ist die Einbeziehung des Gesprächspartner von Vorteil.

„Warum haben Frauen eine Gehirnzelle mehr als ein Pferd?"

„Damit sie beim Putzen nicht aus dem Kübel saufen." Sehr gut. Dann ruhig weiterurgieren. „Wie viele Gehirnzellen haben also Frauen?"

„Null, eine, zwei, drei?" – Alles falsch. Der Typ hält vielleicht nichts von Tieren. Arschloch. Phantasieloser Langeweiler. Fauler Sack, der nicht nachdenken will.

„Vier natürlich! Für jede Kochplatte eine." Der gebildete Frauenhasser weiß einfach Bescheid und einem fröhlich-beschwingten Abend steht nichts mehr im Wege.

Bildung und Fortbildung

Der Edelpenner war in Wirklichkeit bestimmt ein wohlstandsverwahrloster Snob, der auf Anraten seiner Eltern mit irgendeinem Studium begonnen hatte, damit er sich künftig in den richtigen Kreisen fortbewegte. Dazu eigneten sich vortrefflich angehende Juristen und Ärzte, die sich etwas darauf einbildeten, das vergangene Jahrzehnt mit dem Auswendiglernen von Paragraphen oder medizinischen Fachbegriffen verbracht zu haben. Langweilig.

Ich hatte mir meine einst respektable Allgemeinbildung fast zur Gänze aus dem Hirn gesoffen und mich den großzügigen Fortbildungsmaßnahmen des Arbeitsamtes ausgeliefert. Bildung auf unterstem Niveau. Totsitzen wertvoller Zeit. Die billigsten Kurse werden als Qualifizierungsmaßnahmen für Führungspositionen verhökert, für die man gefälligst zu danken hat. Verwertbarkeit in der Praxis: Fehlanzeige. Oder man lernt etwas, das man ohnehin kann und schleppt dafür tonnenweise Ordner und Skripten nach Hause. So ein dreimonatiger Telefonierkurs (modern communication by the example of professional audio cont@ct production, basic elements one: How to use the telephone set under the pretext to generate appropriate spoken language, blabla) ist für rein gar nichts. Damit der sinnlose Lehrstoff nicht ausgeht, wird selbst fürs Atemholen ein Terminus constructus erfunden. Ist man dann endlich auf dem neuesten Stand der Wissenschaft angelangt, geht es – mit einem fiktiven Telefonhörer aufjustiert – ins allseits beliebte Praxistraining. Nach unzähligen Rollenspielen und beinharter Arbeitssimulation wird einem mit Konfliktmanagement, Teamtraining und gewaltfreiem Sprechunterricht die pathologische Dimension seiner Ausbildung bewusst und die Propaganda des Arbeitsamtes beginnt zu greifen. Schuld an der Erwerbslosigkeit sind nicht die fehlenden Arbeitsplätze, sondern natürlich man selbst. In wochenlangen Persönlichkeitsseminaren wird man darauf zurechtgestutzt, sich gefälligst einen ordentlichen Charakter anzutrainieren, um sich künftig besser zu vermarkten. Nicht alle überstehen diese Gehirnwäsche und enden nach völliger Desillusionierung in der Psychiatrie.

Einmal offerierte mir das Arbeitsamt einen Computerkurs zur Mediengestaltung. Irgendwo im finstersten Outback fern jeder Zivilisation genoss ich die approbierte Schulungsmaßnahme „Lernen Sie nichts". Der notdürftig sanierte Raum verströmte ein bodenständiges Ostblock-Flair. Entlang der bröckelnden Wand, verstellten ein paar Computermonstren aus MS-Dos-Zeiten die dreckigen Fenster. Auf die Heizung wurde verzichtet, weil man sich autark versorgen wollte. Bis die Kühler der Rechner auf vollen Touren liefen, hatte man beim Sprechen weißen Nebel vorm Mund. Während sich die Trainerin die Nägel lackierte, unverhohlen telefonierte und die Steuererklärung für die Firma ihres Mannes vorbereitete, durften wir über dem Standbild unseres Bildbearbeitungsprogramms meditieren. Es galt den Stoff alleine zu erarbeiten. Leider gab es nirgends eine Anleitung. Hoffnungslos sinnierten wir über den Tastaturen und machten den immer gleichen Fehler, bis der Kurs um halb fünf zu Ende ging. Einmal in der Woche wurden wir aus diesem Verlies in ein Kämmerchen der oberen Etagen transportiert, wo wir dem verpönten Frontalunterricht ausgesetzt wurden. Fragen ausnahmslos nicht erlaubt. Nach einem fünfminütigen Overkill wurde das Kämmerchen versperrt und wir hetzten wie besessen an unsere Plätze, um das Gelernte anzuwenden. Aber bereits nach einer viertel Stunde wusste ich nicht mehr weiter. Wie konnte ich die Trainerin dazu bewegen, ihr Schweigegelübde zu brechen? Ich räusperte mich lautstark und entschuldigte mich vielmals für die Störung. Daraus resultierte der stets gleiche gehirnamputierte Dialog. Die schwerbeschäftige Trainerin ließ sich durch nichts in der Welt dazu bewegen, ihren eigentlichen Job zu erledigen.

„Könnten Sie mir bitte helfen? Ich komme da einfach nicht weiter."

„Hä? Wieso das denn? Sie müssen schon selber probieren!"

„Hm – ja natürlich. Aber, ich, ich ..."

„Ja, was nun? Haben S' denn schon probiert?"

„Ja! Hab' ich schon."

„Na ja, dann müssen S' halt weiterprobieren."

„Äh. Hab' ich auch schon. Ich probiere seit Stunden!"

Endlich schaut sie auf, mustert mich mit ihrem Pendelblick. *„Ja, Sie müssen schon ein bisschen probieren auch. Nur wenn Sie den Stoff selbstständig erarbeiten, werden Sie auch etwas lernen. Dazu müssen Sie probieren."* Sie wendet sich von mir ab und blickt erneut in ihre Unterlagen.

„Stimmt. Ich probier' eh schon immer."

„Ja dann. Passt's eh."

„Ich kann nicht mehr. Könnten S' vielleicht einmal herkommen. Bitte!"

"Was? Ja, Sie müssen's schon selbst probieren, dafür sind S' ja da, um was zu lernen."
So ging es in einem fort.
Zwischendurch gab es natürlich die obligaten Sitzungen im Kreis: „Wer sind Sie?", „Weswegen sind Sie hier?", „Wohin wollen Sie?" „Was macht gerade Sie aus?", „Wieso ist es nachts kälter als draußen?" Beim Im-Kreis-Sitzen und an sackdämlichen Aufgaben Interesse vorzutäuschen, verging die Zeit überhaupt nicht. Für die Sinnerfassung des Begriffes „Feedback" hatten wir ein Pensum von acht Stunden. Wir googelten „Rückmeldung" und dämmerten kettenrauchend vor uns hin, bis wir endlich den erforderlichen Anwesenheitsbeweis, also unsere Unterschrift, am Ende eines langen und völlig nutzlos verbrachten Tages leisten durften.

Neue Institution – dieselbe Baustelle. Meine Beraterin stellte mir die Aufnahme in einen spektakulären Bürokurs in Aussicht, wo wir in Personalverrechnung, Buchhaltung und Geschäftskorrespondenz unterwiesen wurden, was samt und sonders in den Ansätzen steckenblieb. Die meiste Zeit hatten wir uns in diversen Praxistrainings selbst zu beschäftigen, sollten uns fiktive Unternehmen ausdenken und dafür Werbeslogans und Flyer gestalten, die nach der Vier-Farben-Theorie von Hans-Peter Förster analysiert wurden. Dann wieder saßen wir in Kursen zur Charaktererziehung, spielten Stille Post, Begrifferaten oder führten ein paar pantomimische Verrenkungen durch.

Der Schwerpunkt der Arbeitsfindung wurde auf vier unterschiedliche Personen aufgeteilt und in den Bewerbungsmanagementkursen und bei Outplacement-Terminen wurde mein Lebenslauf so oft durchkorrigiert, dass ich mich selbst nicht mehr darin erkannte. Obwohl achtzig Prozent der Teilnehmenden riesig mit scharfem „ß" schrieben, den Unterschied zwischen Substantiv und Verb nicht wussten oder noch nie vom Duden gehört hatten, stand Orthographie und Grammatik nicht auf dem Stundenplan. Gutes Benehmen hingegen wurde nicht vorausgesetzt und wir lernten im Business-Etikette-Seminar, dass man auf der Toilette nicht mit „Mahlzeit" grüßt, wie man den Niesreiz unterdrückt oder dass man beim Karpfenessen neuerdings sowohl Fisch- als auch normales Besteck verwenden konnte.

Nach einem halben Jahr meldete ich mich für einen Langzeitaufenthalt in einer – auf Berufsunfähigkeit wegen psychischer Störungen spezialisierten – Rehabilitationseinrichtung an.

In Bezug auf Fortbildung sieht es trotz reichhaltigen Angebotes blass aus in diesem Land. Quantität statt Qualität lautet die Devise. An der Volkshochschule rangiert „Mutter-Vater-Kind-Turnen" mit fünfzehn Terminen pro Semester auf Platz eins. Die VHS ist keine Bildungsstätte, sondern ein Esoterikzentrum für Bildungsimpotente und ein Sportverein für senile Wellnessathleten. „Heilen mit Kristallen", „Body-Mind Centering", „Health-related Fitness-Bodystyling nach Feldenkrais", „Bewusstheit durch Bewegung", „Fit for Fun", „Callanetics 50+" und die „präventive Wirbelsäulengymnastik im Liegen" eignen sich bestens für Scheintote. Blasenschwäche und Hirndiarrhö drücken sich die Klinke in die Hand.

Im Vergleich dazu sind Fernlehren der wahre Segen: Nichts Leichteres als sein Doktorat in den Ferien am Swimmingpool nachzuholen. Ein exhumierter Frühpensionist erklärte mir in einem kostenlosen Beratungsgespräch die Vorteile von Englisch nach der Naturmethode, mein Einstiegsgeschenk ein roter Mini-Plastikkalender. Mit einem Schieber musste man sich das richtige Datum jeden Tag aufs Neue einstellen. Was für ein Schwachsinn!

Musik

Nobelhobo war bestimmt ein Liebhaber sackdämlicher House- und Trancedudelei und stand auf die beschränkten Rhythmen von Techno und die phantasielosen Neuabmischungen dieser Verschrottungsmaschinerie mit ihrer an Primitivität grenzenden Melodik. Fazit: eine Musikrichtung, die erst nach einer Gehirnamputation auszuhalten ist; jede Waschmaschine im Schleudergang, die Sirenenprobe von Samstagmittag, ja selbst der Presslufthammer im Vergleich dazu der reinste Hörgenuss.

Ich stellte mir vor, wie mich der reiche Stinker in Ethno-Fetzen, mit umgehängtem iPod und aus kariösem Mund, über die Weisheiten aus dem fernen Osten aufklärte. Leider würde ich dem nichts entgegnen können, weil ich den unglaublichen Effekt von Herbal-Ecstasy noch nie in der Kombination mit den sphärischen Klängen der Infected Mushrooms ausprobiert hatte. Wir wären somit bei der obligatorischen Frage nach dem Musikgeschmack angelangt, die die meisten mit „Na ja, je nach Lust und Laune", „quer durchs Gemüsebeet" und dem Nullpunkt an Geistlosigkeit mit „eigentlich alles" beantworten. Ein Leben mit Stefan Mross und Stefanie Hertel, Nana Mouskouri, Rachmaninow, den Turtles, den Sex Pistols, Charles Aznavour, Ravi Shankar und den Plastic People of the Universe musste unglaublich auf die Substanz gehen. Sollten wir uns etwa über japanische Opern, die besten Requiem-Vertonungen und die neuesten Watschenplattler der Gebirgstrachten-Erhaltungsvereine unterhalten oder der Frage nachgehen, ob sich die Hammond-Orgel aus der Ära des Symphonic Progressive Rock – bedingt durch den Crossoverboom der späten 1980er Jahre – auch in den postindustriellen Fusions der Nu-Metal-Szene etablieren würde? Was er wohl von James Douglas Morrisons Wahl von Albinonis Adagio in g-Moll für die Vertonung von „The Severed Garden" hielt? Wusste er, worauf sich Morrisons Bandname „The Doors" gründete und dass Aldous Huxley seinen Buchtitel „The Doors of Perception" einem Zitat von William Blake aus „The Marriage of Heaven and Hell" verdankte?

Niemals könnte ich mit jemandem zusammen sein, der Pink Floyd nicht vergötterte, die „Pictures at an Exhibition" von Emerson, Lake & Palmer scheiße fand, „Birdland" von Weather Report scheiße fand oder die Texte von Bob Dylan und Kris Kristofferson. Kurzum: Mitte der Siebzigerjahre des 20. Jahrhunderts fanden die letzten Höhepunkte musikalischer Kulturgeschichte statt. Dann wurde ich geboren und ich musste schauen, wo ich blieb.

Literatur

Ich vermutete, dass der Nobelhobo keinen blassen Schimmer von Kunst und Literatur hatte. Vermutlich hing ein Kunstdruck von Salvador Dalí über der Klospülung und die zweisprachige Ausgabe Salingers „Der Fänger im Roggen" aus der Manteltasche; eines der meistüberschätzten Bücher weltweit. Eine Aneinanderreihung von penetranten Banalitäten, saufad, reaktionär, der Protagonist ein stinkreicher Spießer. Dieses verwöhnte Balg, dieses kapriziöse Pickelgesicht, das den ganzen Tag nichts anderes zu tun hat, als im Park herumzugammeln und über seine kleine Schwester und die Enten im Teich zu sinnieren. So tragisch kann man enden, wenn man es viermal hintereinander schafft, aus teuren Privatschulen zu fliegen. Ein komplexbeladenes, arrogantes Arschloch, das sich nach drei dekadenten Tagen im Hotel wieder in die Arme von Mami und Papi flüchtet, obwohl es viel lieber den Rest seiner Tage in einer Blockhütte verbringen möchte. Die großartige Geschichte eines bildungsresistenten Schnösels, der sich mit den langweiligsten Hirnwichsereien von der Ignoranz der bösen Erwachsenen zu distanzieren versucht und sich anschließend hervorragend in die Gesellschaft der Superreichen reintegriert, obwohl er sie gar nie verlassen hat.

Es ist, als wolle man Pinocchio einen Reifeprozess unterstellen und von einem Entwicklungsroman sprechen. Mit Sicherheit das Kultbuch schlechthin für jeden angehenden Pseudointellektuellen und das allerbeste Buch für jene, die noch kein anderes gelesen haben. Ein Wunder, dass man mit so viel leerem Geschwätz ein ganzes Buch füllen kann. Und überhaupt: Lennon-Mörder Chapmans Lieblingsbuch! Na klar wird man irre bei dieser blödsinnigen Scheiße. Schade um den Regenwald! Schade um John Lennon!

Kommunikation

Da ich nicht gänzlich bei Sinnen war, beabsichtigte ich zum Treffen zu gehen. Sonntag, 12.30 Uhr, Keplerbrücke. Ich ärgerte mich, weil er mir seine Telefonnummer nicht gegeben hatte, aber das wollen diese Menschen nicht. Oft genug gab ich meine weiter, mit dem Resultat, dass mich nach Monaten irgendein Langeweiler mit seinen nichtsnutzigen Nachrichten nervte, nur weil er gerade nichts Besseres zu tun hatten, irgendein Pappenheimer mit diesen Floskeln wie „Wie geht's? Lebst noch?" und einem zwinkernden Smiley. „Ja, ich lebe nach wie vor und ich hatte sogar die Kraft hinter die tiefsinnige Botschaft deiner SMS zu kommen. Nein, ich bin nicht dein Pausenaugust, nicht dein Lückenbüßer nach monatelanger Funkstille. Wie wär's denn ausnahmsweise damit, das Telefon als das zu gebrauchen, wozu es ursprünglich konstruiert wurde? Als Fernsprecher zur Mitteilung von Informationen, nicht als Schreibmedium zur Stammelei sinnloser Phrasen und verzichtbarer Grüße!"

„Wie geht's" ist natürlich keine Frage, sondern ein Gruß, wie wir alle wissen. Eine Belästigung, zweckloser Müll, wertlose Rhetorik, Phrasendrescherei. Wieso fragen die Leute nicht einmal was Richtiges? Wie zum Beispiel: „Dein Musikgeschmack gefällt mir, was Jazz und vor allem Blues betrifft. Ich wette, dass du die Version von „Help The Poor", die B.B. King zusammen mit Eric Clapton 2000 aufgenommen hat, nicht kennst und würde dir gerne eine CD davon schenken. Würde es dir deshalb zusagen, mich um 18.30 Uhr im Toxic Motion zu treffen?"

Stattdessen liest man: „Hallo, ich finde dein Profil sehr sympathisch (je nach Ausmaß der Orthographiekatastrophe wahlweise simpatisch oder sinnpattisch)." Jetzt weiter im Originalzitat: „ich mag deinen humor, deine art ironisch zu sein und das ganz und gar nicht anbiederhafte. was heisst koilanaglyph? bitte um aufklärung!" Was wird denn mein Profilname bedeuten? Ob Koilanaglyph, Splitmaster, Valerie Solanas, Succubus, Starterkit, Hortus conclusus und Oxymoron: Hatten diese Vollgummis noch nie in ein Wörterbuch geguckt? Noch schlimmer: „Wow, dein Profil überwältigt mich!" (Geil, danke), „Endlich eine Frau mit einem gescheiten Musikgeschmack" (¡Muchas Gracias, Gringo! Ich kann's kaum erwarten mehr von dir zu lesen), – und jetzt kommt es – „Ich habe in mehr als nur einem Punkt beträchtliche Übereinstimmungen in unseren Profilen gefunden und freue mich sehr, wenn du auf meine Seite schaust." Da fährt der TGV drüber, dass es null Gemeinsamkeiten gibt letztendlich, weil es dem Herrn JoJo43 nämlich nicht der Mühe wert gewesen ist, auch nur ein winziges Detail seiner Scheißvorlieben der Öffentlichkeit kund zu tun: „Ich höre, schaue und lese eigentlich alles gerne. Das kommt ganz darauf an." Worauf kommt das an? Auf den Wechsel der Gezeiten? Die Zyklusphase seiner Schwester? Die unterschiedlichen Sternenkonstellationen?

Ein gewisser Just4fun war tatsächlich auf einen Vorschlag von mir eingegangen. „Ja, würd gerne mal ein bier mit dir trinken. vielleicht gehts mir nächsten monat mal aus, da hab ich gut zeit. ich ruf dich an ..." Nächsten Monat? Zeit für ein Bier? Nächsten Monat bin ich vielleicht schon tot! Ja und ich verabscheue diese notorische Kleinschreibung und bitte sehr: „Lieber Just4fun, ich bin keine große Freundin von langfristigen Planungen, wenn es darum geht, gemeinsam auf einen Drink zu gehen. An und für sich habe ich – besonders am Abend – immer eine Stunde Zeit oder mehr, was sich wahrscheinlich daraus ergibt, dass ich alleinstehend bin und keinerlei familiäre Verpflichtungen habe. Das soll nicht heißen, dass ich jeden Abend zu Hause herumhocke, aber was Verabredungen für ein gewöhnliches Bier betrifft, organisiere ich diese nie länger als ein paar Stunden im Vorhinein. Gerne hätte ich bei dir angerufen, um gleich telefonisch abzuklären, ob eine von dir indizierte Kontaktaufnahme auch wirklich bei einem realen Treffen weitergeführt werden soll, da ich den Eindruck habe, dass ich kein sonderlich großes Interesse bei dir geweckt habe, wenn du nicht einmal darauf neugierig bist, welche Stimme sich hinter den anonymen Ausführungen verbirgt.

Leider muss ich dir mitteilen, dass ich justament nächste Woche und auch die darauffolgenden sechs Wochen wegen krankheitsbedingter Abwesenheit kein Bier mit dir trinken kann. Bitte verzeih mir meine umständli-

chen Darlegungen, aber ich drücke mich lieber mündlich aus, was mir in Ermangelung deiner Telefonnummer leider verwehrt geblieben ist. Ich wünsche dir einen schönen Sommer und freue mich darauf, nie wieder von dir zu hören.
Liebe Grüße P."

Rendezvous

Als ich ENDLICH das Haus verließ, um die kleine Rotznase zu treffen, die ich mittlerweile besser kannte, als mir lieb war, meisterte ich einen grandiosen Parcours durch den Augarten. Besoffen und aggressiv ging es zickzack durch die verhassten Sonntagsstatisten. Ein Rudel Großfamilie hatte sich im Zentrum des Parks rekrutiert, um mit Kind, Kegel, Haustieren, Plastikfuhrwerken und anderen Spielutensilien Passanten den Weg zu verstopfen. Wieder einmal Kinderwagenmarathon angesagt. Als gäbe es nicht schon genug Blagen auf der Welt. Familienspaziergesellschaft. Zu Hause schrien sie sich gegenseitig an und hassten sich. Stolz und ungebunden, mit Pomp and Circumstance und der kompletten Wilhelm-Tell-Ouvertüre in meiner Denkblase scherten mich die Bälger, die Familienidylle und -heiterkeit ausnahmsweise einen Dreck und ich polterte durch das Mutter-Vater-Kind-Gefüge wie der schwarze Reiter auf dem Weg zum finalen Duell. WEIL DIE HOFFNUNG ZULETZT STIRBT. BESTIMMT HATTE ICH UNRECHT UND DER KERL WAR VÖLLIG IN ORDNUNG. SCHEISS ERWARTUNGSHALTUNG.

Um exakt halb eins stand ich mit gespielter Gleichgültigkeit auf der Brücke und observierte aus den Augenwinkeln das Szenario. Ein-, zweimal wechselte ich die Seite, aber mir fiel kein Typ auf, der sich länger als notwendig auf der Brücke aufhielt. Schade und ich hätte ihm so gerne eine reingedonnert.

Zu Hause in der Küche versetzte ich dem Kühlschrank einen Tritt in den Arsch[13], quetschte mich sogleich hinter den Computer und resümierte: „Hey, hab mir schon gedacht, dass du nicht daherkommen würdest. Wenn ich etwas nicht ausstehen kann, dann ist das Unzuverlässigkeit oder warst du nur zu feig, deine grausige Visage im Tageslicht zu präsentieren? Bin ich froh, dass du mich verschont hast. So habe ich wenigstens keine Albträume mehr. Spineless Fucker!"

Wenn etwas nicht bis ins kleinste Detail nach meinem Schädel lief, verlor ich die Beherrschung. Die neuen Tabletten zur Distanzschaffung von meiner inneren Getriebenheit, hatten versagt. Ich musste was tun, Ballast abwerfen, Schluss machen, aufräumen. Ich schloss meinen Account bei den Vegetariern. Nichts wie raus aus dieser Trottelbörse!

---

[13] Vermerk einer Testleserin: „Wo ist der Arsch bei einem Kühlschrank?"

Teil II

Die Hummel ist der Zeppelin unter den Insekten.
(Pamina Normal)

Initiator und Usurpator

Wenn ich mich zurückerinnern versuche, wie alles begann, habe ich Schwierigkeiten genaue Zeitangaben zu machen. Mein Lebenslauf war mit Lücken zersetzt. Damit konnte ich mich nicht einmal als Hilfsknecht bewerben. Mein Vater fragte mich allen Ernstes, warum ich nicht zur Armee ging. Ja genau: „Und wird das auch nichts mehr, gehst halt zum Bundesheer." „Ist selbst das nicht gelungen, machst in Versicherungen." Ich war mörderisch schlecht im Verkaufen. Ein Produkt, von dem ich restlos überzeugt war, gab es nicht. Und auch dann hätte ich keinen Bock drauf, es an einen x-Beliebigen zu vertickern. „Wer nichts wird, wird Wirt, wer nichts tut und kann, geht zur Post oder zur Bahn." Post und Bahn kämen vielleicht noch. Und eine Spelunke konnte ich jederzeit aufmachen. Durch mein Studium hatte ich die Konzessionsberechtigung. Ich selbst als bester Gast. Herrlich! „Sonst ist ja einerlei, geh doch zur Polizei." Aber auch auf Seiten der Gesetzeshüter hatte ich, meiner Meinung nach, nicht das Geringste verloren.

Beziehungsmäßig ging es drunter und drüber. Vieles angefangen, nichts weitergemacht. Ab und zu hatte ich Verhältnisse, die auf natürlichem Weg zu Stande gekommen waren und etwas länger hielten, sodass sie für die Rekonstruktion der chronologischen Abfolge der Geschehnisse unabdingbar sind.

Es war in der Endphase meines Studiums, die sich schon einige Semester hinzog. Ich war kürzlich in die Stadt gezogen, kannte keine Menschenseele und wollte meine Freiheit genießen. Davor hatte ich sieben lange Jahre mit meinem Freund in einem Dorf gewohnt. Irgendwann hielt ich das Landleben nicht mehr aus: Eine Kirche, ein Geschäft, ein Postamt, sonst nichts. Sinnlose Besäufnisse in den Dorfkneipen. Ringsherum füllten sich die Häuser mit Kindern.

Als ich meine eigene Wohnung in der Stadt bezog, ließ ich es ordentlich krachen. Auf die Uni ging ich selten, dafür feierte ich bis in die frühen Morgenstunden. Zwei Tage verstrichen, bis ich meinen nur mit unbedingter Höllenangst und Wahnsinn beschreibbaren Zustand auskuriert hatte. Dann ging es wieder von vorne los. Ein glücklicher Zufall hatte mir einen langhaarigen Studenten verschafft, der sich bei nüchterner Betrachtung als zu schön für mich herausstellte. Ein Drang ihn wiederzusehen trieb mich in jener Samstagnacht an den Ort unserer Kontaktaufnahme, als mir irgend so ein Kerl ein Bier spendierte. Wir unterhielten uns. Ich war frustriert, verspürte nicht die geringste Lust, ihm meine Telefonnummer zu geben, tat es aber trotzdem. Er lud mich zu sich nach Hause ein, spielte mir auf seiner Gitarre vor, bestellte Essen für mich. Es war unglaublich. Rippe schien sich tatsächlich für mich zu interessieren. Ich bekam Beklemmungszustände. So richtig nüchtern war es nicht auszuhalten. Sicherheitshalber warf ich mir schon zu Hause ein paar Biere ein. Als ich bei ihm eintraf, fühlte ich mich indisponiert, unpässlich, durch eine desaströse, nicht ertragbare Spontannüchternheit verunsichert.

Jedes Mal, wenn er mir die Tür öffnete, wartete er mit einer Speisekarte vom Zustellservice auf mich. Anscheinend wollte er mir eine Freude bereiten, aber ich zitterte so stark, dass ich keinesfalls einen Bissen runterbringen konnte. Deshalb gab es für mich nur Flüssiges. Erst nach einer geraumen Weile beruhigte ich mich ein bisschen und konnte wenigstens ohne zu stottern ein halbwegs vernünftiges Gespräch bewältigen. Zur Begrüßung und beim Abschied gab es Küsschen. Es war als berührten mich Engelsschwingen, die ich noch zu Hause an meiner Wange spürte. Er roch gut und seine Stimme war nie laut. Rippe trank keinen Tropfen, weil er davon ein Nervenproblem bekommen hatte: Angstzustände, paranoide Gedanken, Sozialphobie, Panikattacken. Für mich war er der ruhigste und normalste Mensch, der mir jemals untergekommen war, dazu noch wahnsinnig gutaussehend: lange Locken, blaue Augen, schlank und groß. Eine feingliedrige, etwas knöcherne Nase, im Profil den alten Griechen gleich und ein dezenter Musketierbart, der aufgrund des dunkelblonden Haares sehr jugendlich wirkte. Oft band er das seitliche Haar am Hinterkopf zu einem Zöpfchen. So was war bei mir nicht drin. Ich hatte kaum Haare an den Schläfen. Schnittlauchgerade Fetzen, eine Knollennase und noch immer Pickel. Was wollte der Kerl eigentlich von mir? Der hätte doch Hunderte andere haben können. Ärgerlich! Und jetzt saß ich hier und musste aufpassen, dass er nicht jeden Moment entsetzt davonlief. Ich wurde immer angespannter. Gleich würde er bemerken, dass ich nicht alle Tassen beieinander hatte. Oje, am besten nicht bewegen. Jetzt, jetzt, jetzt würde es gleich passieren! Er würde alles bemerken. Oh nein, oh nein, warum konnte ich nicht normal sein? Ich saß wie auf Nadeln.

„Hey, hey, hey. Was haben wir denn da? Is' irgendwas nicht in Ordnung mit dir?"

„Hä? Eh, was denn? Ich weiß nicht."

„Ja guck dich mal an. Warum zitterst du so?"

„Ach nö. Das ist nur ein familiärer Tremor, also so eine Art kleine, ganz und gar unwichtige neurologische Unstimmigkeit."

„Hä, ein was? Also für mich sieht das ganz nach einer verrückten Sache aus, die du da hast. Scheinst nicht ganz dicht zu sein, oder was. Schaut ja abartig aus, wie du dich benimmst."

„Nein, bitte nicht! Ich bin ganz normal. Das ist mir selbst ein Rätsel. Ich bin wirklich ganz normal. Das ist wegen meiner genetischen Disposition zu einer medizinisch kaum erforschten Hypotonie."

„Was is' denn das für ein Blödsinn? Mein Gott! Pass auf meine Sachen auf. Du musst total im Eck sein. Wahrscheinlich irgendwelche harten Drogen, die du dir reinziehst. Das hat mir gerade noch gefehlt, dass ich eine alte Fixerin in meine Wohnung lasse."

Bing. Tingting. Klirr. Aschenbecher und Glas zerbersten, weil ich meine Hände überhaupt nicht mehr unter Kontrolle habe. Gleichzeitig kippt die halbvolle Bierflasche über den Tisch und der Inhalt ergießt sich in das Schallloch seiner Gitarre.

„Jetzt reicht es mir aber mit dir, du verdammte Irre! Schau, dass du dich augenblicklich verziehst. Die Gitarre wirst du mir natürlich ersetzen. Unerhört, was sich so rumtreibt in dieser Stadt. Dass ausgerechnet mir das passieren muss! Entsetzlich, oh Gott, oh Gott ..."

Aber nichts dergleichen passierte. Rippi sprach mit sanfter Stimme auf mich ein und versuchte mir jeden Wunsch von den Lippen zu lesen. Wenigstens war es dunkel im Zimmer.

„Mm, schau, magst vielleicht Tortellini mit Steinpilzfüllung?"
„Nein, hab' keinen Hunger."
„Wie wär's mit Tortellini mit Rucola und Spinat?"
„Nein, nein danke. Ich will nicht."
„Ja dann iss wenigstens was Kleines: Gemüseburger, Emmentalerburger, gebackener Camembert, Mozzarella mit Tomaten und Basilikum vielleicht ...

„Heute nicht. Ich hab' schon so viel gegessen den ganzen Tag. Danke, echt nicht."

Oh Gott, oh Gott. Als nächstes würden alle Salate aufgezählt werden, dann die Nachspeisen. Wie um Himmels Willen sollte ich eine Topfenpalatschinke mit Vanillesauce vor seinen Augen essen, einen ganzen Bissen von dem leichten Teig auf einer Gabel balancieren, in Sauce tunken und fast einen halben Meter zum Mund manövrieren. Wenigstens ließ er mich mit den Suppen in der Ruhe. Dieser Albtraum einen randvollen Löffel mit Einlage unbeschadet in die Mitte des Gesichts zu bugsieren, eine maximale Katastrophe.

„Ja, aber alleine essen ist so langweilig. Komm, nur eine ganz kleine Winzigkeit."

Einmal ließ ich mich auf einen Teller gebackener Champignons mit ihm ein. Kaum war er selbst mit essen beschäftigt, riss ich mir ein paar Teile herunter und stopfte sie schnell in den Mund. Ich nahm immer die größten und schwersten Brocken, sodass sich der Teller schneller leerte. Die Sauce Tartare musste ich auslassen. Das wäre sich nie und nimmer ausgegangen. Die meisten Chancen hatte ich, wenn er eine neue CD einlegte. Gleich schob ich mir mit beiden Händen eine Fuhre in die Mitte. Aufs Rauchen musste ich mehr oder weniger verzichten. Viel zu gefährlich, wenn er mich bei dieser feinmotorischen Angelegenheit beim Zittern erwischt hätte. Es war die reinste Tortur. Warum konnte ich kein normaler Psychopath sein? Angst vor anderen Menschen zu essen! Was war das denn? Von Akrophobie bis Zoophobie war alles in der Literatur vertreten, aber Angst vor anderen Menschen zu essen, gab es definitiv nicht. Rippe hatte Angst vorm Fliegen. Geradezu lächerlich.

Am Telefon hatte ich nichts zu befürchten und sprach unbefangen. Wir schrieben uns liebe SMS, riefen uns an und er hörte nicht auf, Interesse an mir zu zeigen. Richtig unheimlich. Rippe war sehr sportlich bekleidet und trug zu jedem Zeitpunkt Wristbands, also Bänder aus Frottee, nach Art der Tennisspieler. *„Die trag' ich, weil ich so dünne Gelenke habe"*, vertraute er mir an. *„Eigentlich bin ich sowieso mit meiner ganzen Figur unzufrieden. Alles ist so dünn, viel zu wenig muskulös. Ich kann essen, was ich will, nehme aber keinen Gramm zu. Ich kann mich nicht ausstehen. Sieht scheiße aus, aber das wirst schon gemerkt haben."*

Kaum zu glauben, was er da von sich gab. Für mich wurde er von Tag zu Tag schöner und da gab er plötzlich so einen Schrott von sich. Rippe meinte das im vollen Ernst. Zu dünn? Rippi hatte die perfekte Figur. Eine Lichtgestalt wie er musste Donatello für seine berühmte Davidfigur aus der Frührenaissance Modell gestanden haben: Rippe, wie er völlig nackt mit dem riesigen Schwert in der Rechten über dem abgeschlagenen Haupt des Riesen Goliaths triumphierte. Die halbe Welt war fett oder übergewichtig und ein Prachtexemplar wie Rippe, der junge König David daselbst, strafte seinen Luxuskörper mit den haarsträubendsten Lügen. Wenn hier einer das Recht auf Komplexe hatte, dann gefälligst ich. Da wurde ich noch unsicherer. Hoffentlich hatte er meinen deformierten Riesenzinken noch nicht von der Seite gesehen, ganz zu schweigen von meiner traurigen Oberweite, die gar nicht vorhanden war. Das würde nicht lange gut gehen.

Tatsächlich wurde es plötzlich leise und es folgten keine Einladungen mehr. Er besuchte mich, um mir seinen Rückzug zu erklären. Meine ständige Trinkerei war ihm zu viel geworden; ja hatte er nicht verstanden, dass wir uns andernfalls gar nicht kennengelernt hätten, dass ich mich gar nicht aus dem Haus getraut hätte, dass es nichts und gar nichts gab, dass mich so derart aufs Mark erschütterte wie diese kalte nüchterne Realität? Eine ganze Nacht blieb er an meiner Seite, tröstete mich, naturgemäß Stunden, in denen ich mir die Birne matschig soff, es war ja alles verloren. Kein Glück auf Erden würde ausreichen, diesen Verlust wettzumachen.

Am nächsten Tag wachte ich auf und war bereit zu sterben. Eine von Ekel und Abscheu durchtriebene Verzweiflung läutete den Tiefpunkt meiner Existenz ein. Rippe hatte mir ein Abschiedsgeschenk mitgebracht. Ich öffnete die Verpackung. Darin befand sich ein am Boden sitzendes Skelettpärchen, das sich küsste. „Love never dies", stand auf einem herzförmigen Grabstein. Es war Silvesterabend und ich stellte mich mit rotzverschmiertem Gesicht auf den Balkon. Ich konnte einfach nicht springen. Nie zuvor hatte ich mich so gehasst, wie an diesem Tag. Aus purer Anständigkeit verbrachte ich noch Jahre Silvester in völliger Nüchternheit.

Danach ging ich wieder exzessiv fort. Ich ließ keine Bar aus. Alles, was ich wollte, war geliebt zu werden. Für eine Umarmung tanzte ich nächtelang in irgendwelchen Kneipen herum. Manchmal war ich so besoffen, dass ich nicht mehr wusste, in welche Richtung ich nach Hause gehen musste. Zeitungsausträger lieferten mich an meiner Adresse ab. Hie und da nahm ich die Übriggebliebenen aus der Disco mit zu mir. Ein vierfacher Familienvater wachte in meinem Bett auf und war genauso überrascht wie ich. Mit einem englischen Straßenmusikanten schlug ich mir die Nächte um die Ohren. Ich wachte in fremden Betten auf und wurde ohne Frühstück rausgeschmissen. Für eine Umarmung tat ich fast alles.

Schließlich lernte ich Mäzie, einen langhaarigen Studenten kennen, der gerade von Biologie auf ein freudloses BWL-Studium umgesattelt hatte und sich diesen langweiligen Mist mit viel Alkohol vernünftig saufen musste. Mein Vater setzte mir telefonisch ein Ultimatum. Ich musste mit Ende des Jahres mein Studium der Geisteswissenschaften beendet haben. Im November 2002 legte ich meine Abschlussprüfung über Karl den Großen ab und war frank und frei, aber völlig mittellos. Also arbeitete ich als Paketlieferantin und Nachtwächterin, zusätzlich für ein paar Stunden in der Museumsbibliothek, bis mir alles zu viel wurde. Rippe tauchte wie aus dem Nichts auf und ich machte mit Mäzie Schluss.

Es war besser als in jedem Märchen. Ich bewarb mich in einem Reisebüro, das so versteckt lag, dass ich es sogar darin aushielt und verbrachte meine schönste Zeit mit Rippe. Unversehens befiel mich eines Tages eine Frustration, eine Enttäuschung, die mich ergriff und nicht mehr losließ. Kurzerhand wünschte ich mir eine richtige Beziehung, eine noch bessere Beziehung allenfalls, das komplette Paket mit Heirat, gemeinsamer Wohnung und Kind. Also verabschiedete ich mich von ihm. Ein himmelschreiender Irrtum. Der größte Fehler meines Lebens. Ich hatte meine zweite Chance verpatzt und jetzt würde ich sehen, wie beschissen es wirklich sein konnte.

Mäzie kehrte zurück, weil es in seiner Studenten-WG zu dreckig war. Ich hatte eine aufgeräumte Wohnung, die er zu schätzen wusste und wir kochten zusammen die Spezialitäten des Hauses: Brösel und Gemüse oder Pasta mit selbstgemachter Sauce. Mäzie beruhigte mich durch seine nahezu fehlende Gabe zur Reflexion. Angst und Depressionen waren ihm nicht einmal aus Büchern geläufig. Es war ihm alles schnurzegal. Der großen Worte und Gesten in Bezug auf die zärtlichen Seiten des amourösen Lebens unfähig, präsentierte er sich wortkarg, mit einem auf ein Mindestmaß reduzierten Vokabular. Meine zeitweise bis aufs Mark erschütternd schlechte Laune ertrug er mit stoischer Gelassenheit. Als wir mangels einer Alternative auf uns zurückgreifen mussten (womöglich war der Samstagabend für uns beide ohne nennenswerten Aufriss verlaufen), drückten wir uns – nicht glücklich, aber die wohltuende Vertrautheit genießend – aneinander und neckten uns gegenseitig, was unseren temporären Misserfolg beim anderen Geschlecht betraf.

Mäzie besaß die Eigenheit einem – quasi en passant – unter den Rock zu greifen, um zu kontrollieren, ob das Schamhaar rasiert war. Unterwäsche tolerierte er nur mit einem Nasenrümpfen. Nicht, dass er Haare an gewissen Stellen kritisiert hätte, aber er dokumentierte es in einer Art und Weise so nüchtern-sachlich, so scheußlich ernst. Sonst immer nur das Allernotwendigste sagend, bemerkte er es unbedingt, sprach es nicht anklagend, aber in einer dieser Tonlagen aus, die einen höllischen Ekel suggerierten. Oft passierte es erst Stunden nach Sichtung dieser Provokation zu einem denkbar unverhofften Zeitpunkt. Wir konstatierten gerade unsere fehlgeleiteten Karrieren (also Arbeitslosigkeit versus unfertiges langweiliges Studium) und plötzlich wurde sein Blick forsch und nachdenklich und wie aus dem Nichts heraus folgte ein vernichtendes Urteil mit einer erschütternden Prägnanz. „The occurrence of the inexplicable", kafkaesk, unabsehbar. Dazu rümpfte er die Nase mit einem laut wahrnehmbaren „snj, snj, snj", Ausdruck der Missbilligung und einem Kopfschütteln: *„Du musst dich ordentlich rasieren. Wie das ausschaut!"*

„Was, wo? Woher weißt du denn das?"

„Sicher weiß ich das. Frag nicht und tu es einfach. So wirst nie einen Mann finden, ein bisserl musst dich schon kümmern. So ist es und nicht Andreas."

„Ein Härchen in Ehren kann niemand verwehren. Vom Rasieren kommen immer mehr und immer längere. Am Kopf wachsen die nicht so schnell – komischerweise."

„Und wenn sich die Borsten auch noch so vermehren. Du musst sie stets bis zum Ansatz scheren."
„Oje, immer die gleichen schlechten Witze. Ich glaub ich geh' zum Lachen in den Keller."
Dann herrschte für Stunden Funkstille.
„Und? Wie geht's in der Schul[14]*, Mäzie?"*
„Wuuuuaaaaaascht! Snj, snj, snj."
Mit der Uni und dem leidigen Studium der Betriebswirtschaftslehre war Mäzie schon gar nicht aus der Reserve zu locken. Schon eher interessierte er sich für meine Pickel. Aber auch die waren schnell ausgedrückt. Unglaublich, in welche Sprachlosigkeit wir uns manövriert hatten. Hie und da ging Mäzie auch nur aufs Klo bei mir, das in seiner WG – aufgrund hygienisch-bedenklicher Zustände – eine konkrete Gefahr für Leib und Leben darstellte. Der Weiche Schanker, Feigwarzen, die vollständige Bandbreite an venerischen Infektionen, zumindest aber ein Filzlausbefall, waren einem sicher, sofern man vor lauter Unrat überhaupt den Weg dahin fand. Dann verbarrikadierte er sich eine geschlagene Stunde im Bad, während ich in den Fernseher glotzte. Nur beim Kochen kamen noch Diskussionen zustande.

Sauce Pomodoro musste mit frischen Tomaten hergestellt werden. Sogar die kulinarisch anspruchsvolle italienische Verwandtschaft bevorzugte für eine ordinäre Tomatensauce Pomodori Pelati aus der Dose, qualitativ hochwertig natürlich, aber wenn nicht unmittelbare Tomatenhochsaison, die einzig denkbare Variante. Mäzie war wählerisch bis zum Geht-nicht-mehr; sein kapriziertes Gehabe gab mir den Rest. Er verabscheute jede Art von Dosengemüse, Nahrungsmittel fragwürdiger Herkunft und Produkte, die nicht aus so basalen Zutaten wie

---

14 Schule: großmütterlich für die Universität oder ein Studium.

Salz, Mehl und Wasser hergestellt wurden. Vor undefinierbaren Fertigsoßen aus der Tube ekelte er sich genauso wie vor Gewürzmischungen mit mehr als drei Ingredienzien. Wenn er mich Mayonnaise oder Ähnliches essen sah, grauste es ihm derart, dass er sich wochenlang weigerte mich zu berühren. Kochte ich etwas, musste ich ihm sämtliche Bestandteile nachweisen und schwören, dass ich keine Fertig- und Tiefkühlprodukte dafür verwendet hatte.

Dieses Prozedere spielte sich auch in sämtlichen Lokalitäten ab. Besonders unerbittlich traf es jene kaum deutsch sprechenden Imbissbudenbesitzer, die mit dem plötzlich anfallenden Erklärungsbedarf, die Provenienz ihrer Zutaten betreffend, überhaupt nichts anzufangen wussten. Die meisten glaubten, die Lebensmittelaufsicht hätte sie erwischt. Er erkundigte sich nicht nur akribisch genau nach Anbauort- und -methode, sondern auch nach Lieferung, Lagerung und Zubereitung der angebotenen Waren. Bei seinen elendslangen Ermittlungen verging einem der Appetit. Chemisch-synthetischer Dünger, Pestizide, Herbizide, Fungizide, aber auch Kunstlicht waren sofortige Ausschließungsgründe. Solch Anstößigkeiten bedurften meist keiner Frage. Vieles roch und sah er aus sicherer Entfernung.

Nach seinen exzessiven Tourneen und beachtlichen Mengen an Bier (Bier nach seinen Reinheitsvorstellungen: Hopfenextrakt das absolute No-Go, Konservierungsstoffe ein Sakrileg) zog es ihn in den frühen Morgenstunden auf den Bauernmarkt am Kaiser-Josef-Platz, wo er sich – was die Qualität der Produkte betraf – in Sicherheit fühlte. Wankenden Schrittes schleppte er Säcke bester Äpfel und Kartoffeln nach Hause. Als guter Kenner der Gastro-Szene schwörte er auf einen Pizzeria-Inhaber, der seine Pizzen nach dem Bausatzprinzip anzubieten beabsichtigte. Da er den Chef näher kannte, hatte er sich einen zufriedenstellenden Einblick in die Küche und die Produktionsweise verschafft und sein betriebswirtschaftlicher Weitblick verhieß dem Besitzer Erfolg und Reichtum, womit er recht behalten sollte.

Mäzie aß kein Brot ohne Frisches. Damit meinte er Salatköpfe, Krauthäuptel, „Blotschn[15]" in allen Variationen, frisch aus der Erde, rein und unbehandelt. Sein bevorzugtes Nahrungsmittel jedoch war der Apfel. Hier zeigte sich seine ganze Kennerschaft der agrartechnischen Methoden und es verging selten eine Stunde, in der er nicht einen davon verschlang, stets mit Schale und Putz. Die Stängel blieben als stumme Relikte seiner Eskapaden dort liegen, wo er sie gerade hinspuckte. Ein einziges Mal versuchte Mäzie eine Kugel Eis. Ich hatte ihm diesen Liebesbeweis abgetrotzt. Sich vor eingebildeten Bauchkrämpfen krümmend, litt er wie ein reuiger Sünder.

An diesem Schreckenstag, als Mäzie mich auf die Fährte der Idiotenmaschinerie einsamer Internetherzen führte, kam er mit einem großen Beutel Tomaten rein. Kochen war angesagt.

„*Sneas Oide*", was so viel hieß wie „Servus Alte". In der rechten Hand hielt er einen angebissenen Apfel, sein Shirt war mit Obstflecken bekleckert. Mäzie hatte dicke Augen. Mit seinen angeschwollenen Lidern sah er aus wie Garfield.

„*Du hast hoffentlich eh Nudeln zu Hause und Zwiebeln*", finalisierte er gerade noch vor einem dezenten Rülpser.

„*Scheiße, ist das der ganze Salat? Snj, snj, snj. Is' ja wuascht, gemmas an.*"

Ich lungerte tatenlos herum und sah zu, wie er meine Küche in ein Schlachtfeld verwandelte.

---

15 Eine "Blotschn" ist ein, von Pflanzen stammendes, großes Blatt.

"Herumgedrückt hast auch. Super. Hättest mich machen lassen."

Ja natürlich hatte ich mein Gesicht bearbeitet. Fast genau eine Stunde lang. Schwarze Pickel verfolgten mich schon seit zwanzig Jahren. Pickel, Pusteln, Zehrwürmer, Dürrmaden, der Ausdruck „Mitesser" am allerallerwiderlichsten. Ich hatte mir immer vorgestellt, mein Pickelgesicht würde mit den Falten verschwinden. Schwerer Irrtum. Die Eiterpusteln und Talgtrichter koexistierten in meinem Gesicht in allergrößter Harmonie mit den Furchen auf der Stirn. Mir war fad. Ich war frustriert. Und wenn ich so ein schwarzes Biest geknackt hatte, wurde ich gierig und wollte mehr. Es wirkte befreiend, fast wie eine Meditation. Zeit und Raum, aufgehoben in der ekstatischen, tranceähnlichen Schwerelosigkeit absoluter Ichvergessenheit. Ballast abwerfen. Jede Pore ein Treffer. Die Königsdisziplin des Drückens stellten die unter Insidern bekannten Grieskörner dar, die man vor dem Quetschen mit einer Nadel anstechen musste. Die Haut erholte sich erst nach einer Woche von diesen Torturen. Ich sah aus wie ein Fliegenpilz.

Das Durchpflügen der Haut distanzierte mich von mir selbst und zwar viel besser, als dass dies irgendein Medikament vollbringen konnten. Stressabbau durch Selbstverstümmelung. Ein Klassiker unter den Hypernervösen. Früher einmal hatte ich mir die gespaltenen Haarspitzen an einem sonnigen, hellen Plätzchen einzeln abgeschnitten, wenn ich angespannt war. Kein Wunder, dass aus mir nichts wurde. Das Splissschneiden gab ich auf, weil es meine Mitmenschen irritierte. Ich ging dazu über mir die Flusen von Kleidungsstücken zu reißen.

Mäzie war egal, wie viele Blattern in meinem Gesicht wucherten. Er reagierte knautschig, wenn ich ihm nichts übrig gelassen hatte. Irgendwie ähnelten wir uns auf wunderbare Weise. Genauso wie ich litt er unter dem krankhaften Zwang sinnlose Handlungen auszuführen. An Vollmondtagen verfiel er in die Monotonie sich jedes einzelne Härchen seiner Haut mit einer Pinzette auszurupfen oder er riss sich in fünfstündigen Sitzungen mit einem klitzekleinen Wachsstreifchen die Brusthaare aus. Ein mir endlos vorkommendes Unterfangen, das er da an meinem Küchentisch sitzend absolvierte. Einen halben Tag sprach er kein einziges Wort mit mir. Voll purgatorischen Eifers zelebrierte er diesen Akt der Hingabe, der in mir eine Mörderwut hervorrief. Während sich draußen Begebenheiten zutrugen, die in die Weltgeschichte eingehen sollten, lichtete sich die Vorderseite seines Oberkörpers in Zeitlupentempo. Hinterher sah er aus wie eine Quattro Stagione, aber unendlich beruhigt. Unsere Vertrautheit, unser unbefangenes Miteinander hatte sich vornehmlich – um es atavistisch auszuleuchten – über das Lausen und das Entflohen aufgebaut.

Mäzie verfügte über die wunderbare Gabe ein eingewachsenes Haar auf eine Entfernung von fünf Metern auszuspionieren und dieses ohne jedes Hilfsmittel blitzschnell zu entfernen. Mit der Zeit entwickelte er sich zu einer wahren Koryphäe der Kosmetologie. Er ließ sich einen langen Fingernagel wachsen, um besser in die verkorksten Stellen einzudringen und den Eiter ans Tageslicht zu befördern. In seiner Perfektionsphase dauerte dieses Manöver nur mehr den Bruchteil einer Sekunde und ging rundweg schmerzlos vorüber.

Bei Rippe hatte es so etwas nicht gegeben. Derartige Dinge existieren gar nicht in seiner Vorstellungswelt! Rippe hatte noch nie einen Pickel gehabt und nichts lag ihm ferner, als bei jemand anderem solche Abscheulichkeiten wie das Ausdrücken zu verrichten. Rippe war zu schön dafür. Er unternahm auch niemals Anstalten, in meiner

Gegenwart zu tröten und zu rülpsen. Auch nachts kam es zu keinen Flatulenzen. Rippe war ein Engel, manchmal geradezu unheimlich. Vielleicht verdaute er nicht. Tatsächlich stank es kein einziges Mal, wenn er am Klo war. Keine Ahnung was er denn drinnen so tat. Nie ein Laut zu hören, nur irgendwann die Spülung. Er machte mir unmissverständlich klar, dass man über gewisse Dinge nicht redete. Einmal erledigte ich eine Quetsch-Orgie in seinem Badezimmer, in der ich mich derart ins Werk steigerte, dass ich nicht mehr auf sein Rufen reagierte. Vor lauter Aufregung vergaß ich fast aufs Atmen. Sein Licht über dem Spiegel war unbarmherzig. Fast wie echtes Operationslicht. Meine Visage war total zermatscht. So musste ich ihm vor die Augen treten. Er trat einen Schritt zurück, als hätte ich die Pocken. Ich versuchte es mit Solarium. Katastrophe. Die rot-entzündeten Stellen changierten ins Blauviolette.

Für Rippe war eine Frau nur als frisch gewaschene, wohlriechende Erscheinung denkbar. Außerdem war er der Überzeugung, dass gewisse Themen für Frauen tabu zu sein hatten. Eines Tages, als wir noch zusammen waren, passierte das Unerhörte. Er rief an, um sich zu erkundigen, ob ich Zeit für ihn hätte und was ich gerade so machte. Ich erzählte ihm, dass ich gerade mit dem Wichsen fertig geworden wäre und dass es mir jetzt gut ginge. Da war sie schon wieder, diese vor Schreck und Abscheu eintretende Stille. Gleich würde er auflegen. Nein! Bitte, bitte nicht. Ich musste ihm erzählen, dass alles nur Spaß gewesen war. Schlechter Spaß natürlich.

„*Pamini, so etwas machen Damen nicht und wenn doch, dann möchte ich nie mehr davon hören.*" Ich hätte den Mund halten sollen. Er kam mich an diesem Tag nicht besuchen.

Mäzie fuhrwerkte weiter in der Küche herum. Ich wischte den Mist auf der Arbeitsfläche zusammen.

"Deine Messer sind einfach scheiße, die schneiden alle nicht, das ist kein Kochen", und nach dem Bruchteil einer Sekunde: *"Hmh! Scheint neuerdings schwer im Kommen zu sein – mit kurzen Röcken und Haarbüscheln an den Beinen herumzulaufen."* Nichts sonst und weiter ging es im Textfluss, ob denn kein gekühltes Bier vorhanden sei, warum ich nie Mineralwasser einkaufte oder mit der Erkundigung, ob meine Schwester immer noch mit ihrem Alten zusammen wäre. Irgendwann musste er mich einer diskreten Fleischbeschau unterzogen haben. Vergangenen Winter, respektive während des Frühjahres, hatte ich gute sieben Kilo abgespeckt, ausgelöst durch eine simplen Anmerkung seinerseits, unmittelbar nach der Begrüßung: *"Aha, hast ein paar Kilos zugenommen"*, daraufhin ein paar fachkundige Griffe in die Speckpartien und ein abschließendes Fazit: *"Okay, wenn du meinst, aber letztes Jahr hast besser ausgesehen"*, und mit dem vernichtenden Nachsatz: *"Noch mehr soll es aber nicht werden."* Wie nett. Immer mitten in die Adipositas rein!

Mäzies Ernährungsweise, sogar sein Vegetarismus, ging mir auf die Nerven. Essen als Knackpunkt für jede Beziehung. Die notorischen Fleischfresser stressten am allermeisten. „Oh Gott, oh Gott, Fleisch. Ich brauch mein Fleisch, sonst schaff' ich es nicht mehr in den dritten Stock hinauf. Mein armer stählerner Körper verlangt nach frischen Kadavern. Hoffentlich schwindet meine sagenhafte Potenz nicht dahin, weil ich heute nur Wurst und Fisch gegessen habe." Unter einem Schwein pro Tag waren die wenigsten zufrieden. Der permanente Leichengestank eine Katastrophe. Anstelle der Muskeln wurde nur der Stiernacken breiter. Und dann das ständige Gerede vom Essen. Man konnte sich ja keine drei Meter vom Kühlschrank wegbewegen, geschweige denn mal unbeschwert im Kino hocken, ohne dass so ein Kerl verhungerte. Total überbewertet die ständige Fresserei.

Könnte ich es mir aussuchen, würde ich wie eine Schlange alle vierzehn Tage eine Mahlzeit runterwürgen.

Nach unserer gemeinsamen Zeit ging Mäzie dazu über, vieles selbst anzubauen und auf die Milch- und Eiererzeugnisse seiner Mutter zurückzugreifen. Das Wachstum seines Gemüses studierte er geflissentlich. Schließlich hätte sich ja was Unnatürliches in den Reifeprozess schleichen können. Er zog zu seiner neuen Freundin aufs Land, die eine Doppelhaushälfte mit Garten bewohnte. Klassische Karriere: Raus aus der Stadt, Studienabbruch, Haus am Land, Frau und Kind. Und das alles wegen ein paar selbst gezogener Gurken. Nach und nach sicherte sich Mäzie auf diese Weise seinen Nahrungsbedarf und wurde autark. Das Stadtleben hatte ihn ausgemergelt. Er wog nur mehr knappe sechzig Kilo. Die Supermärkte, das Industriefutter, die Verweigerung der Fastfood-Kultur hatten ihren schrecklichen Tribut gefordert. Hätte er in letzter Konsequenz nicht die Entscheidung getroffen, wieder aufs Land zu ziehen, wäre er vollends degeneriert.

So richtig glücklich habe ich Mäzie während unserer Beziehung nur einmal gesehen. Ich holte ihn abends von seiner WG ab und wir flanierten mit einer Büchse Bier durch die Stadt. Er trug seine Lederjacke aus den Siebzigerjahren, die ihm kurze Zeit später im Q gestohlen wurde. Sie war sein ganzer Stolz. Sein frisch gewaschenes, hüftlanges Haar säuselte im Wind und er stolzierte erhobenen Hauptes voran. Wer jemals Mary-Chapin Carpenters wehendes Haar bei ihren frühen Live-Auftritten („Come On Come On"[16]) gesehen hat, weiß wovon ich rede. Als ich mich bei ihm nach dem Grund seiner guten Laune erkundigte, erzählte er mir brühwarm, dass er auf

---

16 Mary Chapin Carpenter: „Come On Come On", auf „Come On Come On", Columbia Nashville 1992.

das DIO-Konzert ins Grazer Orpheum ginge. Warum zum Teufel hatte er mich nicht gefragt, ob ich mitgehen wollte? Ronnie James Dio! Der Mann, der die Mano cornuta, die gehörnte Hand \m/ ins Rockbusiness gebracht hatte, Mitglied von Black Sabbath und Rainbow! Das würde ich ihm niemals verzeihen.

Mäzie entwickelte sich auch nach Jahren am Land, in der Frische der Natur und seiner geliebten Früchte der Erde nur zögerlich. Trotz intensiven Kinderwunsches war er lange Zeit nicht in der Lage, sich erfolgreich zu reproduzieren. Als seine Freundin endlich schwanger wurde, wünschte ich mir nichts sehnlicher, als selbst ein Kind zu bekommen.

Also musste ein Mann her. Nach dem Essen erzählte mir Mäzie von den tiefschürfenden Erfolgen seines Freundes mit Nichtmehrallein. Ich wurde hellhörig. Im Internet konnte man sich einen Mann wie aus einem Katalog bestellen. Genial! Der Reiz des Unbekannten packte mich. Beim Ausgehen herrschte sowieso Flaute. Unlängst wurde ich vom Türsteher gefragt, ob ich meine Tochter abholen käme und ich bekam Rippe nicht und nicht aus dem Kopf. Es war wie ein Fluch. Bestimmt würde es nicht schaden, sich ein wenig auf dem Markt umzusehen.

Es folgten keine rosigen Zeiten. Meine ehemaligen Freunde bekamen durch ihr Studium interessante Jobs, verdienten mördermäßig Kohle, fuhren um die Welt oder heirateten und bekamen Kinder. Ich bekam noch mehr Depressionen, noch mehr Tabletten und nur mehr Absagen auf meine Bewerbungen. Mäzie wurde Vater einer Tochter. Sie sah aus wie er und bekam dicke Augen.

Profilprobleme

Das Erstellen des Internet-Profils war aufregend, anfangs zumindest. Es erinnerte mich an meine frühe Schulzeit, als wir unsere Stammbücher untereinander austauschten. Die immer gleichen floralen Schnörkel und poetischen Hirnlosigkeiten gingen mir sehr bald auf die Nerven: „Lebe lustig, lebe froh, wie die Maus im Haferstroh", die Lebens-Maxime ganzer Schulklassen. Am schlimmsten die lächerlichen Engstirnigkeiten meiner Mitschülerinnen auf der ersten Seite: „Haltet mir mein Stammbuch rein, knickt mir keine Seiten um, reißt mir keine Blätter aus, sonst ist es mit unserer Freundschaft aus." Mein absoluter Untergang, der Verlust meines Vertrauens in die gesamte Menschheit: „Sei immer brav und edel, mit einem Wort ein Kärntner Mädel", dazu ein abgepauster Strauß Margeriten einer Martina Klobuschnig, die mir mit diesem Ratschlag eine immerwährende Freundschaft versprach. Ich wuchs in der tiefsten Provinz auf, noch dazu in Kärnten, aber was konnte ich dafür? Jedes Mal beschlich mich ein befremdliches Gefühl, wenn ich so ein Teil in die Hand bekam, was, Gott sei gedankt, selten vorkam, da sich mein Freundeskreis schon immer auf wenige Personen beschränkte. Mein erstes Poesiealbum fiel meiner älteren Schwester zum Opfer, die über die frommen Lebenssprüche ihre eigenen Sinnlosreime kritzelte: „Lebe glücklich, lebe froh – ohne Müh', dann lebst du früh."

Mein zweites Poesiealbum sah erst richtig hässlich

aus, der rot gepolsterte Umschlag übersät mit kleinen Blüten. Nelken, Tulpen, Lilien, Pfingströschen, überall nur Blumen! Schlimmste Vergewaltigung aller Konsumgüter für die Frau. Die bis zum Wahnsinn gereifte Durchfeminisierung noch so intimer Bereiche für ein langes, braves und stets liebliches Frauenleben.

Ein Schulkollege, der einzig gut aussehende Junge in meiner Volksschulklasse namens Nicki, verewigte sich auf zwei Seiten mit einem kopierten, mit Faserschreibern ausgemalten Donald Duck und ein paar Zeilen, die er in seiner krakeligen, nicht entzifferbaren Schrift zu Papier gebracht hatte. Ich ärgerte mich über diese geschmacklose Darbietung halb krank und bekam die ersten Vorläufer einer Perfektionsmanie zu spüren, die nichts Gutes verkünden ließen.

Kurze Zeit später kamen die neuen Freundschaftsalben auf den Markt und ersetzten die Bücher mit den leeren Seiten. Meine jüngere Schwester besaß eine Garfield-Version, wofür ich sie beneidete. Die neuen Alben stellten gezielte Fragen über Vorlieben und Interessen, boten die Möglichkeit für ein Foto und einen kleinen Platz für persönliche Anmerkungen. Hier konnte man seine Präferenzen Musik, Literatur und Filme betreffend vermerken. Kam man in den Genuss, ein bereits länger im Umlauf befindliches Buch zu ergattern, war es jedes Mal ein königliches Amüsement sich mit der besten Freundin über die Einträge von Klassenkameraden und -kameradinnen lustig zu machen.

Mit diesem Vorwissen ausgerüstet, regredierte ich auf das Niveau längst vergessener Kommunikationsmuster und legte mir ein Profil auf Nichtmehrallein zurecht: eher ironisch als lustig, leicht zynisch, tendenziell fatalistisch. Ich hieß Zoso oder Rightnow und verwendete ein aktuelles Foto, das vor allem einem entsprach: der ganzen ungeschönten Wirklichkeit. Von der guten Fee wünschte ich mir „einen Batzen Geld" und die Frage, weshalb ich auf Nichtmehrallein registriert sei, beantwortete ich mit „weil Gott es mir befohlen hat". Später hielt ich es mit der Wahrheit und schrieb „weil bei Elitepartners nichts geworden ist". Seit mir ein Wahrsager prophezeit hatte, dass ich meinen Durchbruch, sowohl in partnerschaftlicher als auch in beruflicher Hinsicht, erst mit zweiundvierzig Jahren haben würde, schrieb ich gar nichts mehr. „Amor fati", die Liebe zum Schicksal, nennt man das.

Ich spickte mein Profil mit meinem Lieblingszitat von Orson Welles: „Frag nicht, was du für dein Land tun kannst. Frag, was es zu Mittag gibt." Orson Welles hatte seine Fettleibigkeit zu Grunde gerichtet. Ich fand ihn genauso authentisch wie die als Psychopathin verhetzte Valerie Solanas. Ein Kaliber wie die glück- und ruhmlose Warhol-Attentäterin konnte einem schnell den Stempel einer radikalen Feministin (bei der Partnersuche eher kontraproduktiv) aufdrücken. Aber niemand interessierte sich dafür. Praktischerweise befand sich Solanas Aufruf zur Vernichtung des männlichen Geschlechts gleich am Ende des ersten Absatzes ihres SCUM-Manifestes, was ich sehr ökonomisch fand. Ich sah mit großer Genugtuung „I shot Andy Warhol" und fand sie hinreißend. Sie tat mir leid, weil sie niemand ernst genommen hatte. Nur konsequent, dass sie schließlich einem reichen Künstlerarsch das arrogante Grinsen verdrehen musste. Hätte sich der oberwichtige Schnösel nur ein wenig für sie engagiert. Aber nein, Andy war einfach ein Weichei und Warmduscher, nicht Mann genug, um für sein Wort gerade zu stehen. So entbrannte am 3. Juni 1968 jener folgenschwere Dialog, als die vor Wut schäumende Solanas in Warhols Factory stürmte, um sich an den Männern und ihren leeren Versprechungen zu rächen. Wie so oft trug sie dabei ihre verdreckte Baskenmütze. Eine Kippe hing aus ihren rissigen Lippen. Der Aufdruck ihres löchrigen Herrenshirts: „We as warriors must know our enemies!"

Solanas: „Hey Gringo, du alter Sack. Jetzt hab ich aber die Faxen dicke. Ich wart schon seit acht Monaten auf deinen verfickten Anruf."

Warhol: „Jesus Christ! Steh mir bei. Du rasierst deine Achselhaare nicht. Also wirklich. Wie das aussieht. (Er lacht hoch und schrill.) Vali trägt kleine Pelztierchen unter ihren Ärmelchen. Mon dieu, le dernier cri. Ach Gott, wie süß diese Tiere doch sind. Schützen, schützen, schützen!"

Solanas: „Wo ist das gottverdammte Drehbuch, das du mir versprochen hast? Vor lauter Arschficken mal wieder nur herumgelümmelt, was?"

Warhol: „Uch! Vali, wie hässlich du sprichst. Schließlich habe ich besseres zu tun als mich mit so einer verrückten Pussy abzuärgern."

Solanas: „Sag bloß, du hattest nicht ein paar Minuten Zeit um an dein Scheiß-Telefon … (Warhol unterbricht sie.)"

Warhol: „Ich bitte dich Vali. Wie stellst du dir das vor? Bei diesen Telefongebühren heutzutage, aber auch. Und du weißt ja, dass ich stundenlang mit der Herzogin[17] an der Strippe hänge."

Solanas: „Warhol, du Saftarsch! Ich mach dich alle!"

Warhol: „Oh mein Gott, wo ist eigentlich Gerard[18], wenn man ihn einmal braucht. Mein rechtes Ei liegt schief. Herrgott, jetzt zwickt es auch noch. Wo ist der Bengel?"

Solanas: „Jeder gottverdammte Loser kriegt seine Chance in deiner Scheiß-Factory. Hier wimmelt es ja nur

---

17 Warhols Drogenlieferantin Brigid Berlin.
18 Warhols Siebdruckassistent Gerard Malanga.

so von schwulen Versagern und eingebildeten Luxusmösen, die zu blöde sind, um auch nur eine einzige Strophe auswendig herunterzusingen. Wenn man bei dieser Katzenmusik überhaupt von Gesang sprechen kann. Und da soll ausgerechnet für mich kein Platz mehr sein?"

Warhol: „Huch, Gerard. Wo bleibst du? Jetzt juckt auch noch das linke Ei. Ist ja nicht mehr auszuhalten hier. Ja warum unternimmt denn niemand etwas dagegen?"

Solanas: „Entweder du veröffentlichst nun – wie versprochen – mein Stück oder ich puste dir ein paar Kugeln gegen den Schädel, so dass dir die Haare von nun wie Fetzen abstehen und du aussiehst als wäre dein Friseur gestorben."

Warhol: „Mein Gott, schafft diesen, diese, dieses Ding da fort. Aber Vali, jetzt guck doch, wie du überhaupt daherkommst. Sag bloß, du trägst kein Make-up. Entsetzlich! Wo bleibt Gerard? Gerard! Gerard! Wenn dich Gerard jetzt sieht. Der muss ja denken, dass ich mir neuerdings jeden x-beliebigen Knaben aus der Gosse hole. Oh Jesus, und das in meiner Position."

Solanas: „Hey, Alter. Ich schieße dich über den Haufen wie ein krankes Reh."

Warhol: „Och, Kindchen, pass doch mit der Knarre auf. Du wirst mir ja nicht meine Elvise und Marilyns durchlöchern, wo du ja weißt wie lange ich daran gearbeitet habe. Also wirklich. Hör mit der Fuchtelei auf. Mein Gott, du musst aus dem letzten Loch pfeifen. Diese Armut aber auch. Welch widerwärtiges Elend. Was ist eigentlich aus der Pharmaindustrie geworden? Gibt es denn gar kein Mittel dagegen? Geh wenigstens mal wieder zu einer Sitzung. Ich zahl dir auch so eine Lobotomie oder wie diese neumoderne Operation heißt und meinetwegen ein paar Elektroschocks und dann ist alles wieder wie früher. Versprochen, Kindchen."

Solanas grinst wie eine Irre, tritt einen Schritt näher und holt zum Schuss aus.

Warhol: „Igitt! Sind das da etwa Speisereste? Wann hast du dir das letzte Mal deine Zähne geputzt? Nicht auszuhalten, dieser Gestank. Das haut ja jeden langgedienten Kanalräumer aus den Socken."

Solanas durchsiebt Warhols Elvis- und Marilyn-Drucke. Mehr durch Zufall wird Warhol lebensgefährlich verletzt. Ja und der Rest ist wohl Geschichte: Niemand kam Warhols Forderung, ihm mal so richtig seine Eier durchzukneten nach. Außerdem wurden sie bei dem Malheur so unglücklich verdreht, dass er bis an den Rest seiner Tage mit einer höchst merkwürdigen Stimme sein Dasein fristen musste.

„I should have done target practice!", resümierte die Unglückliche später. Zweifellos hätte Solanas ein Schießtraining absolviert, aber aufgrund ihrer erbärmlichen finanziellen Situation war daran nicht zu denken. Als zumeist Obdachlose verfügte sie nicht einmal über ein eigenes Zimmer, ganz zu schweigen von den fünfhundert Pfund, die Virginia Woolf, schon 1928 in ihren Vorträgen zu „Women and Fiction[19]", als Grundbedingung für das Verfassen großer Literatur gefordert hatte.

Die psychiatrischen Gutachten, die Solanas eine ausgeprägt paranoide Persönlichkeitsstörung attestierten, sind allesamt einer zutiefst frauenfeindlichen Künstlerelite zu verdanken. Mit ihren schonungslosen, aber wahren Darlegungen zur Vernichtung der Männer (eigentlich ein rühmlicher Versuch zur Rettung der Welt), wurde sie von denselben in niederträchtigster Art und Weise diffamiert, denunziert und in den progressiven Selbstmord getrieben. Ihre in Verwahrlosung durchlebte Kindheit musste als

---

19 In Buchform 1929 unter dem Titel „A Room of One's Own" veröffentlicht.

trügerischer Grund für ihre vermeintlich geistesgestörte Gesinnung herhalten. Letztendlich wurde *sie* von den Männern zerstückelt und – als verzweifelte Einzelkämpferin – vortreffliche Zielscheibe des Spottes und des Hohnes. Ein verkanntes Genie, erbärmliches Opfer patriarchaler Strukturen.

Auf der anderen Seite hatte Virginia Woolf auch dargelegt, dass eine androgyne Geisteshaltung, die Solanas zumindest ihrem Äußeren nach zur Schau trug, für Woolf ein weiteres Merkmal für das Schaffen hochrangiger Schreibekunst, nichts brachte, solange man das andere Geschlecht abwertete oder verteufelte.

Was Überzeugungen betrifft, gelangt man ohnehin schnell zur Erkenntnis, dass einem alles schlecht gemacht oder falsch ausgelegt wird und meistens fängt genau dort jemand zum i-Tüpferl-Reiten an, wo man es am wenigsten vermutet. Solanas aber wurde ignoriert, wie die meisten meiner Vorlieben, und sie wanderte von meinen Angaben zu meinen Lieblingsautoren hin zu jenen Personen, die ich gerne kennengelernt habe. Bald gab ich sie ganz auf. Meine große Leidenschaft für die oft verspottete Glaubensgemeinschaft der Shaker und ihre bahnbrechenden Errungenschaften auf dem Gebiet des funktionalen Designs juckten ebenfalls kein Schwein. Die Shaker, eine aus dem amerikanischen Quäkertum hervorgegangene Religionsgemeinschaft, hatten sich durch ihre zölibatäre Lebensweise ausgerottet und jetzt hatte ich mich um ihr Vermächtnis zu kümmern. Wie wünschte ich mir, dass jemand meinen Euphorismus verstand, den ich für die grandiose Entdeckung und Konzeption der sogenannten Shaker-Leiste (Peg Rail)[20] empfand. Damit wird

---

20 Umlaufende waagerechte hölzerne Leiste, in die in regelmäßigen Abständen Haken eingelassen sind, die dazu dienen Dinge an der Wand aufzuhängen.

der ganze Krempel, der sonst zwecklos herumsteht, einfach an die Wand gehängt. Der Nutzen einer solchen Leiste ist kaum zu überschätzen. Nicht nur, dass sie die Anschaffung von teuren Kästen und Regalen zur Verstauung von Pfannen, Töpfen und Stiefeln hinfällig macht, ist sie auch eine effiziente und gutaussehende Alternative, ein innenarchitektonisches Juwel! Beinahe so unverzichtbar wie ein Küchentisch mit Bestecklade oder ein Badezimmer mit Bidet.

Schließlich kaufte ich mir eine Hutablage mit Hakenleiste, eine Minishaker-Ersatzleiste, und meine Wangen glühten vor Freude. Ich lackierte sie rot, selbstverständlich ohne das Holz zuvor abzuschleifen. Wider allen Expertenmeinungen hielt die Farbe an allen von mir bemalten Holzmöbeln bombenfest und das ohne lästige Vorbehandlungen. Generell waren mir handwerkliche Verrichtungen ein Dorn im Auge. Alles, was nicht mit Superkleber und Isolierband zu reparieren war, landete im Restmüll. Solange der Deckel zuging, war alles in Ordnung. So befreite ich mich im Schutze der Nacht von all dem kaputten Schrott, alten Kopierern, Röhrenbildschirmen und sperrigen Zeugs. Nach jedem Verbrechen an die Umwelt musste ich mein schlechtes Gewissen mit Alkohol betäuben. Mit der Montage der Hutablage betraute ich Ingi, meinen Studienkollegen und Zechbruder, der mir freitags beim Saufen beistand und mir mit martialischem Hochgenuss zu fortgeschrittener Stunde mit einem ausrangierten Akkuschrauber planlos Löcher in die Wände bohrte. Er glich Jack Nicholson in Stanley Kubricks Shining. Mit seinem irren Glanz in den Pupillen war er trotz meines hysterischen Einspruches nicht davon abzubringen seine Mission zu erfüllen. Roter Schutt fiel zu Boden, das Mauerwerk bröckelte, die Ablage hing schief, hielt aber wie durch ein Wunder. Ingi wurde der erste Mann in meinem Leben, der mir verdeutlichte, dass Habis[21] und handwerkliches Geschick kein naturgegebenes Zweiergespann bilden müssen.

Wie mit der Shakerleiste ging es mir auch mit meinen anderen Neigungen. Genauso wenig äußerte sich jemals irgendein Leser über einen meiner Lieblingssongs, der im Normalfall zwischen „Dreams" von Van Halen, Bob Dylans „Don't Think Twice, It's All Right", Jim Morrisons „The Severed Garden", „Babe I'm Gonna Leave You" von Led Zep oder „Wish You Were Here" von Pink Floyd zirkulierte.

Das Gleiche natürlich mit meinen literarischen Sympathien: Kein Sack kannte Carson McCullers' „The Heart is a Lonely Hunter", „Die Allertraurigste Geschichte" respektive „The Good Soldier" von Ford Madox Ford oder wenigstens ein simples Allerweltsgedicht wie „The Road Less Traveled" von Robert Frost. Richtiger hieße es wohl „The Road Not Taken", aber das merkte bei dieser Leserschaft ohnehin niemand.

Es war ja nichts auszurichten mit diesem traurigen Pack von Ignoranten. Stattdessen wurde jede nekrophile Äußerung auf die Waagschale gelegt. Ja gab es tatsächlich Menschen auf diesem Erdenrund, die nicht an Suizid dachten, die sich das haptische Vergnügen ein Skelett anzufassen nicht und nicht vorstellen konnten? Gar nicht wegzudenken der Totenschädel in der Kunst, als das Motiv der Befreiung von den irdischen Zwängen und Sym-

---

21 Haberer oder Haberfeldtreiber, natürlich auch in der Schreibweise Hawi möglich. Das „b" oder „p" ist im Deutschen ein ohnehin schlampiger Explosivlaut. Falls Ihnen jetzt langweilig wird, versuchen Sie diese Plosive durch extra stimmhafte Reibelaute auszutauschen und setzen Sie dabei ihre Zähne auf die Unterlippe: „Vusfahren is' für Loser", „Vier in Vlastik" und „Vussi, Vussi, Vussi, den Vutz von den Wänden essen." Bis die Volizei kommt!

bol der erlösenden Vergänglichkeit. Ja, was ist denn das unbedingt Ästhetische an der Menschengestalt? Allein die Knochen, das Skelett. Der Rest wird hässlich, eitrig, verfault und beginnt zu stinken. Nichts am Menschen, und zwar bei allen Menschen gleichermaßen, ist so schön wie sein Knochengerüst.

Wie gut konnte ich Herman Melvilles Scrivener verstehen, der sich zu Tode gehungert hatte, weil er gegen die Sinnlosigkeit der Welt durch Nichtagieren und Verweigerung protestierte und wie liebte ich die dramatischen Höhepunkte des düster gesprochenen Abschnitts von Jim Morrisons „The End". Wieder und wieder stimmte ich in den schwermütigen Klang seiner Stimme und beschritt den Weg des Mörders zu seinen Opfern.

> The killer awoke before dawn
> He put his boots on
> He took a face from the ancient gallery
> And he walked on down the hall
> He went into the room where his sister lived
> And then he paid a visit to his brother
> And then he walked on down the hall
> And he came to a door and he looked inside
> Father? – Yes son – I want to kill you
> Mother, I want to ...[22]

Ich wusste nicht, was Jimmy mit dem „face from the ancient gallery" gemeint hatte, aber es evozierte in mir diese bedeutungsvolle Geste eines alles entscheidenden Aktes, worin sich längst Vergangenes schicksalhaft auf die Gegenwart auswirkte.

„*... fuck you all night long!*", schrie ich, die Stereoanlage

---

[22] The Doors: „The End", auf „The Doors", Elektra 1967.

bis zum Anschlag aufgedreht. Justament da läutete es an der Wohnungstür. Die Nachbarin von unten, die alte Gorgone. Oder?

„Ich glaub', ich muss eh nichts mehr sagen. Mir reicht es bald!", knurrte es aus ihrem teigigen Gesicht. Wie immer standen ihr die Haare in alle Richtungen. Ich hielt eine genaue Abklärung ihrer chronisch dunklen Augenringe für ratsam, doch da war sie schon verschwunden.

Obwohl meine Darlegungen keine müde Sau interessierten, steigerte ich mich mächtig in die Sache. Bestimmt gab es jemanden, der genauso wie ich tickte. Wozu denn sonst die vielen Fragen?

Meine jüngere Schwester Ali meinte, dass ich zu viele Märchenbücher läse. „Ich will dem Schicksal in den Rachen greifen, ganz niederbeugen soll es mich gewiss nicht", zitierte ich Beethoven. – Genial. Immer wenn ich mir die besten Einfälle herbeigesoffen hatte, reagierte kein Arsch darauf. Keiner drückte „Gefällt mir" auf Facebook, keine Sau interessierte sich für meine liebevoll konstruierten Seiten auf Nichtmehrallein. Dafür hatte ich von den anderen wirklich üblen Schrott zu lesen. Es war nicht zum Aushalten.

„Pamini, bitte, vergiss den Scheiß. Glaubst du wirklich daran, einen echt coolen Typen im Netz zu finden? Ist ja die reinste Geisterbahn. Vielleicht triffst einmal auf einen Irren? Ja dann: Gute Nacht! Aber dann brauchst nicht zu mir kommen. Weil ich hab' es dir ja schon immer gesagt." Kaum erwähnte ich einen Namen, fing die Litanei bei Ali an: *„Pfoah. Wer ist denn das schon wieder? Sicher einer von deinen Kasperln von Nichtmehrallein. Bitte, wieso haben wir dich überhaupt studieren lassen, wenn du offensichtlich noch immer nichts im Hirn hast?"* Irgendwann legte sich Ali selbst ein Profil an. Ein paar Mal kam ein Wiener zu ihr auf Besuch, von dem sie sich beschenken ließ. Dann schmiss sie ihn kurzerhand aus der Wohnung.

„Letztens hat er mir gar nichts Richtiges mitgebracht", resümierte sie pragmatisch.

Die Idiotenkommunikation auf Nichtmehrallein desillusionierte mich zunehmend. Ist es bloße Einbildung oder sind Internetforen und Partnerbörsen nur dazu da, jede Chance zu nutzen, um mit Sticheleien auf andere loszugehen, wann immer es einem beliebt? Das geschriebene Wort ist bedeutungsschwerer als der plauderhafte Ton einer mündlichen Anmerkung, die sich mit einer läppischen Handbewegung und einer süßlichen Tonlage nivellieren lässt. Bei diesen Zwinkerzeichen am Ende jedes Satzes bekam ich ans Pathologische grenzende Aggressionsschübe: eine regelrechte Emoticon-Plage, wohin das Auge reichte. Inflationäre Beschwichtigungszeichen, die den Verfasser als geselligen und umgänglichen Zeitgenossen markieren sollten, wo sich in Wahrheit Hass und sadistische Seitenhiebe ein Stelldichein gaben.

„Wofür engagierst du dich? Für wen ergreifst du Partei?" – „Für nichts und niemanden!" – „Worauf bist du stolz?" – „Auf rein gar nichts! Dummheit und Stolz wachsen am selben Holz." Fragen dieser Art (Registerblatt: „Was ich sonst noch loswerden möchte" beziehungsweise „Freiwille Angaben") ließ ich unbeantwortet, um mir ein „hüstel-hüstel" zu ersparen oder griff in die provokante Bresche. „Wann hast du das letzte Mal geweint?" beantwortete ich mit „Immer, wenn ich meine Verwandten sehe", was der Wahrheit vielleicht nicht so nahe kam wie ein „Als ich letztens Zwiebel geschnitten habe", aber wenigstens nicht so hoffnungslos abgedroschen war.

Am besten war es – wie auch sonst immer und überall – blond zu sein, stupide vor sich her zu grinsen und nur liebliche und ungesättigte Aussagen zu tätigen. Die viel verwendete Profilüberschrift „Alles kann – nichts muss" war der geeignete Aufhänger, um allfällige Kontakte so unverbindlich wie nur möglich zu gestalten und sich mit diesem ekelig lockeren und spielerischen Umgangston an die breite Masse heranzubiedern. Mit der Zeit kotzte mich die ganze Bande so an, dass ich meine Sitzungen beim Therapeuten intensivieren musste. Wegen meines hohen Aggressionspotentials begann ich zu klettern und zu laufen.

Einige Tage nach Registrierung konnte man mit einem randvoll gestopften Postkasten rechnen, dazu die ganze Palette an Gästebucheintragungen und Freundschaftsbekundungen aller Art. Die meisten Anwärter suchten schnellen Sex und in ihrer ganzen männlichen Selbstüberschätzung natürlich kostenlos. Kein Mensch genierte sich hier anzuwanzen wo es nur ging. Mit den lächerlichsten und primitivsten Mitteln überhaupt, die allesamt an Phantasie- und Geschmacklosigkeit nicht zu überbieten waren, versuchten sich die User ihr Honorar für eine Prostituierte zu ersparen. Sobald Frischfleisch registriert wurde, wurden die jämmerlichsten Anmachen in den Äther geschossen. Neunundneunzig Komma neun Prozent davon der reinste Müll.

Mäzie, der Anstifter zu meiner Selbstmontage, zeigte sich über den breiten Zuspruch, den mein Profil fand, restlos entzückt. In seiner Begeisterung schwang sogar ein Stücken Neid mit. Möglicherweise gönnte er mir meinen allenfalls zu erwartenden Volltreffer nicht, während er sich mit einer Beziehung zufrieden geben musste, die auf natürlichem Wege, ganz ohne Anforderungskatalog, zu Stande gekommen war. An seinem grüblerischen Blick konnte ich erkennen, dass er sich gerade mit dem Gedanken auseinandersetzen musste, ob er mit seiner neuen Freundin nicht die Katze im Sack gekauft hatte und ob ihm das Leben nicht vielleicht eine vorteilhaftere Partnerin beschieden hätte. Aber spätestens nach den ersten fünfzehn Klicks auf die eingegangen Mails und Durchforstung der dahinter stehenden Kandidaten, wandelte sich sein leiser Anflug von Missgunst in den gewohnten Spott.

Das Aussortieren war der Mühe nicht wert; man konnte die ganze Tagesration in Bausch und Bogen und mit Sicherheit ungelesen entfernen. Tage- ja -wochenlang wurde man bisweilen von diesen immer gleichen Anstupsern terrorisiert. Man musste sich erklären, warum man bei einem Typen biblischen Alters, der kein einziges Wort ohne Rechtschreibfehler zu Wege brachte und Tagesreisen entfernt wohnte, nicht die geringste Lust verspürte irgendwas zu antworten. Die meisten Anschreiben waren so deprimierend, dass ich mich beim besten Willen nicht geschmeichelt fühlen konnte. Die unreflektiertesten Zuschriften allergrausamsten Inhaltes bombardierten mich ständig aufs Neue. Kaum einer hatte sich meine Darlegungen bis zum Ende durchgelesen, denn es hagelte Fragen, die ich ohnehin schon beantwortet hatte.

In meinem Profil präsentierte ich mich mit meinem richtigen Alter, meinem Wohnort Graz, einem ungefakten Bild und meiner Begeisterung für Musik, Kunst und Literatur und politischen Einstellungen, die vermehrt im linken Bereich angesiedelt waren. Blutgierig stürzte sich die Meute auf diese Ungeheuerlichkeiten.

Je andersartiger jemand dachte, umso lieber schrieb er mir. Zuschriften vornehmlich von jenen, die eindeutig kontroverse Ansichten aufwiesen. Manche verlangten weitere Bilder von mir, ohne dass sie selbst eines von sich hatten. Hauptsache jeder konnte seinen Mist abstellen. Frischfleisch bevorzugt. Immer frei nach dem Motto: Gegensätze ziehen sich an und wer nicht wagt, der nicht gewinnt.

So also offerierte sich mein potentielle Liebhaber:

1. uraltes Profilfoto
2. friedhofsblond oder grau-meliert
3. Glatze, Halbglatze, Geheimratsecken
4. so gut wie immer pygmäisch, mit Bestimmtheit um einen Kopf kleiner
5. desaströs langweilig, uninteressiert in allen Bereichen
6. um mindestens fünfzehn Jahre älter
7. Autos, Motorräder, langweilige Kletterfotos etc. im Album
8. Freizeitmuker (vornehmlich ein Gitarrist).

Wer glaubte nach dem visuellen Elend das Schlimmste überstanden zu haben, irrte gewaltig. Erst ein intensiverer schriftlicher beziehungsweise telefonischer Kontakt zeigte das wahre Ausmaß der Katastrophe.

1. irritierende Stimmlage, Falsett, heiseres Kastratenorgan, Ministrant im Stimmbruch (summa summarum: schwerstens abtörnend)
2. wenig eloquent, Phrasendrescherei
3. analphabetische Tendenzen, massive Probleme in der Grammatik und Orthographie
4. seltsam überzogene Freundschaftsbekundungen
5. übertrieben joviales Wesen.

Das Treffen in der Realität der härteste Schlag, das grässlichste Inferno aller Zeiten.

1. de facto potthässlich
2. selbstüberschätzend, prahlerisch, mit einer peinlichen Zurschaustellung sexueller Offenheit

3. notgeil
4. Haus bauend
5. auf eine (nie stattfinden werdende) Weltreise sparend
6. passionierter Lottospieler
7. geschieden und in einer Partnerschaft lebend
8. mindestens zwei Kinder (darunter ein Säugling)
9. sowie (und das immer, wirklich ohne Ausnahmen) geizig und unspendabel!

Partnerbörsen haben nun mal überhaupt nichts mit einem Wunschkonzert zu tun, sondern zählen zu den brutalsten Verzweiflungsmaschinerien überhaupt. Wer hier nicht mit einer ordentlichen Portion Hartnäckigkeit, Narzissmus und krankhafter Rücksichtslosigkeit gesegnet ist, wird nicht viel Spaß an der Sache finden. Virtuelle Bekanntschaften nur unter dem Aspekt des heiteren Zeitvertreibs zu betrachten, ist zwar – was die Psychohygiene anbelangt – der einzig gangbare Weg, wenn da nur nicht die Sache mit der erwartungslastigen Neugierde wäre, die sich zwangsläufig bei Anwärtern einstellt, die die oben angeführten Punkte relativ unbeschadet überstehen und eine wenigstens minimale Veranlassung zur Weiterführung und Intensivierung des Kontaktes bieten.

Was die Seltenheit dieser Anwärter betrifft, dürften wir nun im Klaren sein, aber immer nur an der Oberfläche herumzueiern verhindert den ultimativen Kick, den Negativkracher, die dingliche Gegenwärtigkeit einer bis dato bloßen Imagination und Hirnwichserei. Was gibt es besseres als einen ordentlichen Realo-Flash, der zwar Zeit und eine gute Konstitution erfordert, aber das ultimative Ziel aller nervtötenden Startübungen und die Endlichantwort auf die brennende Frage ist: Hopp oder Dropp? Top oder Flop? Ficken oder Fluchen? Wiedersehen oder die finale Ausmusterung und totale Extinktion? „Und was, wenn alles gar nicht so schlimm ist?", tönt es aus dem verzweifelten Herzen. Die Fanfaren blasen zum Aufbruch. Heraus aus der jämmerlichen Endlosschleife mäßig aufregender Konversation und quälenden Odyssee unterdrückter Begierden. Der emotionale Super-Gau in der wirklichsten aller Wirklichkeiten: ein Date! Das erste Rendezvous, ein kleines Tête-à-Tête, Ultima Ratio und Conditio sine qua non.

Müßig hier anzumerken, dass sich die Vorfreude auf ein reales Treffen in den meisten Fällen in einem äußerst bescheidenen Ausmaß bewegt. Aber es passieren Zeichen und Wunder und die Wünsche, die man ins Universum schickt, sind nicht immer mit Lichtgeschwindigkeit unterwegs.

Psycho-Treffen

Na dann. Martin war unauffällig. Wir schrieben uns nur kurz. Sein Aussehen laut Foto 0815, ein Allerweltsgesicht, die Mittelmäßigkeit par excellence. Beim Termin für das Treffen drückte er herum. Anscheinend vielbeschäftigt. Er war so blass, so mausgrau, so nichtssagend, dass ich ihn sofort vergaß.

Dann legte ich mich drei Wochen auf die Psychiatrie ins Landeskrankenhaus. Mehr oder weniger freiwillig. Das Arbeitsamt hatte mich in einen Kurs gesteckt, wo man den ganzen Tag nichts tat. Nach drei Wochen endete das erste Modul „Photoshop" und ich musste mir eingestehen, dass ich nichts, absolut nichts, gelernt hatte.

Während meines Aufenthaltes traf ich mich zweimal mit Robert, einem fertigen Betriebswissenschafter, der gerade auf Physiotherapie umgesattelt hatte. Fescher Kerl. Groß, schlank, blaue Augen und Haare wie Bob Geldorf. Aber irgendwie zu uncool. Er kam einfach nicht in die Gänge. Seine berufliche Karriere war ihm zu wichtig. In seiner Wohnung heizte er nicht, um Geld zu sparen. Robert spielte Gitarre bei einer Band. Seine Gitarren und der wichtigste Hausrat befanden sich im Auto, damit sie nicht einfroren. Total scheiße seine Wohnung. Nirgendwo ein Bild, saukalt, nichts zu futtern. Bücher, Stereoanlage: alles Fehlanzeige. Fast wie früher in Kärnten. Ich hatte einfach keinen Bock, ihn nur in meiner Wohnung zu sehen. Genauso wenig wie ich dazu Bock hatte, gleich beim ersten Mal Sex zu haben. Ich blies ihm einen, damit ich ihn los wurde. Wir schickten uns SMS.

Bobby teilte die feste Überzeugung, dass er seine tariflich festgelegten tausend Frei-SMS pro Monat unter allen Umständen verbrauchen musste. Manchmal überzog er sogar sein Kontingent. Krass. Abends lag ich in der Badewanne auf der Psychiatrie und wir schrieben uns. So verging die Zeit und ich war heilfroh, dass er mich zerstreute und sogar besuchen kam. Beim zweiten Treffen im Krankenhausgelände war meine Schwester Ali dabei. Erst viel später vertraute sie mir an, dass sie sofort ihre Nummern ausgetauscht hatten. „Na hörst, bei den Haaren! So einen lass ich mir nicht entgehen." Immerhin schenkte er ihr sogar Chanel N° 5.

Ich guckte ihm bei einem seiner Konzerte zu. Bobby spielte die Gitarre als wäre ihm alles schnurzegal. Durch und durch emotionslos. Die Gitarre hing wie ein Kartoffelsack an seinem Körper. Klimper, klimper. Mit hängenden Schultern tauchte er den ewig gleichen Akkord an.

Als ich wieder einmal ein Bad nahm und gerade mit Bobby eine SMS-Konferenz unterhielt, kam mittendrin eines vom mausgrauen Martin daher. Ob ich Lust auf ein Treffen hätte? Am späteren Nachmittag nächsten Tages wollte er mich am Grazer Schloßberg treffen. Beim Uhrturm, ein Klassiker. Unmotiviert stieg ich die Treppen hoch. Zum Abendessen wollte ich wieder im Krankenhaus sein. Oben angekommen beobachtete ich die Stadt unter mir: Same shit, different day. Vielleicht hätten wir uns doch bei der Weikhard-Uhr am Hauptplatz treffen sollen. Dort, wo sich alle verabredeten. Meist hatte man keinen blassen Schimmer, mit wem man es auf sich genommen hatte. Im besoffenen Begeisterungstaumel des Vorabends und im Schutze unzureichender Beleuchtung herrschte ja noch eitle Wonne. Dann aber, Sonntag am Nachmittag um 15:00 Uhr bei lichtem Sonnenschein: Es konnte quasi irgendwer sein. Am besten man quatschte den Brauchbarsten an, der schon wartete. Immer total grässlich diese Dahinwarterei. Dieses Hineinwarten in eine so gut wie immer aussichtslose Sache. Die ersten Worte, die ersten Scheiß-Worte. Der erste Scheiß-Eindruck, dieser vermaledeite Scheiß-Erste-Eindruck. Wieso war ich immer zuerst da? Hatten die Dreckskerle denn keine Uhr? Bestimmt war der Alte zu fertig, um die Schloßbergtreppen emporzusteigen.

Ich drehte mich zur Seite: Ein kleiner Typ mit graumeliertem, kurzen Haar und bemerkenswerten Ringen unter den Augen trottete auf mich zu. Oh nein, oh nein, oh nein. Martin! Wo ist dein schwarzes Haar? Der Knabe war bestimmt zehn Jahre älter als auf seinen Fotos. Mindestens. Und bestimmt zehn Zentimeter kleiner als angegeben. Ach herrje. Was käme da noch? Wir begrüßten uns unwillig. Martin war natürlich mit dem Aufzug hinaufgefahren. Wir schlenderten beinahe wortlos zum Starcke-Häuschen, nahmen auf der kleinen Terrasse Platz. Ich bestellte mir einen großen Sodaradler, obwohl ich auf der Station auf Alkohol getestet wurde. Scheißegal. Ob er mich fragen würde, was ich zurzeit machte? Bestimmt. Mein weißes All-inclusive-Band mit meinem Namen lugte aus dem Ärmel. Machte nichts. Martin war sowieso abwesend und desinteressiert. Er fragte auch nicht viel. Untypisch. Zweimal vibrierte sein Handy. Beim zweiten Mal hob er ab. Anscheinend beruflich. Was er wohl arbeitete? Schwer zu sagen. Vielleicht ein gestresster Beamter? Aber gab es tatsächlich Beamte, die dunkle Schatten unter den Augen hatten? Möglicherweise bei der Bestattung? Mich jedenfalls hatten sie bei der Bestattung nicht genommen. Dabei gab es keine passendere Erwerbstätigkeit für eine Depressive, als eine Anstellung bei einer Beerdigungsagentur. Niemand, der einem tagtäglich die schlechte Laune unter die Nase reiben konnte. Ich hatte aber auch keine Augenringe, wie einer von den Panzerknackern. Wohl zu wenig seriös gewesen. Außerdem musste man sich ständig mit den Hinterbliebenen herumschlagen. Der Kontakt mit den Lebenden war ja das Grauenhafte dabei. Mich wollte niemand. So war das eben.

„*Hast du eine Arbeit?*", fragte ich ihn unsicher.

„*Ja, sicher*", knurrte er gereizt.

„*Oh, soso, ich nicht*", antwortete ich. War ihm völlig einerlei.

„*Und was treibst du so?*", fuhr ich fort.

„*Im medizinischen Bereich*", kam es wieder sehr knapp.

„*Ach ja.*" Oh mon dieu. Wieder ein Physiotherapeut, wie Bobby-Robert. Gesetz der Serie. Ist halt so. Oder bei der Prosektur? Oder Proktologe? Urologe? Rossologe? Ach nein, bestimmt ein frustrierter, ausgezehrter Masseur. Den ganzen Tag die alten Mumien durchkneten, damit sie ja nicht verrotten. Scheißarbeit. Hart, aber ungerecht. Mit Litern von Duftöl den Verwesungssaft aus den knarzenden Greisen quetschen. Übelst.

„*Im Krankenhaus angestellt?*", fragte ich zerknirscht.

„*Nee, in Radegund. In der Reha.*"

Ich hatte damals noch keine Ahnung, was genau das sein sollte. Als was aber? Als Putztraktor? Als Pfleger? Als Diätassistent? Mangelerscheinungen aufdecken und therapieren. Und das bei den schwarzen Reifen unter den Augen. Reha, Rehab, Rehabilitation. Was zum Teufel … ? Ein Ergotherapeut oder so ein Scheiß?

„*Ich bin Arzt.*"

„*Hä?*" Habe die Ehre. Ein Herr Doktor! Tatsächlich? Martin, der Rote-Nasen-Clown-Doktor. Auf der Palliativmedizin! Kurz vorm Sterben sieht man Martins Clowngesicht mit den Schatten des Todes unter den Augen. Danach drückt er einem den weißen Polster auf Gesicht und Kehle. Oder ist er gar ein Gynäkologe? Der Arzt, dem die Frauen vertrauen. Auf der Reha? Na ja, dürfte nicht allzu oft vorkommen. Dann schon eher Onkologe. Das Krampfadergeschwader ist ja von allen erdenklichen Krebsarten durchsetzt.

„*Psychiater*", ergänzte Martin.

Oh Gott, oh Gott. Scheiße! Mann! Mein Plastikarmband von der Psychiatrie verschwand fluchtartig unter dem Ärmel. Ich hielt kurzzeitig die Klappe.

„*Ach ja, wie nett*", murmelte ich dann.

„*Ja, eh*", meinte er nicht ganz bei der Sache und drückte herum. „*Ich muss dir etwas beichten.*"

Was denn noch? Also mir reichte das. Ich hatte genug. Kannte er mich etwa von früher? Von anderen psychiatrischen Einrichtungen?

„*Weißt du, ich hab' dir eine Kleinigkeit zu gestehen*", fing Martin wieder an. „*Ich hab' in der Zwischenzeit eine Frau kennengelernt. Sie ist Spanierin. Nächste Woche flieg' ich zu ihr.*"

„*Ja und?*" Ich kapierte nicht, was das mit mir zu tun hatte. Alter blasser Langeweiler bandelt mit feuriger Spanierin an. Mir doch egal.

„*Na ja, damit ich dir keine falschen Hoffnungen mache*", erklärte er sich.

Hätte er mir gleich in die SMS schreiben können, der Herr Chef-Psychiater, dachte ich mir. Wie um alles in der Welt kam der Alte auf die Idee, dass ich etwas von ihm wollte. Psychopathin verliebt sich in Psychiater und heiratet ihn vom Fleck weg, weil sie sich so wunderbar ergänzen.. Und das Ganze bei den Reifen unter den Augen. Friedhofsblond! Mausgrau! Aschfahl! Uäääh! Scheiße, Scheiße, Scheiße. War ich aber froh.

Martin schien ein schlechtes Gewissen zu haben und bezahlte anstandslos meinen Sodaradler und mein Bier, das ich mir auf diesen Schock bestellen musste. Wahnsinn! Eigentlich hatte ich ein Schweine-Glück. Herrlich. Mit einem fetten Grinsen wünschte ich dem Herrn Doktor alles Gute. Ob er sich melden sollte, wenn das mit der Spanierin nichts würde? Ja genau. Um Himmels Willen. Nein!

Wir spazierten gemeinsam den schmalen Weg hinab in die Stadt und führten überraschenderweise einen sehr netten Dialog, in dem wir uns über unsere Lieblingsfilme austauschten. Mit großer Erleichterung kehrten wir in unsere psychiatrischen Anstalten zurück. Und dann ab nach Spanien mit ihm! Was für ein geschmeidiges Ende.

Gilberts Foto

Naturgemäß existieren nur Hässlichkeiten in den Single-Profilen. Weniger hässliche Fotos sind im Normalfall gefakt, alt und aus besseren Zeiten oder bilden jene Körperteile der menschlichen Statur ab, die auch bei hässlichen Menschen tageslichttauglich sind, wie eine Rückenansicht mit Cowboyhut vor der Kulisse des Ayers Rock mit einem Sicherheitsabstand von dreihundert Metern. Für eine hinreißende Ablenkung sorgt im Notfall das spektakuläre Naturambiente, das mit strotzendem Eifer dokumentiert wird. Hier wird gelogen, bis sich die Balken biegen. Ein ordinärer Hausmeisterurlaub am Strand von Caorle wird zum „Traumurlaub – Mauritius 19irgendwann" und der Schnappschuss eines angeheiterten, verkleidungswütigen Komikers mit Camouflage-Bandana und Machete im exotischen Wintergarten zum „Borneo – Dschungeltrip 1979". Ein besonders häufiges Motiv stellt jenes des sportmäßig vermummten Draufgängers dar, wie die Abbildung des athletisch-verrenkten Oberkörpers eines Kletterers, der in einer mörderischen Felsspalte klemmt. Aber auch das winterliche Gipfelfoto mit Brille, Haube und vereistem Vollbart erfreut sich größer Beliebtheit. Ob Himalaya-Expedition am verschneiten Zirbitzkogel oder Extrembesteigung der Eiger Nordwand im Andritzer Klettergarten: Hauptsache mehr Schein als Sein.

Als Frischfleisch hatte ich haufenweise Anfragen auf mein Gästebuch kassiert, das vor Belanglosigkeiten überschwappte. Ich befasste mich stundenlang mit dem Löschen der unmotivierten Kontaktflut. Den weniger aussichtslosen Fällen hinterließ ich ohne Umschweife meine Telefonnummer, damit sie endlich aufhörten, mich mit ihren langweiligen rhetorischen Fragen „Wie geht's? Ich bin der Maxl" und ihren profunden Analysen „Ich finde dein Profil sehr interessant" zu nötigen und zu quälen. Danach herrschte für mindestens drei Wochen Funkstille, bis ich ein nerviges „Hey, wie geht's dir? Lange nichts von dir gehört" auf meinem Handy las. Ein Treffen zu initiieren oder wenigstens auf einen Terminvorschlag konstruktiv einzugehen, kam der Meute nicht und nicht in den Sinn. Dafür waren sie allesamt zu fleischlos. Mit unverfroren indiskreten Fragen unterbreiteten einem diese leidigen Bildschirmficker ihre kumpelhaften Vertraulichkeiten, als führten wir schon seit Menschengedenken eine Beziehung. „Hallo Puppi, lebst du noch?" und „Bussi", „Kuss", gar „Schmatz" und „Schmatzerl" triefte es vom Display. Diese Kerle ließen nicht locker, mich mit den idiotischsten Nachrichten zu terrorisieren, weil sie zum Telefonieren zu beschränkt waren. Sinn und Zweck der ganzen trübseligen Aktion – nämlich sich auf schnellste Art und Weise zu verabreden – blieb ihnen hoffnungslos fremd. Schnell vergaßen sie mich und im Gästebuch erschienen ihre alten Kommentare: „Wie geht's? Bist du schon lange hier?" Diese Tingeltangel-Bobs, Mister Alones und Sick Boys gehörten bereits so lange zum fixen Inventar dieser virtuellen Vertrottelungsmaschinerie, dass sie sich von der lieben Fee noch immer eine Million Schilling wünschten oder von einem Überschallflug mit der Concorde träumten.

Es blieb mir nichts anderes übrig, als selbst ein paar Profile zu durchforsten. Da kaum einer etwas von sich preisgab, schenkte ich den Fotos meine ausschließliche Aufmerksamkeit. Noch immer wartete ich auf einen

Langhaarigen, auf einen wie Rippe. Rippe, meine einzige Liebe. Eigentlich wollte ich zu Rippe zurück, aber das durfte ich mir nicht eingestehen, da es ein im Unbewussten brodelnder und verdrängter Wunsch war. Unbewusstes aus dem Keller zu zerren, gar an die Oberfläche zu bugsieren, ist die allergrößte Dummheit. Einmal hielt ich es nicht mehr aus und vertraute Rippi mein uneingeschränktes Liebesleid an. Dazu verfasste ich einen von Trauer und Wehmut durchtränkten Brief und schickte ihm eine sogenannte „getapte" CD, die mich einen ganzen Winter Lebenszeit gekostet hatte. Er reagierte derart verstört, dass seine Panikattacken wieder ausbrachen. Die beste akustische Liebesbekundung an unwiderruflich Verflossene und somit unverzichtbare Endmelodie jeder Selbstgebrannten ist der kurz und bündig gehaltene Titeltrack aus Simon & Garfunkels Bookends-Album. Damit besiegelt man allerdings sein Schicksal. Also Vorsicht! Die große Liebe kommt damit nie mehr zurück, man kann sie nur aufs Schmerzlichste konservieren.

Ich wollte nicht mehr leiden. Ich brauchte dringend lange Haare. Da konnte der Rest ruhig ein bisschen wurmstichiger daherkommen. Viele hatten ja gar kein Haar mehr oder trugen einfach das, was davon übriggeblieben war: Dankbare Fassonschnitte, diskret und pflegeleicht kurz, einfach schick. Mir kam das große Kotzen. Ich sehnte mich nach einer proletoiden Matte, einem genuin achtzigerjahre-stämmigen Lockenbewuchs, zumindest einer Bonjovi-Dauerwelle, gerne auch mit Stirnpony oder einem fransigen Stufenschnitt, wie ihn einst Gott Axl Rose trug. Zur Not hätten mir auch ein paar stinkende Dreads gereicht.

Da kam mir das Porträt von Nick7359 in die Quere: Typus Stromgitarren-Rocker der klassischen Schule mit weit über die Schultern reichenden, dunklen, gewellten

Haaren und prächtigster Motorrad-Lederjacke. „Route 66: From Chicago to L.A.", ergänzte ich zufrieden, als ich in seinen fordernden Blick stierte. Pompöser Habitus mit gestählter Brust und Händen in den Hüften. Vor lauter Anspannung perlte mir ein Tropfen ins Höschen. In seinen Angaben war er bemüht lustig, aber gerade nicht so schlimm, dass es echten Ärger hervorrief. „Worauf reagierst du allergisch?", beantwortete er mit „auf falsche Schlangen". Ich hatte einfach keine Kraft mehr, mir über diese ausgelutschten Kommentare Gedanken zu machen und geilte mich stattdessen in sein Foto hinein.

Aber Moment! Da stimmte was nicht. Da hatte es was! Warum zum Henker so ein Prachtexemplar zwischen diesen Katastrophenexistenzen? Ähnlich wie beim Mix-Max-Spiel wirkten die Körperteile seltsam zusammengewürfelt. Die Figur schien aus ihrem Hintergrund gerissen und wie auf eine Plakatwand in streifiger Zusammensetzung gekleistert. Im Vergleich dazu hatten die guten alten Bravo-Starschnitte der lebensgroßen Poster von George Michael oder Bruce Springsteen, die in unseren Kinderzimmern an der Tür hingen, plastischere und naturalistischere Züge. Dass sich Nick7359 nach meinem automatisch registrierten Seitenbesuch auch noch von selbst meldete, irritierte mich. Scheiß der Hund drauf! Ich schob ihm meine Telefonnummer durchs Netz.

Tatsächlich rief nach zwei Tagen ein unbekannter Teilnehmer an. Zuerst verstand ich überhaupt nichts. Dann folgten Sekunden des blanken Entsetzens. Eine abartige Vogelstimme drang aus dem Hörer. Es ächzte, krächzte, keuchte, röchelte und japste aus der Leitung, als würde ein lästiger Kobold sein Unwesen treiben. Als ich endlich einen Zusammenhang mit dem Langhaarigen herstellen konnte, grauste es mich fast zu Tode.

„Krächz Gilbert, japs-keuch trinken, stotter, trinken gehen, hihi, jaul-heul, krächz." Seine Eier mussten jucken wie ein Sack Flöhe. Wie ein Pubertierender versuchte er sich mit heiserer, fiebriger Stimme, die sich ständig überschlug, erstmalig vor dem anderen Geschlecht zu artikulieren und ein Date anzubahnen. Ich hoffte auf eine eitrige Pharyngitis oder die Lungenpest als Erklärung für diese Ungeheuerlichkeit. In die Enge getrieben[23] offerierte ich ihm die allerlausigste Lokalität in meiner Gasse, die ich als Ort für dieses Treffen unabkömmlich hielt. Hauptsache ich hatte nicht weit zu laufen, wenn ich die Rückzug antreten musste.

Am Freitagabend marschierte ich zum Brockmannkeller, um die physische Erscheinung dieser stimmlichen Missgeburt zu inspizieren. Sein Äußeres musste mich wieder versöhnlich stimmen. Bestimmt lagen alle seine Vorzüge in seinem Äußeren. Woanders sicher nicht. Da sah ich aus weiter Ferne einen gebeugten, krakeligen und kropfigen Typ in braun-beigen Klamotten Marke Cheap and Awful vor der Tür herumlungern, so dass ich mich furchtbar darüber aufregte, warum er mir unter freiem Himmel auflauerte und sich nicht wenigstens in der finstersten Kellerecke verkrochen hatte. Wie eine willenlose Marionette trottete ich die Stufen hinab. Der hartnäckige Lokalbesitzer hatte keine Kosten und Mühen gescheut, um endlich Laufkundschaft in seinen scheußlichen Keller zu locken. Mit einem bunten Zettel neben der Eingangstür warb er für einen Riesenteller Spaghetti Bolognaise um EUR 2,50, den wahrscheinlich noch kein Gast über-

---

23 „Wer A sagt, muss auch B sagen." = Saublöder Kalenderspruch! Noch herber: „Es gibt nichts Gutes. Außer man tut es." (Anders Behring Breivik)
Aber nur Mut: „Better to burn out than fade away." (Roberto Blanco)

lebt hatte. Überhaupt hatte ich niemals davon gehört, dass jemand freiwillig oder sogar gerne den Brockmannkeller besuchte. Das Marketing des Lokals musste sich auf unerklärliche Weise auf eine Klientel konzentriert haben, die aus schrulligen, einzelgängerischen Sozialphobikern bestand. Möglich, dass sich manche in ihrem Stammlokal ein genauso kaltes und verstunkenes Ambiente wie in ihrer Wohnung wünschten, aber nicht einmal der kauzigste Eigenbrötler verließ seine vier Wände, nur um an anderer Stelle konsumationspflichtig weiterzuvegetieren.

Die Treppe führte in einen unverhältnismäßig weiten Saal, der mit zahlreichen Holzstühlen und Tischen ausgestattet war, die sich in der Dunkelheit des riesigen Gewölbes verloren und auf denen seit Urzeiten kein Gast mehr gesessen hatte. Wie immer war es klamm, moosig feucht und menschenleer. Ich atmete auf. Niemand konnte uns beobachten. Hinter dem großen Saal gab es einen auf urig getrimmten Barbereich mit Weinfässern als Tischen und stämmigen Bänken. Dazu war die erst kürzlich finalisierte Theke ein einziger Stilbruch und wirkte wie ein Fertigteil aus dem Katalog für rustikale Wirtshausinteriuers. Wahrscheinlich hatte der Besitzer sie zu einem Spottpreis bei eBay ersteigert und in sein Szenelokal gepfercht. Ihre Pseudorustikalität in Form einer gegiebelten Almhütte gigantischen Ausmaßes sollte wohl jenem Hüttenzauber oder jenem Àpres-Ski-Flair oder überhaupt irgendeiner Art von Geselligkeit förderlich sein, an der dieses Wirtshaus von jeher krankte.

Wir setzten uns mit gebührendem Sicherheitsabstand auf zwei gegenüberliegende, durch einen massiven Holztisch getrennte, Zeltfestbänke und ließen aus unterschiedlichen Motiven die Schultern hängen. Er, weil er aufgrund seiner skorbutartigen Beschaffenheit zu nichts anderem mehr imstande war, und bei mir war der Prozess des Absackens ein sicheres Zeichen der inneren Kapitulation. Gilbert grunzte, fiepste und laberte von seiner Wohnung in Gleisdorf, von seiner Arbeit in Weiz und ich hatte dem Ganzen nicht das Geringste hinzuzufügen.

„*Ich hab' eine Schwester, die Karin. Die hat heuer einen Sohn bekommen, den Thomas. Kürzlich bin ich in eine neue, viel schönere Wohnung gezogen*", schnatterte er mir vor.

„*Echt?*", resümierte ich willenlos.

„*Ich hab' ein Auto, einen Passat.*" – „*Echt?*"

„*Ich bin mit dem Auto hier.*" – „*Echt, echt?*"

„*Hast du ein Auto?*" – „*Nein!*"

„*Wohnst du hier in der Nähe*"? – „*Nein!*"

„*Sondern?*" – „*Woanders!*"

„*Der Thomas wird morgen vier Monate.*" – „*Echt?*"

„*Ich war vorher bei meiner Schwester.*" – „*Echt, echt?*"

„*Hast du einen Neffen?*" – „*Nein, mitnichten.*"

„*Öh was, eine Nichte? Hihi.*" – „*Nein und nein.*"

„*Hast du Geschwister?*" – „*Nein!*"

„*Ich hab' einen getigerten Kater, einen roten, ganz lieb.*" – „*Echt?*"

„*Hast du ein Haustier?*" – „*Nein.*"

„*Ich mag Tiere so gerne.*" – „*Echt, echt, echt?*"

„*Magst du Tiere?*" – „*Es geht.*"

„*Öh, ja. Ich arbeite viel am Computer* („*Echt?*"), *nicht direkt programmieren* („*Echt?*"), *aber teilweise.*" – „*Echt, echt?*"

„*Was machst du so jobmäßig?*"

„*Im Büro!*"

„*Als was?*"

„*Als Angestellte!*"

„*Echt?*"

Nein, unecht: In Wirklichkeit arbeite ich als verdeckte Ermittlerin und Auftragskillerin in der gemeinnützigen, internationalen Organisation zur Aufspürung und Auslöschung betrügerischer Machenschaften des unlauteren Wettbewerbs mittels gefakter Fotos, räsonierte ich stimmlos.

Gilbert bestellte Kaffee und irgendeine Idiotenlimo, ich natürlich Bier, das ich fasziniert unter die Lupe nahm. Die Brühe des vor Jahrzehnten angezapften Bierfasses war nach ihrer aufregenden Reise durch das unbekannte Röhrensystem wieder in ihre ursprüngliche Lethargie verfallen. Wenigstens war mit dem Kotzwasser kein Schaum zu erzeugen. Schaum ist etwas für Vorschulkinder, Schlappschwänze und Schwangere und außerdem eine böse, hinterfotzige Schweinerei geschäftstüchtiger Wirte, die zu geizig sind, das verdammte Glas bis an den Rand zu füllen. Ich umklammerte den Henkel und untersuchte den eigentümlichen Bodensatz. Eine allerletzte Sprudelblase hatte das traurige Gebräu zu reanimieren versucht. „What am I doing here?", krampfte ich vor mich hin. Ich ekelte mich in die Präsenz Gilberts hinein. Ein Wunder, dass er nicht Friedhelm, Otto oder Edmund hieß, aber ich hegte ohnehin keine Intentionen ihn jemals mit seinem Namen anzureden. Alles an dieser Kreatur war leblos, erkaltet und osteoporös. Gilbert war prägnant vogelartig, spitz und ausgezehrt. Er glich einem Geierkücken kurz nach seiner verfrühten Sturzgeburt. Diese Kompromisslosigkeit an Hässlichkeiten war nicht zu überbieten.

Natürlich waren seine Haare weder schwarz noch lockig, am allerwenigsten lang. Das irritierende Stroh am Kopf hätte nicht einmal für die Frisur von Otto Waalkes oder Prince Charles gereicht. An eine schwere Lederjacke war bei dieser Statur inexistenter Schultern gar nicht zu denken.

„Ich hätte da auch noch eine Frage, Arschloch! Wieso hast du eigentlich ein mordsmäßig gefaktes, sozusagen fremdes Foto in deinem Profil, Arschloch?", sinnierte ich in mich hinein. Eine ordentliche Faustwatsche wäre an der Zeit gewesen. Einmal so richtig fett zulangen. Für dieses durchtriebene Täuschungsmanöver konnte es keine Antwort, schon gar keine Rechtfertigung geben. Und was tat ich? Oh Gott, was käme als Nächstes? Nichts und wieder nichts. Mein Über-Ich, oder besser, meine durch und durch pathologische moralische Instanz, erstickte jeden Ansatz im Keim: „Sei immer brav und edel, mit einem Wort ein Kärntner Mädel." Edle Mädchen sind anspruchslos, niemals auf Äußerliches bedacht und verzeihen ohnehin dem größten Arschloch jeden Fehltritt. Außerdem stochern sie nicht in fremden Existenzkatastrophen herum.

Gilbert war aber keine Existenzkatastrophe, sondern der größte Irrtum Gottes. „Du musst schön artig sein und lieber schweigen, niemanden etwas Böses fragen, dafür lieber bitte und danke sagen, so wird sich keiner bei dir beklagen." Hatten mich meine Eltern so versaut oder die Stammbucheinträge meiner Schulkolleginnen? Wie würde ich mich jemals von diesen falschen Schuldzuweisungen emanzipieren, wenn ich nicht einmal einen augenscheinlichen Sachverhalt aufs Tapet bringen konnte, nur um mich nicht unbeliebt zu machen? Der blöde Knecht hatte gelogen und betrogen und ich nahm ihn noch in Schutz. Es war unfassbar. „Du kannst so jung nicht bleiben, bleib doch so gut und rein, so wirst du stets wie heute, der Liebling aller sein."

Je beliebter ein Mensch sein möchte, umso unfreier und nichtsnutziger wird er, bis er sich vor lauter Selbstekel nur mehr in Stücke reißen möchte. Die erbärmliche Bedürftigkeit nach Anerkennung raubt einem Individuum die letzte Form der Eigenständigkeit und Persönlichkeit, bis es, zum ewigen Bittsteller verkommen, sogar selbst unter den Fußtritten und dem Hohngelächter der anderen Befriedigung findet.

Ich benahm mich derart einfühlsam und artig, dass ich mich nach dem Wohlbefinden der betrogenen Ehefrau erkundigte, wenn ich mit einem verheirateten Familienvater schlief. Das machte mir ernsthafte Sorge. Gilbert hatte seine schief gewachsenen, unausgegorenen Körperteile extra mit dem Auto von Gleisdorf hierher geschleppt, nur um mich zu sehen. Vielleicht gab es in Gleisdorf nur einen kargen, mineralstoffarmen Boden, verunreinigtes Wasser und kaum Sonnenlicht oder er war ihm Frühjahr 1986, anlässlich der Katastrophe von Tschernobyl, zu viel im Regen gestanden. Wahrscheinlich hatte er längst Leukämie und dies war sein letzter Freigang aus dem Siechenhaus.

Ich brütete über der Möglichkeit, meine Frage etwas weniger dringlich, belangloser, insgesamt etwas allgemeiner zu gestalten: „Übrigens, was sagst du als Außenstehender zu Leuten, die ihre potthässliche Fresse mit getürkten Fotos verschleiern?", wobei ich die Beiläufigkeit meiner Frage mit einem nonchalantem Ausatmen einer Rauchwolke untermauern würde. Nach dem dritten Bier begann ich meine Begrenztheit zu begreifen. Ich würde an der denkbar logischsten und normalsten aller Fragen scheitern. Es war zwecklos. Es war sinnvoller meine Bier-Energie in die Ausarbeitung eines Fluchtplanes zu investieren. Gilberts Rheumaklauen umfassten bereits den dritten Kaffee und er zeigte überhaupt keine Anstalten, seine Körpertrümmer zusammenzuklauben und sie zurück nach Gleisdorf zu befördern.

„Hm, ist ganz gut der Kaffee hier, fiepfiep. („Echt, echt?") Bist du fiepfiepfiep öfters hier?" Gilbert verfügte über eine erschreckend hohe Frustrationstoleranz und wurde nicht müde, die Konversation mit allen Mitteln aufrechtzuer-

halten. Ich musste zur Kenntnis nehmen, dass seine schnatternde, glockenhelle Stimme bei Weitem das geringste Übel war. Ich dachte an Charles Montgomery Burns, den Atomkraftbesitzer aus den Simpsons, und dass ich nach Hause wollte. Und zwar sofort! Ich entschuldigte mich, stand auf und bewegte mich Richtung Treppe und Freiheit, wo ich – aus mir völlig unbegreiflichen Motiven – nach links ins Klo abbog und, da ich noch immer keinen Sozialarbeiter hatte, Mäzie, meinen Ex anrief. Ich wollte ihn um Hilfe bitten. Unfassbar: Hatte ich gar keinen Anstand mehr? Aus dem Hintergrund toste gaudige Partymuke und spaßiges Treiben. Mäzie hatte sich einen profunden Rausch umgehängt, versprach mir aber demnächst in meiner Spelunke aufzutauchen, um mich für die Disco abzuholen.

Gilberts Knochensack saß mit seiner Hakennase und dem Buckel vor einem Glas Orangensaft und lächelte nach wie vor treuherzig vor sich hin. Seinem seligen Blick war zu entnehmen, dass er sich schon auf den weiteren Verlauf des Abends freute. Das machte mich richtiggehend verrückt im Kopf. „Du doppelt falsche Schlange du, du perfider kleiner Betrüger und eierloser Kretin", raste es in serieller Abfolge immer und immer wieder über meine Frontallappen. „Du Kümmerling, hässlicher Gnom und verunstalteter Knochenbeutel. Du rückgratloser Krüppel und armseliges Würstel. Du Luder, du böses Luder, du kleines, kleines vermaledeites Luder!" War eh sonnenklar, dass nur ich – in meiner ganzen bodenlosen Bedürftigkeit – auf diesen Täuscher und Tarner, dieses miese Trugbild hereinfallen konnte. Schlimm, schlimm, schlimm. Ärgstens schlimm! Mein Gegenüber, meine Hoffnung: ein Lumpensack breiiger Knochenmasse, durch und durch kreatürlich. Rein gar nichts was an einen Menschen erinnerte. So wie er da saß, fehlte sogar jegliches auf einen Primaten deutendes Zeichen. Nicht einmal bis zu den niederen Säugetieren – wie den Gürtel-, Schuppen- und Kloakentieren oder anderen Insektenfressern – würde es jemals reichen. In seiner fehlgeleiteten Metamorphose zum Menschen musste er in einem larvenartigen Stadium stecken geblieben sein, anders war sein Zustand nicht mehr zu erklären. Seine Extremitäten hatten sich nur rudimentär ausgebildet und hingen schlapp von den nicht erkennbaren Schulten und Hüften. Tatsächlich war kein einziger Muskel an dieser schlauchartigen und konturlosen Existenz zu erkennen. Möglich, dass er seinen Chitinpanzer zu Hause vergessen hatte, in den er sich abends wie in einem Sarg versteckte. Schleimfisch, prähistorische Libelle, Quastenflosser, Schlammspringer in den Mangrovensümpfen Südostasiens! Nun standen ihm wieder alle Chancen offen, wenn auch das Vogelhafte überwiegte. Eigentlich war es tragisch: Gilbert, ein vom kosmischen Gammablitz getroffener Urzeitvogel aus der Gattung der Archosaurier, dessen einst herrliche Dreschflügel vor hundertfünfzig Millionen von Jahren in der Hitze verglühten, sodass er nicht einmal mehr als vorzeigbares Archaeopteryx-Fossil taugte. Nun musste er sich irgendwie in ein Reptil oder in ein Insekt zurückentwickeln, weil es zu Höherem nicht mehr reichte. Eindeutig war nur, dass er seine Verdauungsröhre, auf seine mit aller Sturheit verfolgte Menschwerdung, mit Kaffee und Obstsäften vorzubereiten versuchte. Um seinem diffusen ontogenetischen Zustand endlich den menschlichen Bauplan überzustülpen, probierte er wenigstens einmal in seinem Leben mit einem Homo sapiens zu kopulieren, aber davon war er noch Lichtjahre entfernt. Er konnte froh sein, wenn er sich in diesem Jahrtausend zu einem Laubfrosch entwickelte. Seine omnipotenten Urzellen schienen sich gerade in einem katastrophalen Durcheinander und noch dazu zeitversetzt auszudifferenzieren. Hier eher noch Qualle, da schon Fisch. Ich konnte mich glücklich schätzen, dass er mir seinen verpfuschten Körper nicht nackt präsentierte. Was es da wohl zu sehen gäbe? Verlängertes Steißbein, Schwanzwirbelsäule, Schwimmhäute, Kiemen, gefiederte Brust? Durch meinen stetigen Bierkonsum begann alles zu verschwimmen. Ja, ich konnte ihm nicht einmal in die Augen schauen, da seine Sehzellen noch fischartig an den Seiten lagen ...

„*Sneeeeeeas, sneas Oide*", tönte es neben mir. Mäzie war eingetroffen. Er war – wie zumeist – gleich mit seiner letzten Bierflasche als Proviant ausgerückt und hatte einen mordsmäßigen Seegang. Mit dem Wanderbier in der Hand, versuchte er sich mit Tabak und Paper eine Zigarette zu bauen. Dabei ponderierte er sein Gewicht auf beeindruckende Weise zwischen Theke und unserem Tisch. Ähnlich wie den Gruberschen Hödlmoser aus Kumpitz, der mit drei Sätzen und dem Hilfswort „Scheiße" auskommt, interessierten ihn nur wenige Aspekte des Lebens so stark, dass sie auch verbalisiert werden mussten. Aus „Hab' ich heut' einen Durst!" wurde bei Mäzie das gleichbedeutende: „Schaß! Wo gibt's denn was zum Saufen in der Bude?" oder an unbekannten Örtlichkeiten auch: „Wo is'n die Schaß-Gastro da?"

Als er sich nach einer Bedienung umsah, fing er plötzlich zum Kichern an: „*Oide, Olte, hihihi, Olte, Oide, Oooiiideee*", ging es in einer Tour. Dabei streute er die Hälfte seiner Selbstgebauten quer über den Tisch.

„*Heeast Oide, bist deppert?*", erkundigte sich Mäzie, als er auf meine Begleitung aufmerksam wurde. Jetzt wurde ich auch noch verarscht. Ich fasste es nicht. Ich verklickerte ihm, dass er besser seinen Mund halten sollte. Es war ohnehin alles schlimm genug. Mäzie genehmigte sich anstandslos einen kräftigen Schluck Bier aus meinem Glas, verschüttete aber das Meiste auf Tisch und Boden.

„*Heast, Oide, Oide, Olte – hihihi*", quickte er und deutete ungeniert auf Gilbert. „*Was, was ist denn das, bitte?*" Er heulte auf. Dann zog er mich von der Bank und drückte mir einen schleimigen Kuss auf den Mund. Noch immer kicherte er vor sich hin wie eine alte Hexe. Dazwischen musste er nach Luft schnappen.

„*Pamini, bist du dumm? Ja, bist du ganz plemplem*", gluckste er und tippte mir auf die Stirn. „*Heast, Oide: Was is' denn mit du?*"

Wann immer sein Blick auf Gilbert fiel, zwang ihn ein Lachkrampf in die Knie. Dann wieherte er vor sich hin, bis ihm die Tränen über das Gesicht liefen.

„*Äh, Mäzie. Ja genau. Wir waren ja für heute verabredet, wollten später ja noch gemeinsam in die Disco*", gab ich kleinlaut bei. Mäzie konstatierte mit trübem Blick, dass es heute nichts Fickbares für ihn gab.

„*Hey, aber du. Du hast dir ja ein Prachtexemplar aufgezwickt. Na denn. Reschpeckt Oide. This makes you so fast nobody after.*" Wieder wollte er einen Schluck aus meinem Glas trinken, musste es aber an der Tischkante abstellen, da er schon wieder Gilbert betrachtet hatte und sich vor Lachen krümmte. Der Kellner kam zum Tisch, um seine Bestellung aufzunehmen, verschwand aber irritiert hinter die Theke. Ich ergriff das Glas von der Kante und trank es blitzartig aus.

„*Hihihi*", quickte Mäzie weiter, pulte eine Zigarette aus meiner Schachtel und versuchte sie sich anzuzünden, was ihm fortdauernd misslang, weil er dazwischen prusten musste. Er wollte sich hinsetzen, fiel aber fast auf mich drauf.

„*Ja dann gehen wir eben*", sagte ich. Nichts wie raus aus diesem Schlamassel.

„Was? Wohin denn?", grummelte Mäzie. Er bekam überhaupt nichts mehr mit.

„In die Disco. Ins Q. Haben wir ja ausgemacht für heute. Tanzen und so. Ist eh schon so spät."

„Wieso? Ich war ja schon tanzen. Heut' ist überhaupt nichts Fickbares unterwegs, sagte ich ja schon." Schon wieder prustete er los, als sein Blick auf Gilbert fiel. Ich stand auf und zerrte Mäzie hoch.

„Ja, also dann", Gilbert blickte mich erwartungsvoll an. *„Kannst eh mitgehen"*, hörte ich mich sagen. Aua. Nein, nicht schon wieder! Was sollte das? Was war los mit mir? Schnell packte ich meine Sachen. Er würde ja – nach diesem desaströsen Auftritt von Mäzie – nicht im Ernst mitkommen wollen. Gilbert machte überhaupt keine Anstalten auf irgendjemanden beleidigt zu sein. Völlig unbeeindruckt übernahm er meine Rechnung und ging mit uns hinüber in die Disco. Es war ein befremdliches Bild. Ich bekam kein Wort heraus. Mäzie torkelte, noch immer mit seinem Attribut, der Bierflasche, hinter uns her. Hie und da grunzte er mir etwas ins Ohr, das ich nicht verstand. Unvermeidbar folgte lautes Gegacker.

In der Disco herrschte ein Höllenlärm. Der DJ hatte gerade „Chop Suey!" von System of a Down aufgelegt und Mäzie bog Richtung Tanzfläche ab. Er machte sein hüftlanges Haar auf und begann zu headbangen, obwohl auf der kleinen Tanzfläche überhaupt kein Platz mehr war. Mit seinem unverwechselbaren Charme grapschte er nach den nackten Schultern einiger Mädchen.

Gilbert und ich setzten uns an die Theke.

„Ganz nette Location. Bist du öfters hier?", fuhr er unbeirrt fort.

„Ja andauernd. Normalerweise trinke ich aber Schnaps und tanze so lange bis mir schlecht wird und ich kotzen muss", endlich hatte ich meine Fassung wieder gefunden. Gilbert machte

keinen Mucks. Wahrscheinlich hatte er kein Wort verstanden. Der DJ hatte die Lautstärke gerade bis zum Anschlag erhöht. Mäzie näherte sich von hinten und ergriff meinen Arm, knapp bevor er mit den Kopf in die Theke radierte.

„Heast Oide, spendier mir ein Bier", grölte er mir in den Nacken, *„oder soll ich deinen neuen Stecher fragen?"*

Ich hielt das für keine gute Idee.

„Ist wohl ein guter Freund von dir?", fragte mich Gilbert und kam mir dabei näher. Er hatte sich einen Kaffee im Q geordert. Ich wusste gar nicht, dass es so etwas hier gab. Mäzie fand das urkomisch. Er wollte mir etwas ins Ohr flüstern, spuckte aber nur ein paar Tropfen hinaus, weil es ihn schon wieder schüttelte. Er musste sich den Bauch halten. Mehrmals verschwand er fast unter der Theke.

„Äh, nein, ist gar kein Freund. Ist mein Bruder. Weißt eh, die Verwandtschaft kann man sich nicht aussuchen."

„Ach wirklich? Dabei sagtest du vorhin, du hättest keine Geschwister."

„Ja, nein. Na ja, ist nur mein Halbbruder. Äh, mütterlicherseits. Yo, shit happens."

In der Zwischenzeit war Mäzie mit meinem Bier abgehauen, das ich dringend nötig gehabt hätte. Ich tat, als würde ich die Musik genießen, schloss meine Augen und begann mich im Takt zu bewegen. Don't panic. Ich hatte alles im Griff. Gilbert bestellte sich einen weiteren Orangensaft. Keine Ahnung, seit wann es in dieser Gruft Kindergetränke gab. Er schien völlig relaxed. Es fehlten nur ein Kakao mit Schlag und ein gebackenes Buttercroissant. Vielleicht wollte er auch noch zu mir nach Hause? Einen Film gucken, Trivial Pursuit spielen, gemeinsam kochen, Fotos schauen. Dann kurz duschen und sich meine Zahnbürste ausleihen. Pfoah! Ächz. Später würde er mir unvermittelt seine warzige Zunge in den Rachen stecken. Uäääh! Weil sie Iron Maiden spielten, begab ich mich zum Tanzen. Bitte, bitte, bitte! Würde er doch endlich nach Gleisdorf fahren.

Neben der Tanzfläche versenkte ein sehr, sehr dickes Mädchen gerade sein Zungenpiercing in Mäzies Kehle. Er war fast bewusstlos. Einige Minuten starrte ich in den Disconebel, der auf die Tänzer geblasen wurde. Wieso ging ich nicht einfach heim, wie jeder normale andere Mensch auch? Ich sammelte Energie. Ich würde jetzt kraft meiner Gedanken zu Gilbert zurückkehren und mich von ihm verabschieden, da ich unter starker Migräne litt. Nein! Ich würde ihm ganz normal beibringen, dass ich einfach nur nach Hause wollte. Verdammt, ich musste morgen früh raus. Ich hatte Pflichten. Arbeit. Kinder. Tiere. Stall und Garten. Ja glaubst du ich könnte bis in die Morgenstunden in irgend so einer verdammten Scheiß-Disco rumhängen? Mit all diesem verfluchten, arbeitslosen Pack? Ja natürlich muss ich um halb fünf aufstehen. Was denkst denn du? Herrgott nochmal, will das nicht in dein Hirn? Schließlich habe ich Verpflichtungen. Ich bin Hausfrau und Mutter. Außerdem muss ich mich um meinen demenzkranken Vater kümmern. Glaubst du etwa, das ist ein Honigschlecken? Ja wer macht denn den ganzen Dreck weg, wenn nicht ich? Jeden Tag einen neuen Berg ungewaschener Wäsche, stundenlanges Bügeln, dreimal am Tag kochen, aufräumen, abwaschen, putzen, die Kinder füttern, bei den Schulaufgaben helfen, die Kleinen zum Arzt bringen. Ja wer stopft denn die Socken, wenn nicht ich? Glaubst wohl, ich kann mir den ganzen lieben langen Tag die Backe in die Matratze drücken so wie du. Du rotzfrecher Bengel. Bist ja noch grün hinter den Ohren. Ja und wer, wenn nicht ich, verdient denn das Geld zum Leben? Wer arbeitet denn sechs Tage die Woche am

Fließband? Du Nichtsnutz! Von nichts kommt nichts. Schreib dir das ein für alle Mal hinter die Ohren, du kleiner Hosenscheißer. Du wirst den Ernst des Lebens schon noch kennenlernen. Du fauler Sack Knochen. Eine Schande ist das, was du aus deinem Leben machst. Drei Bandscheibenvorfälle, Wasser in den Füßen und zwei Meniskusoperationen hatte ich schon wegen der ganzen Plackerei. Ja grins nur blöd vor dich hin. Wirst schon noch sehen, was du davon hast. Der Herrgott sieht alles. Bestrafen wird er dich wegen deiner Faulheit und dieser Herumhurerei jede Nacht. Du Sozialschmarotzer! Du Tachinierer! Du nichtsnutziger Parasit! Du, du …

„Afraid to Shoot Strangers", von Iron Maiden neigte sich dem Ende zu und ich kehrte zu Gilbert zurück. Ich tat, als hätte mich der Song vollends überwältigt und hörte nicht auf mich zu bewegen. Gleich, gleich würde ich gehen. Nur noch wenige Sekunden. Gleich wäre alles vorbei.

„*Na ja, dann*", fing Gilbert an.

„*Ja! Wie bitte?*" Ich riss die Augen auf.

„*Ich muss dann mal.*" Nein! Ging er jetzt aufs Klo, oder wie?

„*Also, würde mich freuen, wenn wir uns …*" Der Rest versickerte in den Klängen von Slayer. Endlich. Endlich! Stunden, qualvolle Stunden, Tage, Nächte, Wochen mussten vergangen sein. Zufrieden schloss ich die Augen und bemerkte eine kurze, klebrige Berührung an meiner Wange. Als ich die Augen öffnete, war er verschwunden. Ich bestellte mir einen Krug Bier und trank ihn in großen, gierigen Zügen leer.

Im angrenzenden Sofabereich entdeckte ich Mäzie mit offenem Hosenschlitz und das dicke Mädchen, das darin herumfingerte. Eine Gruppe Jugendlicher umrang sie im Halbkreis und feuerte die Dicke an. Ich schob sie zur Seite, packte den komatösen Mäzie und brachte ihn in Sicherheit. In meiner Wohnung schlief ich innerhalb von Sekunden und träumte von einem kreisrunden, fensterlosen Raum, in dem der Wand entlang eine Vielzahl von Türen eingebaut waren. Ich überlegte, welche davon ich öffnen sollte, als sich das ganze Gebilde wie ein Ringelspiel zu drehen begann, sich aufstellte und eine derartige Geschwindigkeit erreichte, dass die Türen aus ihren Schlössern sprangen und ich durch eine davon fiel. Dann verwandelte sich das Karussell in einen Feuerball und fegte davon. Der Sturz drückte mich in die Matratze, sodass ich erwachte. Ich ging in die Küche, um Wasser zu trinken. Mäzie hatte mich verlassen. Ein voller Mond prangte im Fenster. Düstere Nebelschwaden zogen mit einem Rauschen vorbei. Sofort verkroch ich mich unter meine Decken.

Ein ganz normales Date

Foto: dunkle, riesige Sonnenbrillen, die die Hälfte des Gesichts verdeckten, Kurzhaarschnitt, nichtssagend. Klar, okay, treffen wir uns. Wo und wann? Kann ich mir aussuchen. Ist eh klar. Fällt dem phantasielosen Idioten natürlich nichts ein. Gut, 14:00 Uhr, Auschlössl auf der Terrasse. Ja wie? Keine Ahnung, wie du willst. Mit dem Bus, mit dem Fahrrad, zu Fuß. Was heißt, wo soll das sein. Sagte ich ja schon. Im Augarten, Friedrichgasse, in Graz, Herrgott. Dachte, dass du schon länger hier wohnst. Ja genau, guck einfach im Stadtplan nach. Hä? Wie behindert ist der denn? Ja, dann eben im Internet! Oder frag dich durch. Sollte ich ihn vielleicht von zu Hause abholen? Fett Scheiße.

Er hieß Guntram, nein nicht Günther, original Guntram. Was denn das wieder? Guntram! Er trank Cola light, ohne Eis. Irgendwie schaute der Kerl fertig aus. Er schwitzte. Als ich ihm die Hand schüttelte, setzte er seine Sonnenbrillen ab: braungraue, tief sitzende Augen blickten mich leblos an. Er trug ein nicht mehr ganz weißes Polohemd einer bekannten Sportmarke. Ein Golfer? Nein, bestimmt nicht. Vielleicht früher einmal. Jetzt war er zu fertig dazu. Zu porös. Irgendwie kränklich. Ich bestellte mir einen Sodaradler, also Bier und Mineral. Für diese Tageszeit ganz schön vernünftig.

Ich hatte mich mit Totenköpfen aufjustiert. Schwarzes ausgewaschenes Shirt mit Totenkopf und Kreuz. Tasche mit Totenschädel. Skeletthände als Ring. Dazu eine Dreivierteljeans mit Tarnmuster, black Camouflage vom

Feinsten. An den Füßen Turnschuhe, die mir um mindestens eine Nummer zu groß waren. Natürlich aus der Herrenabteilung. Das Damenmodell gab es nur in Weiß mit pinken Streifen. Widerlich, welche Farben für Frauen existierten: Türkis, Hellgelb, Rosa, undefinierbare Pastellfarben, Magenta. Fuchsia! Potthässlich! Einfach der Oberhammer. Bei der Damenbekleidung die gleiche Katastrophe: goldene Schnallen, goldene Knöpfe, goldene Reißverschlüsse, Glitter und Strass, wohin das Auge reicht und natürlich Blümchen, überall Herzen und Blumen. Bequeme coole Schuhe? Fehlanzeige! Ausnahmslos sexy High Heels. Die reinste Behinderung. Ich hasste sexy Mode. Röcke, die so eng waren, dass man nicht aufs Rad kam. Unbequeme Latschen. Shirts, die schon über dem Bauchnabel aufhörten und so knapp geschnitten waren, dass sie unter den Achseln zwickten. Nicht auszuhalten. Ich trug auch kein Make-up. Ein bisschen Wimperntusche. Das musste reichen für heute.

Im Gegensatz zu Guntram hatte ich mir wenigstens das Haar gefärbt. Er hatte unglaublich viele weiße Haare. Anscheinend war er wie ich frühzeitig gealtert.

Guntram fragte mich, ob wir in den Schatten wechseln könnten. Er vertrug die Sonne nicht. Ich sagte, dass ich gar nicht daran denke mich im Schatten zu verstecken, wenn in dieser Scheiß-Gegend endlich einmal die Sonne schien. Gefühlte acht Monate hatte ich die Schrecken des Eises und der Finsternis durchlebt. Ich war so depressiv, dass nicht einmal ein Selbstmörder mehr mit mir sprechen wollte. Jack London, van Gogh und Virginia Woolf wären vor so viel Aussichtslosigkeit davongelaufen. Und da sollte ich am ersten wirklich warmen Tag dieses Jahres vor der Sonne flüchten? Typisch Websingles. Nichts, rein gar nichts konnte man ihnen recht machen.

„*Wie lange bist du schon auf Nichtmehrallein?*", eröffnete Guntram das obligate Gespräch. Er musterte mich. Guntram schien nicht ganz zufrieden mit dem, was er vor sich sah.

Ich: „*Nicht so lange. Ich war aber vorher auch schon einmal drinnen.*"

Er: „*Ja, ist eh nur scheiße meistens. Vorstellungen haben die aber alle.*"

Ich: „*Wieso?*" Ich stellte mich blöd. Mal schauen was kam.

Er: „*Na ja, weißt es eh. Übertriebene Erwartungen.*"

Ich: „*Sicher weiß ich es. Ja, und was die für Vorstellungen haben! Selbst aber zum Davonrennen: saublöd, hässlich, primitiv, echt Scheiße.*"

Er: „*Na ja, dann. Kennst dich eh aus. Die Mädels glauben ja gleich weiß Gott wer käme daher. Am besten George Clooney.*"

Ich: „*Echt? Pfoah! Ich kann George Clooney voll nicht. Dieser alte graue Opi. Ein Gesicht wie ein treuherziger, fetter Teddybär. Das ist kein Mann, das ist ein Zustand.*"

Er: „*Ach so, ja. Äh. Und sonst?*" Guntram blinzelte verzwickt in die Sonne. Kummerfalten hatten sich in seine Stirn gegraben. „*Was machst du beruflich?*"

Endlich. Die ultimative Frage. Ich glaubte schon an ein Wunder. Warum die Leute nichts anderes im Schädel hatten, als sich ständig nach der Drecksarbeit zu erkundigen. Als wenn das den Menschen ausmachen würde. Kein Dialog, kein Gespräch ohne diese Scheißfrage.

Ich: „*Ich bin arbeitslos. Gott sei Dank! Die Scheiße ist nicht zu ertragen. Ein Beschiss, was man heutzutage verdient. Bei den Rechtsanwälten, im Sekretariat oder sonst wo. Und du?*"

Er: „*Mein Gott, ja eh. Ich versteh' das ganz gut. Ich bin Badminton-Lehrer.*"

Ich: „*Im Attention?*"

Er: „*Ja. Woher weißt du …?*"

Ich: „*Ja komm, wo denn sonst? Ich weiß alles. Geh' schließlich nicht mit Scheuklappen durch die Gegend.*"

Er: „*Ja, die Sache mit den Jugendlichen. Das kann richtig anstrengend werden.*" Guntram seufzte laut und holte Luft. „*Schon seit Jahren. Üben, üben, trainieren. Dann immer die Sportwochen und Trainingslager. Bin ganz schön ausgepowert. Meine Kinder seh' ich fast nie mehr wegen der Ex. Eine neue Wohnung muss ich mir auch suchen. Und auf Nichtmehrallein: Was sich die alle erwarten!*"

Ich: „*Das Leben ist oft hart zu den Menschen. That's rather sad, isn't it?*"

Er: „*Letztens die eine, diese, die aber auch, echt. Hat gleich komisch geschaut, als ich ihre Getränke nicht gezahlt habe. Was denn noch alles? Vielleicht in den Mantel helfen und einen auf Gentleman. Wo denn mein Strauß Rosen für ihrer bleibt? So hat sie g'schaut. Dabei war die locker schon fünfunddreißig. Ihre Figur: na ja, war auch nicht mehr optimal. Ich mein, in dem Alter, is' ja kein Wunder. Oh schlimm ja, und ich hatte ja nicht einmal ein Geschenk für ihrer*", äffte ihr Guntram nach.

Ich: „*Für sie. Ich hatte kein Geschenk für sie!*"

Er: „*Hä? Kapier ich nicht. Die erwarten sich echt Superman. Dass da gleich Brad Pitt oder Tom Cruise oder was weiß ich für ein Traumtyp daherkommt.*"

Ich: „*Jaja. Tom Cruise, der kleine Scheißer. Brad Pitt, ha! The Sexiest Man Alive! Dass ich nicht lache. Fehlt nur mehr Richard Gere. Auch so ein Dackelblick und natürlich friedhofsblond. Schwerstens abtörnend. Ärgstens. Nein, also wirklich nicht. Mein Typ ist eher Bon Jovi oder der Axl Rose. Axl Rose, früher, mit langem Haar, kurzem Rock und Jesus-Shirt: eine Lichtgestalt. Etwas Schöneres hat die Welt noch nicht gesehen. Oder, wenn schon älter, dann wenigstens Mick Jagger oder Bob Geldof. Oder von mir aus: Helge Schneider, Campino, Anthony Kiedis.*

Er: „*Hä? Wer sind die? Wer ist Anthony Kidney? Nie gehört.*"

Ich: „*Anthony Kiedies? Das ist der berühmte Kastagnetten-Spieler von Knorkator. Seinerzeit, bei Amon Düül II trat er als Background-Sänger bei "Tanz der Lemminge" auf. Uschi Obermaier soll ihn während der Proben unsittlich berührt haben. Daraufhin tauchte er unter. War dann lange Zeit weg. Jahre später trat er als Unterhosenmodell bei Egon von Fürstenberg mit dem Slogan: 'Wie das Kinn des Mannes – so sein Johannes' in Erscheinung. Die Kampagne war derart erfolglos, dass er in wirklich arge finanzielle Schwierigkeiten geriet. Fürstenberg starb kurze Zeit danach unter mysteriösen Umständen. Er wurde nur siebenundfünfzig Jahre alt. Wahrscheinlich Selbstmord. Anthonys Spitzname allerdings ist ihm geblieben. 'Kiedis' heißt auf Rätoromanisch 'Kinn'.*"

Er: „*Ach der! Ja. Kann schon sein.*"

Ich: „*Na ja, du bist ja der große Musikliebhaber. Soviel ich gelesen habe, verfügst du über eine große Kennerschaft.*"

Er: „*Ach so, ja. Hm.*"

Ich: „*Und deine Lieblingsband, dein Lieblingslied?*"

Er: „*Weiß nicht. Ich hör' eigentlich alles. Quer durchs Gemüsebeet. Deines?*"

Ich: „*Also: 'I can't stand you anymore' von Vicious Remark oder 'You make me want to puke'. Sind natürlich Meilensteine der Musikgeschichte. Echt fett. Steh' voll drauf. Selbstverständlich auch das Doppel-Album 'Zu Tode gelangweilt' von Herschel Krustofski. Das wurde Anfang der Neunziger unter dem Titel 'Amused to Death' von Roger Waters kommerziell aufbereitet. Massentauglicher Schwachsinn der untersten Schiene. Echt krass. So ein Blödsinn! Aber wem erzähle ich das? Du musst es ja besser wissen.*"

Guntrum wollte ums Verrecken nicht kapieren, dass ich ihm einen Haufen Scheiße aufgetischt hatte.

Er: „*Äh, ja. Sagt mir momentan nicht wirklich was.*"

Ich: „*Da kennst du aber nicht viel. Dafür, dass du ALLES hörst.*"

Er: „*Hä? Versteh' ich nicht. Es ist alles so schlimm. Nein, wirklich. Was sich die alle erwarten!*" Kopfschüttelnd lenkte

Guntram wieder auf das Singlethema ein, das ihn um den Verstand brachte. Der letzte Rest an Farbe verließ sein Gesicht. Er welkte vor sich hin. Vertrocknet wie ein Zwetschkenkrampus. Schlohweiß, blutleer stierte er mit seinen kleinen Augen, die wie Rosinen in den Höhlen hockten, ins Leere.

Ich: *„Weißt du, wenn jemand Adonis_XL als Profilnamen verwendet und sich als sonnengebräunter Athlet präsentiert, dann kann es schon vorkommen, dass jemand enttäuscht ist."*

Guntram versuchte ein Lächeln. Es wirkte gequält. Kariöse Zähne und gelber Belag traten ans Tageslicht.

Er: *„Andauernd dieser ewige Erfolgsdruck. Ich kann nicht überall perfekt sein. Und was sich die alle erwarten. Bestimmt einen Batzen Geld, ein Luxus-Auto, Haus mit Pool, einen Traumkerl ohne Fehler. Sicher hab' ich mit meinem Alter gelogen. Aber ich will ja auch nicht mit einer Vierzigjährigen zusammen sein."*

Ich konnte förmlich sehen, wie Guntram weitere graue Haare wuchsen.

„Ich muss noch wohin, Guntram. War echt klass', dass wir uns getroffen haben. Nein, im Ernst. Nein, danke, brauchst dich nicht bei mir melden. Ja genau, du hast es erfasst. Du bist überhaupt nicht mein Typ. So ist es. Ich bezahle mein Getränk gerne selbst. Oder nein, weißt was? Ich lade dich auf deine beiden Colas ein. Genau! So bin ich. Wie wäre es zur Abwechselung mit einer Doppelliterflasche Mineral, damit du nicht völlig dehydrierst. Und noch eines: das Einzige, was ich mir erwarte ist, dass hie und da jemand seinem verdammten Bild ähnelt und mich mit seinen Problemen mit Nichtmehrallein in Frieden lässt."

Die Causa Ewald Kotter

Ja und dann trat Ewald auf die Bühne. Ohne Foto, ohne Profilfoto, ohne das geringste Foto. Nein, nicht einmal im Album. Auch nicht das obligate Gruppenfoto von der Maturareise. Weder Goofy noch Kermit, der Frosch. Nicht einmal ein Avatar. Schlecht. So einer lässt sich kaum finden, weil man stets nach Profilen mit Fotos sucht. Ewald fand mich. Nach Gilberts Foto-Verarsche war sowieso Vorsicht geboten. Wahrlich genial, wenn man bedenkt, dass Thomas Bernhard in seiner „Auslöschung" die Fotografie als größtes Unglück des zwanzigsten Jahrhunderts beschrieben hatte, obwohl er die Katastrophe des digitalen Zeitalters gar nicht mehr erlebt hat. Auf der anderen Seite passiert es nicht grundlos, wenn jemand auf sein Foto „vergisst".

Ewald erwartete mich mit einem viel spektakuläreren Eyecatcher, der Lyrik der Sätze, der magischen Wirkung der Zeilen, dem Zauber des Bildschirms, tanzenden Bits und Bytes auf dem Monitor der verheißungsvollen Sehnsucht. Ohne Foto fällt also schwerstens unter „Leider" und wird aussortiert. Normalerweise! Außer es ist Ewi Kotter, Sir Ewald Kotter, Evi, the cotter, the snappy cotter bolt, the little jaunty cotter key, the kinky cotter pin, E.C., E.K., the One and Only. Auf der Stelle musste ich mir die lieblichsten Verse von der Brust reimen. Mein Herz ging auf. Mein Herz ging über. Seine Worte, so poetisch, romantisch, weich und einfühlsam. Wir lernten uns kennen. Zu schnell, viel zu schnell und das ist das erschreckende Resultat:

Tulpen, Rosen und Narzissen,
Oh, holde Maid dort auf dem Kissen
Welch ein Zufall, welch ein Gluck
dass ich auf deine Seit geguckt

Holder Jüngling, ich nix Maid
Wie ich grad' seh, du wohnst nicht weit
Bin b'soffn, gschmiert und schon bereit
Trau dich her, und tu's mir gscheit

Ich bin ein Freund der Poesie
Ein rüder Ton gefällt mir nie
Will dich erst richtig kennenlernen
Und von dir träumen aus den Fernen

Oh, lass uns einfach weiterschreiben
Wollt mich niemals an dir reiben
Bald muss ich aus dem Stande speiben
Wer weiß, ob wir es jemals treiben?

Allmächtiger, ich glaub' ich hör' schwer
Depris, Tabs und gar nix geht mehr
Einmal schmusten wir herum
Jetzt kehr' ich auf der Schwelle um

Der Hölle Rache kocht in meinem Herzen
Vorbei ist's mit den lustigen Scherzen
Was übrig blieb, das sind die Schmerzen
Traurige Lieder, tote Kerzen

Sacrebleu! Putain! Ze-fix!
Geh' jetzt z'aus wo ich dann wix
Ich scheiß auf dich und einen Fick
Die Berta Maier ist auch ganz schick

Mon cher Monsieur, mon grand Mylord
Sei versichert: Ich hab das letzte Wort
Das Pantscherl, das war wirklich short
Aber putz di' nur und schleich di' fort!

Manchmal schwappte ich über. Wahnsinn manifestiert sich in der Tatsache, dass man ständig seiner atemberaubenden Schnelligkeit hinterherrennt. Aber dieses Küchenlied[24] bietet einen wirklich guten Plot über unsere Geschichte. Die Dialogform spräche wohl eher für eine Ballade, aber ... Genug! Ich beginne erneut.

Alkoholprobleme

Anfang 2006 stöberte mich Ewald auf. Er gehörte zu den Externen, also jenen, die ohne Account Profile durchforsteten. Um mit mir in Kontakt zu treten, musste er sich registrieren, was ihm nicht leicht fiel. Ein Profil auf Nichtmehrallein hatte so einer nicht nötig. Ein Arbeitskollege griff ihm unter die Arme. Ich gehörte längst nicht mehr zum Frischfleisch. Er hatte mich aktiv ausfindig gemacht. Das ehrte mich. Mein Profil hatte ihn derart begeistert, dass er sich, „obwohl er so etwas nie zu tun geglaubt hätte" – so der Originalton – zu einem Versuch hinreißen ließ. Also schusterte er sich in Windeseile ein Profil zurecht, das aus der Beantwortung des Pflichtteils bestand und schrieb mir ein lahmes „hab dich gerade entdeckt, wie geht's so?" Ich begutachtete seine kümmerliche Darbietung ohne Profilfoto und machte mich daran seine E-Mail zu löschen, als ich ein Attachment bemerkte. Ausgestattet mit einem Uralt-Rechner konnte ich beob-

---

24 Küchenlieder sind banal, reimen sich schwerfällig und sind absolut anspruchslos, aber stets von wahrem Gehalt!

achten wie sich Pixel für Pixel in Zeitlupentempo vor meinen Augen zu einer Erscheinung fügte, die in der Freakshow der einsamen Internetherzen jeder Beschreibung spottete. Eine Sensation bahnte sich an. Bestimmt würde sein Bild allen meinen Folgegenerationen im Stammhirn verwurzelt bleiben. Meine Nachkommen würden diese Imagination des vollendeten visuellen Genusses in ihrem Gedächtnis tragen bis zum Ende der Menschheit. Ein Kuriosum der Evolution, das bis zu diesem Augenblick nur Elvis Presley und seinem pompösen, weißen Glamouranzug vorbehalten blieb.

Blonde Löckchen, blaue Augen, ein verwegener schelmischer Ausdruck, in seiner ganzen Pracht dem Goldmund von Hermann Hesse gleich. Nur unser Briefkontakt toppte mein Wohlgefallen an seinem Äußeren. Wir delektieren uns an der Formulierung unserer Sätze, am gezierten Stil unserer Zeilen und teilten die gleiche Begeisterung an einer schwärmerischen unpräzisen Ausdrucksweise. Mit fieberhafter Ungeduld erwartete ich seine beinahe stündlichen Nachrichten und spitzte mir meine wohl überlegten, bemüht pointierten, aber stets auch ein wenig nebulos formulierten Antworten zurecht. In weiser Voraussicht wollte ich damit die Entscheidung über unser erstes gemeinsames Treffen künstlich prolongieren. Superman begann sich in meinem Kopf zu manifestieren. Ich roch den Vater meiner Kinder und ein Happy Ending, das jeden Jane-Austen-Film übertreffen sollte. Ewald war kinderlos, hatte keine laufende Beziehung und plante die Gründung einer Familie. Schon nach wenigen Tagen kulminierten meine Wahnvorstellungen in der Aussicht auf ewiges Glück, Liebe, Haus und Heirat.

Der Seitenaufbau meines Internets erreichte damals die Flugdauer Wien – Paris – Dschibuti/Rückflug Dschibuti – Frankfurt – Salzburg und mit dem Schienenersatzverkehr zurück nach Graz, sodass ich genug Zeit zum Träumen hatte. Ich war komplett aus dem Häuschen. Ein Dutzend Mal pro Tag klickte ich auf sein Foto und lächelte bei jedem Bildpunkt wie eine jungfräuliche Märtyrerin in Erwartung ihrer Apotheose. Kurzum: Ich brauchte keinen zweifelnden Grafen Wronski, ich wollte den echten Mr. Darcy.

Nach unserem intensiven und sinnlichen Briefwechsel à la Choderlos de Laclos' verabredeten wir uns auf einen abendlichen Umtrunk in der Stadt. Mit den „Gefährlichen Liebschaften" von Laclos begann ich mich zu beschäftigen, als mir im Sommersemester 1997 ein Schein über zwei Wochenstunden für eine kurze Interpretation des Buches in Aussicht gestellt wurde. Diesen Briefroman behielt ich in allerbester Erinnerung, weil es die erste und einzige sinnvolle Auseinandersetzung im Rahmen meines Studiums der Erziehungswissenschaften blieb. Die Vorlesung trug den ominösen Titel „Zur Sozialgeschichte von Lesen, Literatur, Volksbildung und Schule". Inhalt und Dozent entzogen sich mir durch meine konsequente Absenz und Zeit meines Lebens musste ich mich daher mit der Frage auseinandersetzen, wie sich dieses Kleinod französischer Romankunst jemals auf die Literaturliste einer pädagogischen Lehrveranstaltung verirren konnte. Eine Woche nach postalischer Einreichung meiner Erörterungen erhielt ich ein mit „Sehr gut" ausgestelltes Zeugnis aus Wien retour und positionierte das Werk an einen Ehrenplatz meines Bücherregals.

Durch Ewis anmutigen Schriftverkehr in ärgste Verzückung geraten, glühte ich zu Hause heimlich vor. Meine Angststörungen und die daraus resultierende Lahmlegung des artikulatorischen Apparats erforderten eine Blutalkoholkonzentration von mindestens eins Komma zwei Promille. Mangelnde Schlagfertigkeit kann zwar mit einem auf den Schriftverkehr reduzierten Gedankenaustausch hervorragend kompensiert werden, bei dem unvermeidlichen Treffen ist eine nervös-pathologische Redeblockade aber der Abtörner schlechthin. Wirklich grausam, wenn man sich als sprachgewaltige Intellektuelle präsentiert und dann mit dem beschränkten Vokabular eines Hilfsknechts ins Feld ziehen muss.

Zu meiner Überraschung saß der fesche Ewald schon an der Theke der Jazzbar Miles, vor ihm ein fast leeres Krügerl Bier. Ich hatte mich extra bemüht, dem durch die Dauer des Zähneputzens und der Anreise bedingten Alkoholabbau, durch eine verfrühte Ankunft im Lokal entgegenzuwirken. Mit einem Henkel in der Hand und bereits in Pose geworfen, wollte ich einen saloppen Eindruck erwecken, wenn er die Kneipe betrat. Da war er mir allerdings zuvorgekommen. Betont nachlässig lümmelte er auf seinem Barhocker. Wir begrüßten uns standesmäßig, saugten uns gierig mit unseren Blicken auf und gerade als sich der erste peinliche Leerlauf einschleichen wollte: *„Bist enttäuscht, oder? Weil so schaust. Doch schlechter als am Foto?"*

Mein Gott, was sollte diese Bemerkung gleich zum Auftakt. Ich fieberte einem besonders gelungenen Scherz entgegen, der sich nicht einstellen wollte. In dieser Momentaufnahme der totalen visuellen Vereinnahmung des Gegenübers hatte ich mich womöglich ein wenig zu lange mit seinen Vorderzähnen aufgehalten. Ich fand, dass er an einem Überbiss litt, wahrscheinlich das Ergebnis einer nachlässigen kieferorthopädischen Korrektur, die aus der Verweigerung der Zahnspange während der Adoleszenz resultierte. Insgesamt wirkte Ewald nicht so engelsgleich und ebenmäßig wie auf dem Foto: Zu wenig blau die Augen, das Haar zu wenig blond. Zuerst ein wenig enttäuscht, begann ich mich für diese Divergenzen zu interessieren. Sein Überbiss wurde mehr und mehr zu einem Fixpunkt meiner Aufmerksamkeit, der mich in seinen Bann zog.

„*Nein überhaupt nicht*", antwortete ich knapp. Nervös wartete ich auf die Bedienung. Der Kellner ignorierte mich zuerst, dann ließ er sich Ewigkeiten mit dem Bier Zeit. In einer angespannten Situation in irgendeiner Drecksbude ohne Heimvorteil auf das erste Bier zu warten, war die reinste Quälerei. Anscheinend hatte die Generalversammlung der Vereinten Nationen darauf vergessen, einen entsprechenden Passus in die Menschenrechte aufzunehmen. Kein Wunder, dass die meisten Säufer gar nicht mehr raus zu kriegen sind aus ihren Stammkneipen; wo sich der gestandene Wirtshausalkoholiker erst nicht des Langen und Breiten erklären muss; wo der Trinkfluss nicht durch penetrantes gläschenweises Abkassieren gestört wird; wo sich der sukzessive Verfall in ein intensives Rauscherlebnis mit dem Akt des Eintretens besiegelt und wo der Meister der Wirtschaft gefälligst von selber weiß, wann der nächste Krug auf dem Holz zu stehen hat. In überfüllten Lokalen ordere ich zumeist eine Flasche ohne Glas, weil mir beim Zuschauen des mühseligen Bierzapfens der Geduldsfaden riss. Nicht auszuhalten, wenn der sadistische Wirt die ohnehin scheußlich schmeckende Schaumhaube dann auch noch fünf Mal hintereinander aufzustocken versuchte.

„HAB' ICH HEUT' EINEN DURST!" Hödlmoser meldete sich zu Wort. Unverwandt stierte ich dem Kellner hinterher. Nicht zu fassen. Wie lang dauerte das eigentlich? „HAB' ICH HEUT' ABER EINEN DURST!", knurrte mein Magen. Ewald süffelte genüsslich an seinem zweiten Bier herum. Ich war drauf und dran ihm das Glas aus den Fingern zu reißen, den Inhalt in einem Zug runterzustoßen und es ihm anschließend vor die Füße zu schmettern. Man hat es aber auch nicht leicht in Österreich und der einsetzenden Bierschwindsucht. Kaum etwas Vernünftiges zu bekommen hier.

Nach Bayern müsste man emigrieren, wo das Bier noch in vernünftigen Behältern ausgeschenkt wird. In Österreich ist die ordentliche Maßkanne auf alle Fälle ausgestorben. Schon ein ordentlicher Blechwecken wird in Supermärkten zur Seltenheit. Blech-Döschen mit einem drittel Liter Inhalt, Viertel-Liter-Fläschen, lächerliche Half Pints im Irish-Pub um die Ecke, nicht genormte Pfiffe und die ganzen Becher, Stangen, Flöten und Tülpchen samt ihren Manschettchen und wie dieses Puppengeschirr sonst noch heißen mag. Weitere Horrorszenarien des starken Biertrinkers sind die schäumenden Ungeheuer frisch angezapfter Fässer, Limo-Mischbiere, sogenannte Kinderbiere oder Babybrause, im Volksjargon „Tschopperlwossa" genannt, in Form von picksüßen, klebrigen Radlern wie dem mit Cola gepanschten Diesel, diverse Jubiläumsausgaben, wie niederprozentige, mit Preiselbeeren und anderen Schamlosigkeiten versetzte Schwangerenbiere, Damenbiere mit Ribiseln. Damit die armen, an chronischer Blasenentzündung leidenden Frauen sich endlich ein Bier genehmigen. Stylische, hübsche Fläschchen und Gläschen für nicht einmal *einen* ordentlichen Schluck. Aber wozu regte ich mich überhaupt auf? Die Erfindung des alkoholfreien Bieres hatte den Untergang des Abendlandes eingeläutet. Was käme als Nächstes?

Und überhaupt: Die neuerdings auftretenden Modeerscheinungen auf dem Sektor der Wellnessbiere, die – auch wenn noch nicht erfunden – schon jetzt unter dem Namen Teebiere bekannt sind. Nur noch eine Frage der Dauer bis diese Endzeitvisionen in Bierkonzentraten gipfeln, die auf den Inhalt von Ampullen schrumpfen, bis hin zu allerlei homöopathischen Schindludereien, wo ein winziges Biertröpfchen so lange verschüttet wird bis die Wirksubstanz quasi nicht mehr nachweisbar ist. Dabei entspricht die D24-Potenz einem Tropfen im 100.000-fachen Volumen des Atlantiks, die C30-Potenz weniger als einem Zuckerstückchen in Milliarden von Galaxien!

Es widerte mich an auf dem Trockenen zu sitzen und zwar maximal. Jeder andere Hosenscheißer wurde selbstverständlich unverzüglich bedient, nur ich nicht. Am liebsten war mir für die erste Runde ein schneller Null-Fünfer-Henkel ohne Schaum, in Lokalitäten mit prekären hygienischen Verhältnissen eine Flasche Bockbier mit zwölf Volt oder – weil hochprozentiges Bier so gut wie nie geführt – zumindest ein vollmundiges Hefeweizen. Die von den Baustellenmaurern entwickelten, bis zur Akrobatik reichenden Bierentkapselungstechniken, hatte ich mir in einem erforderlichen Ausmaß angeeignet und war für alle Fälle gewappnet. Gierig scharrte ich in den Startlöchern. Wo zum Teufel blieb mein gottverdammter Humpen?

Endlich kam das Bier daher. Ungespritzt, mit einer satten Portion an Stammwürze, aber abgestanden, ohne ein Bläschen Kohlensäure. Dennoch, es floss wie warme Milch die Kehle hinunter. Jetzt war Ewald dran. Er verfügte – objektiv betrachtet – trotz Überbiss über passable Ausgangsqualitäten, doch er schrie förmlich danach, richtig schöngesoffen zu werden. Ich war froh, dass ich mich an meinem Henkel festhalten konnte. Eigentlich zählte überhaupt nur das Bier. Alles andere war nebensächlich. War auch immer das Gleiche. Notgedrungen das Gleiche, weil man ja vor lauter Krachen nichts mitbekam. Unser Gespräch verlief so banal, dass ich mich meiner schweren Zunge nicht zu schämen brauchte. An meinem Äußeren konnte es dank schummrigen Barlichts nichts zu meckern geben. Mit den Promillen stieg mein Selbstbewusstsein.

Bald begann ich betont lasziv daherzuschauen. Vielleicht quoll aber auch nur der Alkohol aus den Augen. Ich trank und trank, zunehmend lustlos. Unser erbärmliches Gewäsch verfügte über keinen Funken Originalität und plätscherte ähnlich trostlos vor sich hin wie die abgestandene tschechische Plörre. Nie wieder würden wir uns derart schöne Briefe schreiben. Ein verschissenes Treffen, das alles kaputt machte.

Dann passierte es: Ewi erhielt wieder das prinzenhafte Aussehen, das ich bei Nichtmehrallein bestellt hatte. König Alkohol, um es mit Jack London auszudrücken, hatte mich nicht im Stich gelassen. Ich gierte an Ewalds Figur herum: Eine von diesen hochgewachsenen, schlaksigen Staturen, die mein Blut in Wallung brachten, wenn es mein Medikamentenpegel zuließ. Tolles Outfit, ausgewaschene Levis aus der Boutique, figurumspielender, grüner Armeeparka, ausgetretene Boots, zerzaustes Wuschelhaar. Ich teilte ihm bis zum Schluss nicht mit, dass eine fettig aussehende Haarsträhne kerzengerade nach oben stand. Halt! Der Bursche gefiel mir. Ich verspürte große Lust auf das blöde Gelaber zu verzichten und ihm stattdessen die Krallen in den Schritt zu drücken. Nach dem dritten Humpen war ich so aufgebläht, dass ich mich plötzlich nach Frischluft zu sehnen begann. Jetzt nur nicht stolpern und raus aus dem Schrottkeller. Vorschlag LKW – Aktion Lokalwechsel – und neue Chance. Auf geht's – rauf geht's. Ewald und ich waren uns einig, dass wir noch lange nicht nach Hause gehen wollten. Beim Hochgehen ließ er mir nach alter Schule den Vortritt. Dabei stierte er mir so plakativ auf den Arsch, dass mir fast schwindlig wurde, obwohl ich es gar nicht gesehen hatte, aber trotzdem wusste. Wir einigten uns auf eine Kneipe in der Franziskanergasse.

Good old Graz. Die Stadt, die gar keine Stadt ist:

Gradec, die kleine Burg. Ein Ort der beschaulichen Ereignislosigkeit. In der Franziskanergasse, am Franziskanerplatz und seiner Umgebung mochte man wenigstens ansatzweise etwas von jenem Ambiente finden, das den Charme mittelalterlicher Stadtkerne ausmacht. Einen mondänen Großstadtcharakter sucht man vergeblich. Höchstens freitags zu den Stoßzeiten zeichnet sich am dreispurigen Opernring so etwas wie eine urbane Tendenz ab. Naturgemäß behielt Thomas Bernhard Recht. Nein, in Graz muss man nicht gewesen sein.

Als das Nest 2003 zur Kulturhauptstadt avancierte, dachte ich an einen Scherz, aber es handelte sich bloß um eine dieser großzügigen EU-Initiativen zur Intensivierung des Fremdenverkehrs. Zusammen mit ein paar an der Herrengasse gelegenen Passagen, die in ihrer schluchtartigen Enge den Reiz mittelalterlicher Gedrängtheit vermitteln, ist die Franziskanergasse zu repräsentativen Zwecken ganz verwertbar: eine schmale, nur wenige Meter lange Fußgängerzone, beidseitig von Fettbuden und kuriosen Geschäften flankiert, verbreitet sie wegen ihrer miniaturhaften Dimensionen schon bei einer Frequenz von wenigen Passanten eine fiebrige, pulsierende Touristenatmosphäre. Braucht ja keiner wissen, dass die zweitgrößte Stadt Österreichs ein gottverlassenes Kaff ist. Weder Fisch noch Fleisch, „Ne pesce, ne carne", wie die italienische Verwandtschaft bei ihrem ersten und letzten Besuch schon nach wenigen Minuten resümierte und das trotz Franziskanergasse.

Ich musste grinsen, weil mir meine Zeit als Au-pair in Paris einfiel. Scheiße, dachte ich, als ich Ewald hinterhertorkelte, mein Horizont würde sich für ewig der Begrenztheit dieses Ortes angleichen. Paris. Parigi. Oh là là. Ein ähnlicher Weg, nur im großen Format, führte uns damals nahe der St-Michel-Station zu unserem Stammlokal

„La Petite Taverne", die meine Kolleginnen und ich nur deswegen so häufig frequentierten, weil dort Starkbier zu einem vernünftigen Preis ausgeschenkt wurde. Ein französenmäßiges Kinderbier selbstverständlich, abgefüllt in ein winziges Degustationsglas, aber herrlich deftig im Abgang. Der Gang zur Kleinen Taverne gestaltete sich sehr trostlos, weil es von Crêpesständen, Riesendönern und anderen Verlockungen wimmelte, wir aber wie die Kaisersemmeln krachten und jeden Centime fünfmal umdrehen mussten. Aber es war geil, pittoresk, laut und bunt. Mann, es war Paris! Mit unserem kümmerlichen Au-Pair-Salär ernährten wir uns von Baguette und Camembert, dazu Wein aus dem Tetrapak. Ein-, zweimal in der Woche gönnten wir uns die Kleinen Taverne und filterlose Gauloises, die am besten gegen Hunger halfen. In unserem Stammlokal ließen wir uns auf schnellsten Wege volllaufen, denn um Mitternacht fuhren die letzten Métros. Oft saß ich allein in einem Waggon und ein Rudel von Kerlen gesellte sich zu mir. Kaum, dass ich ein Wort ihres anzüglichen Gespötts verstand, aber ich verfügte – solange ich besoffen war – über einen unerklärlichen Mut. Wenn ich Halbstarken auf Französisch beibrachte, dass sie scheißen gehen sollten, brachen sie in lautes Gelächter aus und ließen mich in Ruhe. Retter Alkohol. Im Supermarkt stieß ich auf Dosenbier mit über zehn Volumprozent. Ein Lotto Sechser. Damit ertrug ich sogar die Blagen meiner Gastfamilie.

> Alkohol ist dein Sanitäter in der Not
> Alkohol ist dein Fallschirm und dein Rettungsboot
> Alkohol ist das Drahtseil, auf dem du stehst
> Alkohol ist das Schiff, mit dem du untergehst[25]

---

[25] Herbert Grönemeyer: „Alkohol", auf „4630 Bochum", EMI 1984.

Die laute Musik und die abgestandene Luft eines nie gelüfteten Gewölbes knallten mir wie eine Faustwatsche ins Gesicht. Da bemerkte ich, wie stockbesoffen ich in der Zwischenzeit war. Ewald, mein Internet-Don Juan hatte nichts Bemerkenswertes von sich gegeben. Sehr sparsam in der Informationsweitergabe der Genosse. Seltsam zugeknüpft für ein verheißungsvolles Date. Mit dem Charme eines Reptils ließ er meine Beipflichtungen, die sich in übertriebener Kicherei beim leisesten Anflug einer Bemerkung äußerten, über sich ergehen. Ewald hatte etwas Burleskes an sich. Wenn er sich vorwärts bewegte, hielt er den Oberkörper kerzengerade und übertrieben aufrecht, die Schultern zurück, den Hals und Kopf himmelwärts gerichtet, während seine Extremitäten wie bei einem Hampelmann in alle Richtungen baumelten. Spaßiger Zeitgenosse, sehr lustig im Habitus, sonst aber ziemlos humorlos irgendwie. Außerdem war er arrogant und eingebildet. Bekannte grüßte er zurückhaltend und oberflächlich und er vergewisserte sich, dass er einen Sicherheitsabstand zu mir einhielt, damit mich niemand als seine Freundin missinterpretieren konnte. Dabei hatte er schon jede Menge intus. Selbst im ärgsten Rausch konnte er sich nicht richtig gehen lassen und musste seinen Taten und Worten einen unangebrachten Ernst verleihen. Insgesamt zu spröde alles, zu gespreizt, nicht wirklich schlüpfrig, obwohl seine schlaksig-baumelnden Schenkel was anderes suggerierten. Wahrscheinlich gehörte er einmal ordentlich versohlt. So richtig mit Rohrstock und Peitsche auf die nackte, nasse Haut.

„Weißt du, ich schreibe. Also beruflich", brach es präpotent aus ihm hervor. Hä? Und sonst hatten wir uns nichts zu sagen. Klasse echt. Hatte ich ihn etwa danach gefragt, was er beruflich tat? Uninteressant. Noch dazu in Zeiten wie diesen, wo Arbeit fast als Privileg galt. Damit zu prot-

zen war wohl das Letzte. „*Ich bin Journalist, Sportjournalist*", fuhr er süffisant fort. „*Hab' echt einen stressigen Job, aber natürlich auch sehr cool, bin ziemlich gefragt, weißt eh schreiben und so, kann ja nicht jeder. Vor allem die vielen Analphabeten und eingebildeten Geistesgrößen. Vermeintliche Wortakrobaten. Das meiste nur Schwachsinn, was die absondern. Irgendwie war das schon immer meine Sache. Eigentlich ein Traumjob. Auch nicht schlecht bezahlt.*"

Ewald schaute mich mitleidig an, weil ich vor Begeisterung nicht in Jubelschreie ausbrach. Sport – auch das noch! Mit Sport und Spielen hatten schon die alten Griechen ihre Untertanen für dumm verkauft. Sport mit seinen patriotisch-idiotischen Auswüchsen. Das Allerletzte. Höher, stärker, schneller. Und nicht zu vergessen: Was bringt die meiste Kohle ein? Wo rennt der Rubel? Jetzt hatte ich mir den Kerl endlich schöngesoffen und dann packte er diesen Mist aus. Ich erkundigte mich nach seinem Auftraggeber.

Und das bei diesem Qualitätsblatt, beliebteste Tageszeitung einer komplett vertrottelten Nation, deutschtümelndes Scheißpapier, Revolverpresse, Synonym für Populismus und primitivste Ausländerhetze. Zum überwiegenden Teil aus Leserbriefen bestehend, ist es Plattform und probates Sprachrohr des traditionsbewussten Hobbyfaschisten und all jener, die sich keine eigene Meinung bilden wollen, während sich die aktuelle Berichterstattung auf die spektakulärsten Unfälle aus der heimischen Provinz konzentriert: „Kind von (ausländischem) Rasenmäher niedergemetzelt. Hämatom auf rechtem Zeh." Schade um das Papier.

Ewalds Mobiltelefon klingelte. „*Ja, also sorry, aber da muss ich jetzt fast abheben, ist ja aus der Redaktion.*" Bestimmend und übertrieben genervt donnerte er ein paar Befehle in den Hörer. „*Voll schlimm, wenn sie im Layout meine*

Überschrift verpatzen, passiert ja so schnell. Hätt' jetzt echt nicht abgehoben, weil weißt eh, aber das muss halt zeitgerecht erledigt werden. Ohne mich geht da nichts, schaut aus." Er grinste borniert vor sich hin. *„Ein paar Schwachköpfe haben wir schon dabei. Da ist es mir lieber, wenn sie mich vorher anrufen, bevor irgendein Mist passiert und dann alles zu spät ist und es gedruckt wird. Katastrophe. Ich trage da echt eine Verantwortung. Ist nicht zu unterschätzen."*

Der Zeitpunkt für eine ordentliche Tracht Prügel rückte näher. Meine alkoholbedingten Aggressionen fuhren mir allmählich ins Blut. Ich trommelte mit den Fingern auf der Theke. Nein, erst den Watschenbaum aufstellen und dann rüber zur Blutwiese. Da müssen die Knochen ordentlich krachen. Mit so einer kleinen Ohrschelle war da nichts mehr. Wir wechselten das Thema.

„Mein Gott, weißt es eh, die meisten Weiber sind dann auch noch so was von primitiv; also wenn da eine mehr als ein Buch in ihrem Leben gelesen hat, grenzt das an ein Wunder."

Grummelgrummel, noch so ein Satz, Zahnersatz. Ein kleiner unmotivierter Schubs von hinten und Rumpeldipumpel, fort ist der Kumpel.

„Und fett sind die alle in meinem Alter, bei jeder wabbelt der Bauchspeck."

Oh Baby, und du bist so fesch und so geil. Wahrscheinlich kommst du vor lauter Scheiße reden nicht zum Fressen und hast deswegen kein Gramm zu viel auf den Rippen und jetzt Maul halten oder ich bumsdichtot!

„Also, bin ich froh, dass du nicht so blad aussiehst! Scheinst eine echte Ausnahme zu sein. In Zeiten wie diesen, na ja, ist echt keine Selbstverständlichkeit."

Noch so ein Spruch – Kieferbruch! Ein fetter Schnalzer mit der Stiefelspitze, ordentlich aufziehen und dann mitten in die Kniekehle rein, tut auch schön weh, überlegte ich.

„Die ärgsten Speckwülste an den Wampen, wo man hinschaut, solche Stampfer und solche Ärsche alle!" Dabei deutete er mit den Händen den Umfang eines Postkastens an.

Weiter, weiter mit dem Gelaber, bald Protheseninhaber. Ich stopf' dir jetzt gleich dein Maul, wart nur ab, Freund der Blasmusik. Ewi, the Cotter, mutierte langsam aber sicher zu Ewald, the Kotzer.

„Weißt eh, vor acht, neun komme ich oft gar nicht raus, kommt drauf an, wenn viele wichtige Spiele sind und so, EM, WM, was weiß ich. Ist schon echt anspruchsvoll ..."

Tusch, tusch! Ob es eine Ausbildung für Sportjournalisten gab? Vermutlich reichte ein Fernkurs übers Internet oder nicht einmal das. Ein bisschen Fußball gucken, was die Burschen ohnehin pausenlos taten, und die Expertenkommentare schossen raus. Ich fand Ewald geil. Was da vorne herauskam, spottete jeder Beschreibung. Ich war stockbesoffen. Der Arsch war echt geil. Scharfe Rückenansicht. Saugeiler Hengst, absolut fickbar. Den brauchte man nicht von der Bettkante zu stoßen. Nur die exorbitante Arroganz, dieses impertinente Herumgekotze musste erst einmal wegignoriert werden. Schwer, schwer.

Jemand musste ihn zum Schweigen bringen. Nichts leichter als das. Ich hakte ihm die Zunge ins Gebiss. Die Bar war wie gemacht dafür: ziemlich laute Musik, lange Theke, die sich im schummrigen Licht verlor, das Ende gar nicht auszumachen vor lauter Rauch und Qualm, Barhocker, ein paar Bistrotischchen, gerade in der richtigen Höhe, sodass man sich dort festhalten konnte. Geifernde ältere Männer im Trenchcoat und immer nur in der Profilansicht, rauchend und vor sich hinsabbernd, wenige Frauen, dafür nuttiges Personal. Typus Puffmutter, immer verständnisvoll lächelnd mit einem freundlichen wohlwollenden Nicken. Schon aus der Ferne verspürte man große Lust sich mit einem Sprung ins ausladende

Dekolleté zu werfen, den Kopf in den runzligen Spalt zu stecken, im warmen Mutterbusen zu versinken. Heben, senken, heben, senken – bum, dock, bum, dock, mit der Verlässlichkeit eines Metronoms, sanftes Einswerden in den Wellenbewegungen des nach Hopfen schmeckenden Fruchtwassers, intrauterine Geborgenheit, leise plätschernd, bum, dock, bum, dock, wie ein Bächlein, das im Frühling leise über die Steine holpert. Dann der Sturz in einen tiefen, tiefen Brunnen: vibrierendes Echo, millionenfach reflektiert in einem rasenden Crescendo bis zum erlösenden Tiefenrauschen der ewigen Stille. Mir war übel!

Und WUM! Wer hatte da wem die Zunge in die Kehle gepresst? An der Thekenunterseite befanden sich jene ergonomisch vorteilhaft platzierten Messinghaken, an denen man sich festklammern konnte, um auch bei extremer Schlagseite nicht umzukippen. Irgendwann würde ich nur mehr mit Sitzgurt an der Theke stehen dürfen, mit Seil und Schlinge gesichert. Auch für den Weg zur Toilette von Vorteil. Mir war sehr, sehr heiß. Noch einen Schluck Bier und ich würde eine riesengroße Schweinerei hinterlassen. In den kurzen Pausen, in denen ich Luft holen musste, verschwamm das Gesicht Ewis mit der restlichen Klientel des Etablissements. Immer wieder penetrierte der rosa Zipfel die Visage. Da hatten wir eine wilde Schmuserei angezettelt. Seine Vorderzähne hielten echt was aus. Jedes Mal, wenn ich den Bolzen in der Grube versenken wollte, kamen mir seine Reißer in die Quere. Dafür rammte ich meinerseits, was mir den Weg versperrte. Ich säbelte und wetzte an Zunge, Lippen und Gaumen, als gäbe es kein Morgen.

Knutschen in einer gut besuchten Lokalität – der Oberhammer: quetschen, klammern, knubbeln, lecken, saugen, zerren, knabbern, fletschen, echt saugeile Sache.

Wahrscheinlich freute sich der alte Tattergreis an der Theke neben uns schon einen in die Hose. Astreiner Taschenbillard mit aufgesetztem Pokerface. Hacken, spalten, klirben, hauen, pieksen, schnalzen, tupfen, bolzen. Dabei versaute ich Ewi seine Frisur, bis das Heu endgültig nach allen Richtungen weg stand. Beißen, kauen, mümmeln, schnappen, ätzen, kitzeln, kratzen. Auf eins, zwei, drei den Pinsel in den Schlund gestoßen, dann heraus – kurzes Kreiseln und mit dem geilen tropfenden Stecken im Schweinsgalopp zu den Nüstern, in breiten kreisenden Schnalzern bis zu den Ohren. Und vorwärts mit dem Tupfer in kurzen, gierigen Stößen. Dann zurück zur Stirn und den Sabber geschmeidig unter die Linsen gespachtelt. Ewald brachte endlich kein Wort mehr heraus. Herrlich. Schmieren, saugen, spritzen. Um nicht die Balance zu verlieren, drückte ich ihm ein Bein zwischen die Schenkel. Rumpeln, knautschen, knebeln, drechseln, poppen, datteln. Mal gucken ob sich beim exzessiven Reiben am Glockenspiel die Schritttemperatur erhöhte. Durch den schweren Stoff konnte ich nicht erkennen, ob sich meine Bemühungen schon bezahlt gemacht hatten. Wahrscheinlich fingerte ich an den völlig falschen Stellen herum. Dann mal von hinten. Ich steckte meinen Ärmel in seine Kruppe, ganz hinunter bis zum Steiß und überlegte mir, ihm meinen Finger in den Hintereingang zu stecken. Ob der Herr Sportjournalist quieksen würde? Vielleicht wenn ich den Finger anschließend unter seine Nase hielte und ihn daran schnuppern ließe?

Verdammt! Irgendwie wollte nichts Vernünftiges in die Gänge kommen. Kein richtiger Flow. Alles zu bemüht. Kaum dass sich die Segel blähten, glätteten sich die Wogen auch schon wieder und außerdem war mir kotzübel. Die Brühe stand mir bis zu den Ohren. Der Lidschatten hatte sich bestimmt Salvador-Dalí-mäßig bis zum Schulteransatz verflüchtigt. Ein armer trauriger Clown, sturzbesoffen und mit schlottrigen Knien einen renommierten Sportjournalisten beschämend. Beim nächsten Bier würde es mich höchstwahrscheinlich zerreißen. Ich würde Ewald die Plörre in den Mund kotzen. Entsetzlich! Und das bei seiner Reputation: „Bekannter Fachjournalist zeigt intime Einblicke. Koryphäe der Sportberichterstattung bei peinlicher Knutscherei mit einer offensichtlich Geisteskranken beobachtet. Aufstrebender Publizist irritiert durch private Zugeständnisse. Ende einer großen Karriere?"

Das sinnlose Herumgedoktere ging mir schön langsam, aber sicher auf die Nerven. Alternative dazu: Fehlanzeige. Bei meinem Katastrophenrausch brachte ich keinen einzigen geraden Satz hervor. Dann dieser Winter, Berge von Kleidung, fünf Schichten Wäsche und nirgends nackte geile Haut. Für einen Outdoorfick ohnehin viel zu kalt, konnten wir uns diese leidigen Startübungen sowieso schenken. Auch die Vorstellung von einem Quicki am feuchten, ungeheizten Klo schärfte mich nicht weiter. Winter, immer alles Mist. Verkehrte Welt. Die Schrecken des Eises und der Finsternis. Ich begann einzuknicken wie ein umgedrehter Kluppensack. Endlich Sperrstunde. Ich ging heim und verfiel in einen komatösen Schlaf.

Tablettenprobleme

Am übernächsten Tag kündigte Ewi an, nach der Arbeit in meine Wohnung zu kommen. Unser Briefkontakt hatte sich erledigt. Der Anruf war kurz und sachlich. Keine Mail, kein lustiges SMS. Totale textliche Leere. Wahrscheinlich musste er seine komplette Energie in die herausfordernde journalistische Tätigkeit stecken. Er wirkte genervt am Telefon. In etwa so: „Jetzt hocke ich den ganzen Tag in diesem Drecksbüro und am Abend muss ich auch noch bei der Alten vorbeischauen." Wie schnell erledigt sich der Zauber. Ich verstand überhaupt nicht, wieso der Typ kein bisschen romantischer sein konnte. So beschissen konnte seine hoch gelobte Arbeit nun auch wieder nicht sein. Sicherheitshalber teilte ich ihm mit, dass ich abends früh schlafen ginge und mich generell nicht gut fühlte.

„*Okay. Dann bleib' ich nicht lange, bring' dir aber das Buch vorbei*", sagte Ewald.

Buch, Buch, Buch – anscheinend hatten wir doch eine vernünftige Unterhaltung geführt. Jetzt wollte er mir mit seinem immensen literarischen Wissen imponieren und mir sein Lieblingsbuch vorbeibringen. Ein Buch nervt nicht. Also her mit dem Schinken. Gegen neun kam er endlich. Er trug den klassischen aschfahlen Teint eines langen Arbeitstages im Gesicht und wirkte nicht unbedingt ausgeglichen. Bestimmt hatte er Mundgeruch und pelzige Zähne. Das kam vom Arbeiten. Kaffee, Cola, Zigaretten, schlechte Luft, schlechtes Essen. Ich atmete in meine offene Faust. Nur Rosen und Veilchen. Danach haben Damen zu riechen, hätte Rippe gesagt.

Ewalds Wiedersehensfreude nach zu urteilen, sah es aus, als wären wir schon seit Jahrzehnten verheiratet. Als nächstes würde er den lärmenden Bälgern ein paar Ordentliche verabreichen und sich dann lauthals darüber beschweren, warum zum Teufel das Essen noch nicht am Tisch stand. In der Küche beugte er mich ohne große Reden über die Kredenz und hakte mir seine Hauer zwischen die Lippen. Sofort begann er nervös an meinen Körperteilen herumzufingern. Hilfe! Ich wollte auf keinen Fall, dass der Kerl bemerkte, dass ich überhaupt keinen Busen hatte. „Scheißtag in der Redaktion, nichts als Arbeit den ganzen Nachmittag und dann hat die Alte nicht einmal Titten; ist aber wirklich zum Aus-der-Haut-Fahren." Zuerst überlegte ich mir, ob ich es sang- und klanglos über mich ergehen lassen sollte. Dann verabschiedete ich mich von ihm mit dem Ausblick auf einen langen, spektakulären Abend für das kommende Wochenende, wo es zum Unvermeidlichen kommen sollte.

In der Zeit seiner Abwesenheit wurde ich wieder verstärkt von romantischen Wahnvorstellungen heimgesucht. Mit den üblichen paar Flaschen Alkohol katapultierte ich mich in meinen Strudel aus Träumen und Hoffnungen. Nervös brütete ich über den Verlauf des Kommenden und fällte den Entschluss, dass unsere gemeinsame Zukunft unbedingt auf dem Fundament der Ehrlichkeit basieren müsste. Ehrlichkeit war genau mein Ding. Ich konnte weder täuschen noch tarnen, selbst eine Notlüge brachte ich nur mit größter Konzentration auf die Reihe. Ehrlichkeit ist keine Schwäche, nein eine Tugend, mein größtes Kapital.

Während unseres besoffenen Treffens[26] musste ich ihm wohl verklickert haben, dass ich unter Depressionen litt. Wenn er also schon darüber informiert war, dass er es künftig mit einer psychisch Kranken zu tun hatte, musste ich ihm wohl oder übel das volle Ausmaß dieser Störung beibringen. Jede Unklarheit musste mit Stumpf und Stiel ausgerottet werden. Ich nahm Psychopharmaka, Antidepressiva, die meine Libido auf ein Mindestmaß schrumpfen ließen. Nicht gerade das Optimum für den Beginn einer leidenschaftlichen Beziehung. Das blockierte sexuelle Empfinden erwies sich als fatal für jede Partnerschaft. Irgendwann kam immer der Punkt, wo mir dieses Manko angekreidet wurde und ich reagierte mit Verdrängung

---

26 Achtung Hypallage! Besonders beliebt auch: „sich besoffene Briefe zu schreiben."

oder Verweigerung der als belastend empfundenen sexuellen Konfrontationen. Auf den ständigen Druck folgten Rückzug, Wut und freudloses Hinhalten, bis das Ganze in Streit, Selbsthass und Trennung endete. Den Psychiatern war das scheißegal. Meistens schoben sie es einfach auf das Krankheitsbild der Depression. Wozu braucht eine Frau denn eine Erregung oder gar einen Orgasmus? Wie allgemein bekannt, verzichten Frauen liebend gerne darauf. Schließlich genießen sie die zärtlichen Aspekte der Sexualität mehr als jedes orgiastische Vergnügen. Es genügt vollkommen, wenn der Mann, der gerade mordsmäßig abgelaicht hat, seiner Partnerin mit ein paar kreisenden Bewegungen um den Nabel den Bauch massiert und schon schlummert sie befriedigt ein. Natürlich nicht! Frauen brauchen nicht nur eine gehörige Erregung, sondern eine anständige Erektion, wollen nicht an ihrer Dose klimpern, an ihrer Blume kitzeln oder sonst einen Schwachsinn, sondern stehen auf ekstatisches Wichsen und finden es zum Kotzen, wenn sie nach dem Sex angespannt und noch halbgeil keinen Schlaf finden.

Das einzige Resultat, das die von mir beanstandete Nebenwirkung einbrachte, war ein ungläubiges Stirnrunzeln und die Verschreibung eines neuen Präparats. Innerhalb von ein paar Jahren hatte ich mir die gesamte Bandbreite an Antidepressiva einverleibt. Geholfen hat kaum noch was. Vor zwanzig Jahren verschrieb mir meine allererste Psychiaterin, noch ganz vom guten alten Schlag, Benzodiazepine, wenn auch mit der Verordnung einer Minidosis. Ich sparte mir ein paar Langsame zusammen und nahm sie bei angstauslösenden Ereignissen mit einem kräftigen Schluck Hochprozentigen.

Den ersten Kontakt mit einem wirklichen Antidepressivum hatte ich Mitte der Neunziger mit einem Arzneistoff aus der Gruppe der selektiven Serotonin-Wiederaufnahmehemmer. Der Arzt erklärte mir, dass ich ernsthaft krank sei, dass ich geduldig mit mir sein müsste und wie wunderbar dieses Problem mangelnder Serotoninproduktion durch dieses moderne Mittelchen gelöst werden würde. Das alles schien plausibel und hatte Methode. Dann beabsichtigte er sogar, mich krankzuschreiben. Das erste Mal ein Antidepressivum zu nehmen ist eine saugeile Sache. Ich war wie ausgewechselt und entwickelte mich zu einem egomanischen Arschloch. Die Grübelei war vorüber und an guten Tagen ließ ich keine Gelegenheit aus, um meine Umgebung gnadenlos zu verarschen und mit meinem neuen Selbstwertgefühl zu protzen. Die Scherze kamen mir viel lockerer von den Lippen, das Leben erschien viel interessanter und unbeschwerter; eigentlich total easy-going. Ich wusste gar nicht, was ich vorher alles daran auszusetzen hatte.

Nach ein paar Monaten war ich mehr oder weniger die Alte und die verdrängten Ängste klopften an die Tür. Danach schluckte ich alles, was mir die Ärzte verschrieben, morgens, mittags, abends. Die einzige Wirkung, die sich neben der sexuellen Dysfunktion einstellte, war ein ausgeprägter Heißhunger. Von manchen Tabletten fraß ich wie ein Drescher. Auch das war den Ärzten egal. *"Ja, was wollen S' denn? Wieder eine Depression wegen ein paar Kilos weniger? Für irgendwas müssen Sie sich entscheiden. Glauben S' nicht, dass ein paar Kilos mehr geradezu lächerlich im Vergleich zu einer Depression sind? Geh, überlegen S' doch einmal, was Sie da eigentlich zusammenreden. Sonst müssen wir halt was Neues ausprobieren!"*

Dass die ganzen Fettansammlungen nicht gerade zur Verminderung von Selbstzweifeln und Eigenhassgefühlen beitrugen, ging den desinteressierten Taugenichtsen überhaupt nicht ins Hirn, aber ein Rezept für ein neues Medikament war immer drin. Irgendwann wurde ich dann auch noch manisch beziehungsweise bipolar und andere Mittel gesellten sich auf die Verordnungsblätter. So lernte ich über die Jahre hinweg alle Antidepressiva, Antiepileptika und Antipsychotika samt ihren Generika kennen. Nachdem ich alles durch hatte, wurden sämtliche Kombinationen der unterschiedlichen Substanzen ausgetestet. Richtig abschließen kann man diesen Prozess gar nicht.

Von einem der Präparate bekam ich eine teuflische Unruhe, gepaart mit jagenden Gedanken, die mit einem Höllentempo durch meinen Kopf rasten. Ich konnte keine Sekunde mehr ruhig sitzen. Mein Psychiater hatte sich in den Urlaub abgesetzt und ich konnte nur mit größter Standhaftigkeit einen halbwegs raschen Termin bei seiner Vertretung bekommen. Ich beschwor ihn, mir ein paar Tranquilizer zu verschreiben. Eher würde ich seine Praxis nicht verlassen. Mein Zustand war desolat. Für meine Begriffe befand ich mich in einer Ausnahmesituation. Die scheinheilige Argumentation mit der Ausrede des enormen Suchtpotenzials solcher Substanzen ging mir auf die Nerven. Noch dazu, wo sein werter Kollege schuld an meinem desaströsen Zustand war. Während die rührseligen Senioren mit Familienpackungen von Rohypnol und Praxiten zugestopft wurden, musste ich um ein paar lächerliche Langsame wie ein Hund betteln und das bei einem Notfall. Ich insistierte so lange, bis ich den Lappen in der Hand hielt. Wozu wurden Benzos überhaupt hergestellt, wenn man sie auch im äußersten Notfall nicht verwenden durfte?

Von einem anderen Medikament bekam ich beim Zähneputzen meine erste Panikattacke. Auf allen Vieren gelangte ich bis ins Schlafzimmer, wo ich am Bettende niedersackte. Ich hatte Todesangst. Mit dem Gesicht nach unten wartete ich den Anfall ab. Dem Tempo des Herzschlages nach zu urteilen, musste es nach wenigen

Stößen zerreißen. „So also ist der Tod bei einem Herzinfarkt", dachte ich noch. „So verrückt und höllisch ist das Ende." Nach endlosen Minuten war ich wieder in der Lage zu handeln und schluckte gierig ein paar von den rosaroten Püppchen[27], die ich noch zu Hause hatte. Ich musste mich um eine Krankschreibung kümmern. Wieder hatte sich der Psychiater in den Urlaub absentiert. Meine Hausärztin war auch nicht da. Einem geprügelten Köter gleich, schleppte ich mich zu ihrer Vertretung. Sie flegelte mich an, weil sie nicht wusste, was sie mit mir anfangen sollte. Am liebsten hätte sie mich in die Nervenklinik abgeschoben. Wehrlos und zittrig wie ich war, hatte ich nicht die geringste Kraft, mich zu verteidigen. Nur nicht in die Sigmund Freud in die Sechs-Mann-Zelle, dachte ich. Das übersteh' ich nicht. Also stand ich auf, kehrte zurück und legte mich in der Embryonalstellung ins Bett, wo ich vor mich hindämmerte, bis der Körper entgiftet war.

Mitten im Winter hatte sich mein Zustand derart verschlechtert, dass ich des Öfteren vom Sterben redete, ohne dass es witzig klang. Über die eigenen Depressionen zu sprechen, den irritierenden Zustand einem anderen erklären zu wollen, ist ein aussichtsloses Unterfangen. Am schlimmsten sind die wohlgemeinten Ratschläge. Es gibt überhaupt keine guten Ratschläge. Ratschläge sind wie das Salz in der Wunde. Natürlich versucht jeder irgendeinen Spruch zur baldigen Genesung des Betroffenen beizutragen, weil ein Depressiver einfach nicht auszuhalten ist, nicht einmal im Vollrausch. Während meiner Latenzphase sind mir Depressive ebenso ein Gräuel wie allen anderen Außenstehenden auch. Kaum einer, der es versteht die richtigen Worte in einer solchen Situation zu fin-

---

27 Vgl. Jacqueline Susann: „Das Tal der Puppen", 1966, Synonym für psychoaktive Arzneistoffe in Tablettenform.

den. „Es wird wieder besser", mit dem Nachsatz „Ich verspreche es dir, das schwör' ich dir sogar", ist die einzig denkbare Reaktion, auf Dauer natürlich eintönig, aber so ist es eben in der Depression. Am schlimmsten ist bei jeder Art des Verrücktseins (Hetzgedanken, Existenzbeklemmung, Angst vor dem totalen Kontrollverlust) die Gewissheit, dass es immerfort in der gleichen Härte und auf Lebenszeit bestehen bleibt. Wer will schon bei vollem Bewusstsein bis zum bitteren Ende in einer Gummizelle dahinvegetieren und jede Hoffnung auf Veränderung verlieren, weil an Sterbehilfe in diesem unmenschlichen Land nicht einmal gedacht werden darf? Insider und Kollegen versuchen gerne mit ihrem Spezialwissen zu prahlen. Ratschläge, getarnt als Fragen. Eine Katastrophe: *„Ja wieso gehst du nicht einmal zu meinem Arzt?", „Magst nicht zu meinem Therapeuten gehen?", „Soll ich dir einen Termin bei meinem Psychiater ausmachen? Meiner hat mir echt geholfen, der ist der Beste von allen."* Wie kommt jemand auf diese total beschissene Idee, nur der eigene Arzt wäre dazu imstande einem zu helfen, und zwar jedem, egal was dieser genau hat und wie komplex sich der ganze Eiter schon in die Nerven gefressen hat. Heilung gibt es bei einer rezidivierenden Depression mit chronischem Verlauf ohnehin keine. Auch nach Abklingen der Krankheitsphase bleibt eine nicht zu unterschätzende Restsymptomatik, mit der es sich im Laufe der Jahre gerade noch arrangieren lässt. Wut auf andere, die leicht redeten, war immer ein großes Problem.

Kiloweise Psychopharmaka, kaum einen Arzt, den ich noch nicht konsultiert hatte, alles umsonst. Vor Verzweiflung rotierte ich zu Hause. Das Netz spannte sich immer enger. So wurde ich also doch wieder zu einem Arztwechsel überredet. Er sollte mir eine Psychotherapie auf Krankenschein vermitteln. Da hatte ich schon einiges verheizt. Katathym-Imaginative Psychotherapie, Verhaltenstherapie, Existenzanalyse nach Viktor Frankl, Lichttherapie, Akupunktur und so weiter und so fort. Wegen fortdauernden Geldmangels besuchte ich meinen Therapeuten nur mehr unregelmäßig. Auf neue Tabletten war ich nicht aus. Ich hatte mich beinahe zwei Jahrzehnte durch die Apotheken gefressen mit dem Resultat, dass ich mich noch immer wie der Hamster in seinem Rad abstrampelte. Manchmal bekam ich den Eindruck, dass es sich bei den Tabletten um bloße Placebos handelte. Wenn ich mir einen ganzen Streifen mit ein paar Bieren hinunterkippte, merkte ich auch nicht viel Unterschied. Alkohol ließ sich vortrefflich mit den Medikamenten kombinieren. Keinerlei negative Auswirkung, ganz im Gegenteil. Wenn überhaupt etwas wirkte, dann der Alkohol. Und so soff ich kontinuierlich weiter. Nur meine Trittis, mein Trazodon, das Aspirin der Schlafgestörten, das ich zusammen mit einem Schlummertrunk konsumierte, machten mich müde. Die Aufgabe des Wachzustandes, das relaxierende Zudösen auf das nächtliche Nichts war die einzige Rettung von der Folter. Jeder Tag, jede Minute und jede Sekunde der sinnlosen Existenz ein endloser Kampf. Was zählte war die Auslöschung der Gedanken, die Erlösung durch den Schlaf, hie und da die viel zu kurzen alkoholinduzierten Momente trügerischer Normalität: Luftschnappen außerhalb des Gefängnisses. Der eigene Körper als Maschine, unablässig mit der Produktion von Selbstmordphantastereien beschäftigt. Wie in einem Eisenpanzer, in einem viel zu kleinen Zwinger mit der eigenen Verrücktheit alleine gelassen „und hinter tausend Stäben keine Welt."[28]

Die Drecksschleuder meines Gehirns arbeitete mit

---

28 Rainer Maria Rilke: „Der Panther", 1902/1903.

der Präzision eines Schweizer Uhrwerks. Wie bei einem Perpetuum Mobile kam es so gut wie nie zum Stillstand meiner verpesteten Gedanken. Der septische, faulige Schleim der Depression hatte sich in jeder Zelle meines Körpers festgesaugt. Ich war total verseucht.

In diesem Stadium deliriöser Verwirrtheit und Verzweiflung saß ich in der Praxis des empfohlenen Arztes. Es war der 1. April. Durch die monatelang andauernde Verkapselung in meinem Kokon des Irrsinns und der daraus resultierenden Sozial- und Bewegungsabstinenz war ich aufgedunsen und hässlich, wortkarg und den Expertenratschlägen hoffnungslos ausgeliefert. Wie immer musste ich mich erst einmal erklären. Anscheinend war meinem neuen Psychiater der Ausdruck Depression nicht geläufig. Mit einem monoton-fatalistischen Gleichmut der Rede versorgte ich ihn mit den wichtigsten Details meiner Anamnese. Er war mir unsympathisch wie alle Ärzte.

„Und was führt Sie nun zu mir?" Saublöde Frage echt. Typisch Mediziner; man musste sie ja erst unterweisen, wie sie einem helfen sollten. Kein Wunder, wenn sie ein halbes Jahrhundert nur Fakten auswendig gestrebert hatten und noch nie einen konstruktiven Gedankengang selbstständig zu Ende führen durften.

„Und was wollen Sie nun von mir?" Keinen Funken Anstand diese Mediziner, Empathie sowieso Fehlanzeige. Ich sprach die Therapie auf Krankenschein an, für die er mich vormerken sollte.

„Ja, das sag' ich Ihnen gleich, das wird dauern. Da müssen S' mindestens ein halbes Jahr drauf warten, wenn nicht sogar ein Dreivierteljahr." Der Kerl ließ sich diese Unverschämtheit richtig auf der Zunge zergehen. Er machte überhaupt keine Anstalten, mich auf die Warteliste zu setzen. Stattdessen: *„Aber ihre Medikamente müssen wir dringend aufjustieren."*

Ich verklickerte ihm, dass ich erst vor drei Monaten frisch eingestellt wurde, dass ich bereits alles durchprobiert hatte und dass ich gerade dabei war, die Substanzen auszuschleichen, weil ohnehin nichts half. Da konnte er sich überhaupt nicht mehr bremsen. Schuld war natürlich ich. Wahrscheinlich nahm ich sie nicht ordnungsgemäß oder in ausreichenden Mengen ein, brach die Einnahme zu früh ab und so weiter und so fort. Wie ein Besessener tippte er in die Tasten seines Computers. Seine profitablen Connections zur Pharmaindustrie waren schwer von der Hand zu weisen. *„Und einen Stimmungsaufheller verschreib' ich Ihnen auch noch."* Einen Stimmungsaufheller, hä? Anscheinend hatte ich bis jetzt nur Stimmungsbremser erhalten. Der komplette Schwachsinn. Auch dieses Präparat war mir bestens bekannt. Wirkung null. Ich schrie ihn an, dass ich es mit dieser vollen Ladung noch einmal probieren wollte, mit einem allerletzten Versuch für die Dauer von sechs Wochen.

„Nein, zwei Monate", triumphierte er.

„Seinerzeit hat man schon nach spätestens zwei Wochen etwas von der Wirkung gespürt", brüllte ich zurück.

„Ja natürlich tritt die Wirkung nach zwei Wochen ein, aber bis es was hilft dauert's schon länger." Ich war fassungslos. Auf diese hirnverbrannte Erklärung folgte eine ähnlich laienhafte Zeichnung zur Demonstration der Wirkungsweise des Präparats. Dazwischen klärte er mich darüber auf, dass er es schließlich auch nicht leicht hätte. Warum hatte ich auch keine Rücksicht auf ihn genommen?

„Oft genug geht es mir schlecht. Aber was soll ich machen? Es sind die kleinen Dinge, über die man sich freuen muss."

Unfassbar, dabei hatte ich weder gejammert noch um seine Meinung gefragt.

„Dann muss man halt das Fenster aufmachen und den Vogerln beim Singen zuhören. So was macht Freude!"

Alles was ich wollte war eine Gesprächstherapie mit einer – hoffentlich qualifizierteren – Fachkraft als dieser hier.

„*Mein Gott, was glauben S'? Dass der Psychiaterberuf ein Honigschlecken ist?*", fragte er mich ungeniert. Hatte ich irgendwas gesagt, verdammt? Nein!

„*Ich halt' das selber nicht mehr aus. Ich hab's auch nicht leicht.*" Er steigerte sich mächtig rein.

„*Egal wie sehr man sich bemüht, gelobt wird man hier kein einziges Mal. Das macht die Sache ja auch so schwer. Kein Dank, kein Lob.*"

Bei meinem kleinsten Einwand, brach es wieder aus ihm heraus: „*Ja was wollen S' denn von mir? Mit Ihrer Krankengeschichte. Waren S' eh schon bei so vielen. Soll ich jetzt vielleicht Wunder wirken?*" Mir war echt nicht zu spaßen. Vor lauter Geschrei bekam ich auch noch einen Hysterischen und brach in Tränen aus. Da war nichts mehr zu machen. Ich sprang auf und ergriff die Flucht.

Die ständigen Tablettenprobleme waren grausam. Etwas besser wurde es erst nach einem längeren Aufenthalt in einer Reha-Klinik. Dort unterstützte man mich das erste Mal in meinem Vorhaben der Tablettenreduktion. Mein zuständiger Arzt diagnostizierte eine „akzentuierte Persönlichkeit". Aufgrund meiner hartnäckigen Insuffizienzgefühle kam er zu der Einsicht, dass deshalb auch Medikamente kaum Abhilfe verschaffen konnten. Seitdem war ich nur mehr depressiv, aber kein Versuchskaninchen mehr und meine Libido kam zurück. Doch nur wenn die Sonne schien, aber dann volle Kanne.

Als mich Ewald an jenem Abend im März 2006 besuchte, war ich noch Meilen weit davon entfernt. Die Tabletten machten nicht nur frigide, sondern auch hoffnungslos naiv, unglaublich leichtgläubig und zwanghaft ehrlich. Wie auf einem Absinthrausch musste ohne

Rücksicht auf Verluste die Wahrheit raus. Das war ein Zwang, eine innere Notwendigkeit, die keinen Aufschub duldete. Ich würde ihm alles erzählen. Alles! Ich würde ihm die Wirklichkeit schon eintrichtern, und zwar mit Butz und Stingl. Selbstverständlich war ich davon überzeugt, dass Ewi Verständnis für mich zeigen würde. Beispiele von großartigen Liebesbeweisen gab es genug: Penelope, die zwanzig Jahre keusch auf die Rückkehr von Odysseus wartete, der Fischer, der seiner Frau Ilsebill jeden Wunsch erfüllte, Orpheus, der Eurydike ins Reich der Schatten folgte ...

Genau in dieser verhängnisvollen Stimmung machte sich Ewald auf den Weg zu mir. Es läutete. Es bleibt mir ein Geheimnis, ob er es überhaupt bis in die Küche schaffte. Mit der Vorfreude auf einen entfesselten Abend voll ungezügelter Kopulationen, hatte er die Treppenhausstufen vermutlich gleich paarweise genommen. Von einer erwartungslastigen Hast pressiert, tänzelte er an der Schwelle von einem Bein aufs andere. Der Kerl zeigte absolut keine Wiedersehensfreude. Ein Mindestmaß an Höflichkeit oder Liebenswürdigkeit und die Sache wäre anders gelaufen. Ein kleines Geschenk, eine nette Geste, ein aufmunterndes Kompliment – alles Fehlanzeige. Stattdessen lümmelte er schon zum dritten Mal im gleichen Pullover herum. Dass er nur zum Entsaften gekommen war, sah ein Blinder mit Gehstock. Vermutlich hatte er seit Wochen nicht mehr gehobelt. Bestimmt hing ihm die zum Bersten gefüllte Glocke bis zu den Kniekehlen. Eine unachtsame Bewegung und der Knüppel würde wie eine Wünschelrute oszillieren. Ewald, the cotter bolt. Ewi und sein Splintbolzen. Beim allerkleinsten Schwellenreiz würde der eingetrocknete Schniedel wie ein Metallpendel ausschlagen und sich wie ein Drehschlagbohrer in das zähe Fleisch hämmern. Ewald, the cotter key.

Und jetzt stand er da, der faule Wichser, wo ihm der heiße Saft aus den Hosen troff und wollte endlich gemolken werden. Einfach so daherzukommen, sorglos pfeifend die Treppen hochzusteigen und dabei die vollen Pflaumen von einer Ecke in die andere zu jonglieren. Diese großkotzige Selbstverständlichkeit mit der er zum Ficken vorbeikam, widerte mich an. Maximal!

Andererseits hätte ich mich ruhig ein bisschen bemühen können. Schon allein in meiner Rolle als Frau, der altruistischer Großmut und Selbstaufgabe schließlich in die Seele gebrannt sind, aber auch unter dem Aspekt der Nächstenliebe.

Eine christlichere Version hätte sich demnach folgendermaßen zugetragen: Mit einer zehnminütigen Verspätung läutet Evaldien René Cotte um 20.40 Uhr an der Glocke der Vera O. Die regennasse Luft und die dunkle Stille sorgen für eine gespenstische Atmosphäre. Nebelschwaden zirkulieren über den Kanalgittern der finsteren Straße. Während er die Treppen hochmarschiert, pulsieren seine Genitalien im Blutstau und der äußere Afterschließmuskel zieht sich mehrere Male reflektorisch zusammen. Ausgehend vom Perineum hat sich eine enervierende Hitze über die gesamte Schamgegend ausgebreitet. Sein röchelnder Atem ist nun im gesamten Stiegenhaus zu hören. Irgendwo in der diffusen Glut knallt seine Peitsche gegen den Hosenbund. Unwillkürlich macht er seinen Gürtel enger. Drall, dem Zerreißen nahe, spannt sich das Beinkleid über sein Riesengeschlecht. Nun muss er nach jedem Halbstock mindestens einmal vor Geilheit pupsen. Oben angekommen klopft er hastig an die Tür und entledigt sich dabei seines Jackets.

„Warum zum Henker die Weiber auch für alles so lange brauchen", entfährt es ihm keuchend. Endlich öffnet ihm seine Fickbraut die Tür. Sie trägt ein kurzes

Snoopy-Nachthemd, darunter Nylons und Strapse. Die rosa Hello-Kitty-Patschen schmeicheln ihrem obszönen Aussehen und Evaldien grunzt zufrieden auf. An ihren gurrenden Lauten erkennt er sofort, dass es ihr mächtig zwischen den Beinen juckt. Gierig reißt sie ihm das Hemd von den Schultern. Sie ist bereit für jede, aber auch wirklich jede Schweinerei. Evaldien röhrt wie ein Hirsch und stößt sie in Richtung Vorzimmer. An ihren Haaren zerrt er sie in die richtige Position. Dann befördert er sie mit einem kräftigen Fußtritt auf die grüne Couch und drückt ihren Kopf mit dem Gesicht voran in einen Berg von Schmutzwäsche. Als Liebhaber der serbischen Art will er sie gleich durch den geöffneten Hosenschlitz penetrieren. Die Innenseiten ihrer prallen Schenkel glänzen vor purer Geilheit. Immer wieder fleht sie ihn an, es ihr beinhart zu besorgen. Ihr fickriger Körper zuckt wollüstig unter den harten Schlägen, mit denen er ihren blutgestriemten Arsch bearbeitet. Evaldien schließt die Augen, greift nach seinem Pimmelmonster und seufzt vor Erleichterung. Der Eicheltripper macht ihm kaum noch zu schaffen. Endlich kann er sein Rohr verlegen.

„Gleich spalt' ich dir die Ritze!", brüllt er völlig außer sich. „Ich schraub' dir einen Pfahl, dass dir hören und sehen vergeht, du dreckiges Luder!", donnern seine Schlachtrufe bis in den Keller. Vera O. kreischt wie ein wildes Tier.

„Du Bestie, reiß mich endlich auf", entfährt es ihr, vor Geilheit völlig umnachtet. Sie verfällt in ein irres Wimmern und Flennen.

„Ich werd' dir die Fotze kurz und klein schreddern, du verdammtes Miststück", lallt Evaldien wie von Sinnen. „Die Furche pflüg' ich dir um, du versautes Biest!" Vor lauter Aufregung schenkt er der fickrigen Alten gleich noch eine in die Kanne ...

In diesem Moment allerdings gerät die Szenerie ins Stocken und das unglaubliche Crescendo des Trommelwirbels weicht einem lieblichen Geigenstück. Champagnerfarbene Satinbettwäsche de luxe, Kerzenschein und ein Bouquet roter Rosen bilden den Rahmen für eine sich zart entwickelnde Romanze. Vera O. dreht sich langsam um, beugt sich mit respektvollem Abstand über den Kopf ihres Verehrers und flüstert ihm zärtlich ins Ohr: „Mm. Geliebter! Lass uns doch noch warten bis wir uns besser kennen."

Darauf er: „Was, nicht mal reinstecken? Oder wie jetzt?"

Verständnisvoll lächelnd schüttelt sie den Kopf.

Darauf wieder er: „Auch kein stinklangweiliger Blümchensex, Koalabärsex, Goldfischgebrabbel?"

Sie: „Nein, nein."

Er (zunehmend verzweifelt): „Lausige Hausmannskost und Missionarstellung? Oder wenigstens ein Coitus interruptus?"

Sie: „Nein, nein, nein."

Er (wimmernd): „Russische Ölmassage? Ein bisschen Tribadie, Fricatrix, Ribaude?"

Sie: „Njet."

Er: „Aber ein Kniekehlenfick?"

Sie: „Nö."

Er: „Nur ein klitzekleines bisschen reiben."

Sie: „Nee, nee, nee. Hm. Nee!"

Sie gibt ihm einen neckischen Schmetterlingskuss und schläft ein.

Er (schluchzend): „Achselhöhlenfick? Faustfick?"

Sie: „Aber nein."

Er: „Blasen, lecken, saugen ..."

Sie: „Eh, eh."

Die Stimmen werden leiser. Fade-out und Klappe.

Eine Texteinblendung zu Ende des Filmes gibt den traurigen Ausgang der Geschichte wieder: „Noch in derselben Nacht begann Evaldien René Cotte Stimmen zu hören, die ihm auftrugen die Maske des heiligen Zorns zu tragen. Mit einer letalen Dauererektion gestraft, irrte er einige Zeit durch die Straßen von Roissy bis er im März 20.. die Gruppe der Anonymen Hurenficker (AHF) gründete. Zwei Wochen später starb er an den Folgen einer Selbststrangulation." Danach der finale Song „Blind Rage" von Lou Reed mit den Credits. Abspann des Films und Ende. Betretenes Räuspern, Stille und aus.

Plötzlich riss mich ein Zitat Voltaires aus meinen Gedanken: „Alles was du sagst, sollte wahr sein. Aber nicht alles was wahr ist, solltest du auch sagen." Sofort gesellte sich ein ähnlich freudloser Spruch hinzu: „Die Wahrheit kann auch eine Keule sein, mit der man andere erschlägt." Diesmal von Anatole France. Nichts als typische, aus der Saturiertheit wuchernde Spitzfindigkeiten zweier humanistisch verbildeter Gymnasiasten, denen man nichts recht machen konnte. Solche Belehrungen waren mir nicht nur zu pedantisch, sondern auch zu nüchtern. Schließlich lag im Wein die Wahrheit und die Wahrheit war das Gegenteil zur Lüge und damit ein hehres Ziel, auch wenn sie erschütternd sein konnte.

Ich erklärte Ewi, dass mich die Medikamente stockfrigide machten und dass er sich tunlichst noch etwas gedulden müsste. Ewald blickte drein, als hielte ich ihm einen diabetischen Fuß unter seine Nase und dann verschwand er, einfach so. Ich blieb wie angewurzelt stehen. Irgendwann ist jede Party vorüber.

Downburst

... because wherever I sat – on the deck of a ship or at a street café in Paris or Bangkok – I would be sitting under the same glass bell jar, stewing in my own sour air./... denn egal, wo ich saß – ob auf dem Deck eines Schiffes oder in einem Straßencafé in Paris oder Bangkok –, immer saß ich unter der gleichen Glasglocke in meinem eigenen sauren Dunst.[29]

In der hinteren Ecke meiner Küche hatte ich mir mein Privatrefugium des Irrsinns geschaffen. Die Küche war kalt und ungemütlich. An meinem Stammsessel sackte ich nieder. Ein trostloses Stillleben vervollständigte sich. Gleich würde ich mich in den Wahn sinnieren. Kaum etwas, dass ich besser beherrschte. Da hockte ich wieder – inmitten dieser bedrückenden Szenerie – komplett zerschlagen und fügte mich wie das letzte Puzzlestück in das armselige Interieur. Auf der Resopalplatte des billigen Küchentisches aus den frühen Achtzigerjahren standen die üblichen Dinge: eine ausgeschlagene Kaffeetasse mit eingetrockneten Flecken am Rand, ein überbordender Aschenbecher aus dem es erbärmlich stank, irgendein Kerzenstumpen in einem verschmiertem Glas, angekritzelte Gratiszeitungen mit Ölflecken, zerknautschte Taschentücher und die obligaten Dosen Bier. An den Lehnen der beiden ausrangierten Küchenstühle

---

29 Sylvia Plath: The Bell Jar/Die Glasglocke 1963.

hingen Socken und nasse Handtücher, die vor sich hin moderten. Von der Decke pendelte eine insektenverschissene 25-Watt-Birne, die das Zimmer in ein düsteres Licht tauchte. Die von abertausenden Zigaretten gelb und braun gefleckten Wände waren jahrzehntelang nicht mehr ausgetüncht worden. In Richtung der Türe bröckelte der Putz die ganze Schmalseite entlang in großen Stücken von der Decke.

Im Winter war es besonders existenzialistisch. Wenn der Wind durch die turmhohe Tanne draußen im Garten pfiff, schepperte es an den porösen Fensterläden und es zog wie in einem Vogelhaus. Beim Ausatmen erwartete ich jedes Mal, dass eisiges Kondensat aufsteigen würde. Nur in Raskolnikows schäbigem St. Petersburger Studentenzimmer musste es noch feuchter und unwirtlicher gewesen sein. Es fehlte bloß noch, dass die Vermieterin an der Tür polterte, um für alle vernehmlich die überfällige Miete einzufordern. Mit ein paar Schichten übereinander gelagerter Fetzen begann ich – die Kapuze der schwarzen Hausjacke weit ins Gesicht gezogen – meine Nachtwache am Küchentisch.

Ich war total fertig. Mit dem Kopf in den Händen versuchte ich mit geschlossenen Augen die letzten Minuten zu rekapitulieren. Ich hasste mich. „You can't repeat the past. You can't repeat the past!", zitierte ich mehrmals aus dem Großen Gatsby. Sicher hatte ich – wie immer – alles falsch gemacht. Die Vorstellung dieser ewigen kranken Herumsitzerei ließ mich fast kotzen. Ein halbes Leben verschissen – stupide dahindämmernd – im ewiggleichen faulen Brodem.

Eindringlich laut durchzuckten meine hysterischen Schluchzer den Raum. Es hörte sich widerlich an. Ich fühlte mich wie in einem Vakuum und irgendwo im Weltall vergessen, meilenweit entfernt von einer Menschenseele. Wie ein zum Kitsch verkommenes Symbol für die Vergänglichkeit alles Bestehenden, tickte die Ramschuhr aus dem Versandhandel ihre nervtötende Aneinanderreihung der Sekunden. Wieder einmal fühlte ich mich dem Wahnsinn ausgeliefert. Irgendwann würde die Batterie ihren Geist aufgeben und dem Schrecken ein Ende bereiten. Bis dahin musste ich mich noch ordentlich besaufen. Hie und da akzentuierten ein paar Tropfen aus dem Wasserhahn das eintönige Requiem.

Dann beschloss ich richtige Musik zu hören: eine Endlosschleife der Pink Floyd-Alben „Wish you where here", „Meddle", „Relics", manchmal auch nur Roger Waters und „Amused to Death", wälzte sich mit blechigem Sound über lange Stunden durch das deprimierende Geschehen. Ständig ging irgendwas aus: Zigaretten, Bier, die Musik. Die kurzen an Syd Barrett gerichteten Passagen überdauerten nicht einmal eine Zigarettenlänge.

> We're just two lost souls
> Swimming in a fish bowl
> Year after year ...

Ob den armen LSD-verseuchten Syd diese Zeilen jemals erreichten?

> Running over the same old ground
> What have we found?
> The same old fears!
> Wish you were here[30]

Jahr für Jahr über dem gleichen trüben Schlickwasser gedümpelt und nichts gefunden, außer dieselben Ängste,

---

30 Pink Floyd: „Wish You Were Here", auf „Wish You Were Here, Harvest Records 1975.

das gleiche Entsetzen, die altbekannten Qualen immerdar.

Niemand kann besser und herzzerreißender von der Schlechtigkeit der Welt singen als Roger Waters. Bei „Perfect Sense" winselte er sich die Seele aus dem Leib. Mich wunderte, dass die Scheibe überhaupt noch funktionierte. Ich hatte sie bestimmt schon tausend Mal gehört.

Ich musste die Zeit bis zum Einsetzen der Müdigkeit auf schnellstem Wege hinter mich bringen, obwohl ich gleichzeitig Panik vor dem Morgen danach hatte. Es war nichts Brauchbares da. Die paar abgelaufenen Langsamen aus meiner Notreserve wollte ich nicht sinnlos vergeuden, schließlich zeigte der Alkohol endlich seine Wirkung. Ich bewegte mich Richtung Pulverecke, um nach meinen Lieblingstabletten, den Trittis, zu suchen. Sie verfügen über zwei Bruchrillen, sodass die einzelnen Drittel überall verstreut herumlagen. Deswegen vielleicht auch Trittis. Ich drückte mir einen Dreierblock frisch aus der Packung, dann schluckte ich sämtliche losen Teile, die ich finden konnte. Lustige Maden, kleine Gliederraupen, segmentartige Bandwürmer zur Narkotisierung. Bei der Einnahme konnte man nichts falsch machen. Überdosierung ausgeschlossen. Lediglich wenn man sich zu fortgeschrittener Stunde welche verabreichte, hatte man darauf zu achten, keinen Termin in der Früh zu haben, da man sich wirklich ausschlafen musste. Dafür waren die Kleinen ja auch da und ich hatte sie gern. Wider alle Expertenmeinungen vertrugen sie sich auch mit Alkohol in bester Weise. Ich war bereits beim neunten Bier angelangt und begann den Kerl endlich zu verfluchen, heulte aber weiterhin hysterisch in die Leere.

Psychedelische Blitzgewitter voll ekeliger Selbstvernichtungsphantastereien rauschten durch meinen vollen Schädel. Eine Sequenzierung unterschiedlichster Close-ups von ausblutenden Körperteilen gleich dem Storyboard eines experimentellen Splatterfilms. Überall schwarze, flackernde Umrisse und pastoses Dunkelrot. Die überkontrastierten silhouettenhaften Handgelenke in der Totale, wie sie im Waschbecken liegen und langsam ausbluten, eine All-Over-Collage von tausenden baumelnden Körpern, ein Zeitraffer von guillotinierten Köpfen, die von einem Fließband ins Nichts transportiert werden, ein Splash-Panel des Wahnsinns, hervorquellende Augen, explodierender Kopf, zum Schluss Edvard Munchs Schrei in den schrillsten Farben.

„One of these days I'm going to cut you into little pieces", die wichtigste Wortspende aller Zeiten. Pink Floyds Schlagzeuger Nick Mason. Nach jedem neuen Lied stellte ich den Volumenregler weiter nach rechts. Die Bude war total vernebelt. Die Dosen leerten sich jetzt immer schneller, weil mir die Plörre entweder zusammen mit dem Tränenrotz bei der Nase rauslief oder ihr Ziel verfehlte und an den Mundwinkeln entlang in den Ausschnitt rann. Nach dem zwölften Bier hatte ich endlich ein paar längere Aussetzer, wo ich gedankenlos in die Wand stierte. Dann kündigte sich das lange „Echo"-Finale vom Meddle-Album an und die letzten Tränen sickerten ein. Zum Schluss verließ mein Bewusstsein den kaputten Körper und ich knickte um. So also endete ein ganz normal beschissener Tag meiner gescheiterten Existenz.

Am nächsten Tag war Samstag. Tag des Jüngsten Gerichts. Ich konnte nicht glauben, dass ich noch immer lebte, als ich die Augen aufschlug. Und noch immer alles gleich schlimm, nur viel realistischer, weil heller und aufdringlicher. Grausame Objektpermanenz – alles war noch da. Ich sah wie sich der finale Realitätsflash auf mich zu wälzte und wie sich der Schrecken des Bewusstseins wie ein Schwall dreckiger heißer Brühe auf mich stürzte. Dann der Big Bang und die komplette Ernüchterung. Die Gewissheit über mein Ichbewusstsein sprengte mir fast die Schädeldecke weg.

„Is there no way out of the mind?/Führt kein Weg aus dem Kopf heraus?"[31] Die grausamen Gedanken der Erinnerung wickelten sich unbarmherzig von der Spule der Vergangenheit. Dann brach die Angst über mich herein. Ein Leben in einer Glasglocke: „To the person in the bell jar, blank and stopped as a dead baby, the world itself is a bad dream./Für den, der eingezwängt und wie ein totes Baby in der Glasglocke hockt, ist die Welt selbst der böse Traum."[32]

Die wenige verfügbare Luft ist verpestet mit den immer gleichen Gedanken und Angst, Angst, Angst! Sylvia Plath verhielt sich wenigstens so konsequent, dass sie es ständig aufs Neue versuchte. Zuerst probierte sie sämtliche Selbstmordvarianten einzeln durch, daraufhin kombinierte sie die effizientesten in einem letzten Versuch. Schlafmittel, Gas, Kopf in den Backofen. Genialer Schachzug eines Vollprofis. Kaum auszudenken, wäre es Lady Lazarus auch diesmal nicht gelungen. Sie hätte zum Islam konvertieren müssen, um ihren gerösteten Schädel fortan unter einer Burka zu verstecken. Aber alles ging gut und sie durfte sterben.

Einem Freund war seine Galgenkonstruktion, die er in liebevoller Handarbeit in der Abstellkammer gebastelt hatte, unter der Last seines Kummerbauches eingebrochen, nachdem sich die Schlinge schon tief in den Hals vergraben hatte. Einen ganzen Sommer lang schlich er wie ein kauziger Architekt im schwarzen Rollkragenpull-

---

[31] Sylvia Plath: Apprehensions/Vorahnungen 1961-1962, in Crossing the Water 1971.
[32] Sylvia Plath: The Bell Jar/Die Glasglocke 1963.

over umher. Mein einziger Suizidversuch gipfelte in einem dilettantischen Herumgeritze ohne Plan und Aussicht auf Erfolg. Danach hatte ich zwei Tage zu tun, die ganze Sauerei aus den Bezügen zu waschen und den Teppich zu schrubben. Eine Zeitlang versteckte ich die peinlichen Relikte unter extralangen Armstulpen, dann führte ich die Schrammen auf einen Radfahrunfall in der Kindheit zurück. Genauso gut hätte ich erklären können, dass ich auf der Kellerstiege ausgerutscht und auf einen Igel gefallen wäre.

Infernales Albdrücken setzte ein. Ein kichernder Kobold saß auf mir und fledderte in den Eingeweiden. Meine Befürchtungen bewahrheiteten sich bis ins kleinste Detail. Der komplette Downburst. Ein Super-Gau bei vollem Bewusstsein. Die Blutalkoholkonzentration war bereits auf einen beängstigenden Restwert geschrumpft. Allmählich setzte der Entgiftungsprozess ein und die Schlacken verstopften die Zirkulation, sodass die Beine konvulsivisch zuckten. Mit der pelzigen Zunge versuchte ich die aneinanderklebenden Lippen zu befeuchten, die so ausgetrocknet waren, dass sie sich in Fetzen abziehen ließen. Trauriges Ergebnis eines jahrelangen Labello-Missbrauchs. Fluchtartig verließ ich das Bett und schaffte es gerade noch ein paar Meter, bis es mich zerriss. Ein heftiger Kotzschwall ergoss sich ins Waschbecken.

Ungläubig starrte ich in den Alibert. Das Gesicht einer vorzeitig gealterten Trinkerin erwartete mich: Alkoholpickel und rote Flecken auf grauer furchiger Haut, blauverkrustete Lippen, tiefe Falten wie Charles Bukowksi, dazu die großporige mit erweiterten Blutgefäßen durchzogene Knollennase von Charles Malden aus den Straßen von San Francisco. Darauf setzte ein Darmkrampf ein und eine tosende Fäkalienlawine begann sich in Bewegung zu setzen. Zitternd setzte ich mich auf das

Klo und spritze eine bestialische Flade in die Schüssel. Ich begutachtete die mit undefinierbaren Brocken zersetzte schleimige Soße, die sich nur in der braunen Farbe vom Mageninhalt unterschied. Ich hatte mir wie der Königsohn aus Äsops Gleichnis die Seele aus dem Leib geschissen.

Ein wichtiger Grund, warum sich Toiletten ohne Plateau, sogenannte Tiefspüler im Fachjargon, nur schwer durchsetzen konnten, ist der Umstand, dass man nach dem Stuhlgang das Ergebnis nicht betrachten kann. Die Beschaffenheit der Fäzes ermöglicht wichtige Rückschlüsse auf den Gesundheitszustand. Zudem würde der Auswurf mangels fehlenden Podestes sofort in das Wasser abtauchen und damit den für die Evaluierung des Ergebnisses unverzichtbaren Geruch abtöten.

Nicht nur aus medizinischer Sicht ist der Präsentierteller eine Notwendigkeit. Viel wichtiger ist der psychologische Aspekt. Meistens bleibt es pro Tag das einzige produktive Ergebnis, das ein gestörtes Individuum der Welt vermacht. Aus diesem Grund ist übermäßig langes Bebrüten der Muschel bei gleichzeitiger Hinauszögerung des Spülvorgangs ein äußerst probates Mittel, um sich mit der eigenen Sinnlosigkeit wenigstens für ein paar Minuten auszusöhnen oder sogar Momente des Stolzes zu genießen.

Mir hingegen wurde nur noch schlechter. Ich hatte den Inhalt einer Senkgrube abgekackt und es hörte gar nicht auf zu rumoren und zu zischen. In meinen vergifteten Gedärmen musste es zugehen wie auf dem Haupt Medusas. Was den septischen Faulschlamm in der Muschel betraf, war eindeutig zu erkennen, dass ich physisch und psychisch ein Wrack war. Morbus Crohn, Darmkrebs, die Cholera im Endstadium. Seit Ewigkeiten hatte ich wegen der Tabletten keinen richtigen Scheißkegel mehr produziert. Am schlimmsten war die Flitze natürlich nach einem üppigen Besäufnis. Von der depressiven Alkoholgrütze brannte das Rektum wie Feuer[33] und ein ätzender Geruch verpestete die Luft. Ich überlegte, ob ich einfach sitzen bleiben sollte, um mich von der Kloake vergasen zu lassen. Schon bald würden die hochinfektiösen Dämpfe der Gülle durchs Schlüsselloch entfleuchen, der Sonderkatastropheneinsatz in Asbestanzügen die Wohnung stürmen und – da es nichts mehr zu retten gäbe – den gesamten Wohnblock aus Gründen der Seuchenvermeidung niederbrennen.

Im Schlafzimmer fiepte das Telefon zweimal hintereinander. Sicher hatte mir Ewi ein SMS geschickt: „Pami-Baby, verzeih mir den gestrigen Lapsus unreflektierter Brutalität. Wie kann ich diesen fatalen Eindruck emotionaler Verrohung nur wieder gut machen?" Bestimmt hatte er für den morgigen Abend einen Tisch beim Inder reserviert. Vor lauter Vorfreude flog ich über einen ausrangierten Koffer, den ich samt Inhalt schon vor Wochen bei der Caritas entsorgen wollte. Mit rosigen Backen grinste ich dem Display entgegen: „Nicht vergessen! Montag Autogrammstunde mit Hermann Maier von 13:30 bis 14:30 im Steirerhof. Ihr Bank-Berater Fabian Schweigebrecht." Danke, ihr Arschlöcher.

Ich schloss die Balken, weil ich mich beobachtet fühlte. Neben dem Caritaskoffer standen weitere Verpackungsschachteln, haufenweise Schuhe und Kisten mit Büchern, der ideale Nährboden für eine Messie-Wohnung. Bald würde nur mehr ein enger Schlurfgang übrigbleiben. Zusammen mit der Horror-Vacui-Theorie, derzufolge sich die Natur ganz von alleine des leeren Raums bemächtigt, und exzessiven Dingehortens wegen

---

[33] Johnny Cash: „Ring Of Fire", Columbia Records 1963.

der ständigen Angst vor dem Verlassenwerden, war es ein Wunder, dass ich noch nicht randvoll zugemüllt war.

Der Mund war von den Medikamenten und der Sauferei extrem ausgetrocknet. Da half auch literweises Trinken nichts mehr. Es half sowieso nichts mehr. Ich steckte mir ein paar meiner weißen Püppchen in den Mund. Gleich würde ich wieder wegdämmern. Das einzig Positive an einem verkaterten Tag, der sich über den depressiven Organismus stülpt, ist die Tatsache, dass er einem jeglichen Spielraum für Ablenkungsaktivitäten entzieht. Die Tablettenration manövrierte mich in eine Art Duldungsstarre. In meinem Kokon der Pestilenz vegetierte ich lethargisch vor mich hin und hoffte auf Erlösung. Ich verfolgte das alleinige Ziel, die Höhepunkte des mentalen Zersetzungsprozesses ganz einfach zu verschlafen. Um dem kompletten Irrsinn zu entgehen, hat es keinen Sinn sich wie eine gefangene Fliege durch verzweifelte Bewegungen immer weiter ins Netz zu verfangen. Jede Aktivität, jede Aktion ruft eine Kettenreaktion sukzessiver Verschlechterungen des Befindens hervor. Die totalitäre Vereinnahmung durch die Krankheit entschuldigt die Kapitulation vor der Insuffizienz des geschundenen Körpers, den man mit jedem Atemzug vibrieren hört. „I took a deep breath and listened to the old brag of my heart. I am, I am, I am./Ich holte tief Luft und lauschte dem Prahlen meines Herzens. Ich bin, ich bin, ich bin."[34]

Sicherheitshalber gönnte ich mir den Luxus eines Sedativums, vor drei Jahren abgelaufen, das ich für Notfälle hinter den Fleischmessern in einer Lade versteckt hatte. Die Extinktion jeder menschlichen Regung war die Devise. Nachdem ich mich aufgebahrt hatte, fühlte ich, wie mich Polster und Matratze absorbierten. „I crawled bet-

---

[34] Sylvia Plath: The Bell Jar/Die Glasglocke 1963.

ween the mattress and the padded bedstead and let the mattress fall across me like a tombstone./Ich kroch zwischen die Matratze und das gepolsterte Bettgestell und ließ die Matratze wie einen Grabstein auf mich fallen."[35]

Ich träumte von Rippe, der mich einmal geliebt hatte. Er verabreichte mir eine Überdosis an Zärtlichkeiten. Mit der Verlässlichkeit eines Metronoms produzierte er hunderte Küsse pro Minute und es hörte gar nicht auf. Wenn ich besonders traurig schaute, umarmte er mich und streichelte ganz fest übers Haar. Dann war das Kapitel zu Ende und ich wollte die Seite umblättern, um weiterzulesen, aber es gelang mir nicht. Etwas Kaltes, Feuchtes kroch allmählich das Kinn hinunter und ich wachte auf. Zu einer trägen Poularde aufgemästet, sah mich ein Vogel mit Geieraugen an. Auf der Fensterbank saß das Huhn der Depression. Sofort tauchte ich wieder unter und ließ mich von der schweren Decke begraben.

Üble Schwaden hüllten mich ein, als ich am nächsten Tag die Augen öffnete. Es herrschte Totenstille. Leises Summen, Surren, Glockenklänge, Tag des Herrn. Ein Sonntag ohne höllisches Kopfweh war ein Ding der Unmöglichkeit. Die hinterfotzige, bigotte Stille im ganzen Haus katapultierte mich fast in die Idiotie. Kraftlos suhlte ich meinen schmierigen Körper in den feuchten Überzügen, in die seit Stunden öliger Porentalg und stechend-scharfe Drüsenexkremente gesickert waren und vergrub meinen pochenden Schädel in der dunstigen Höhle. Mein Gewand vom Freitag klebte angenehm warm auf der Haut. Ich beschloss noch ein wenig im vertrauten ranzigen Saft zu schmoren, als das Telefon vibrierte. Ewi, Ewi, Ewi! Ewald würde kommen und mich holen. Ich sprach ein paar krächzende „Hallo, Hallo, Hallo", um meine

---

35 Ebd.

Stimme aufzutrainieren und kam zu spät. Fünf Anrufe in Abwesenheit und jetzt erschien auch noch eine Nachricht. Da musste ja was Brauchbares dabei sein. War ja klar, dass ich eine solche plumpe Zurückweisung nicht verdient hatte. Ich begann zu lesen: „Wieso meldest dich nie? Kannst nicht zurückrufen? Ali." Ali! Was bildete sich meine Schwester überhaupt ein, mir eine solche Drecksfrage zu stellen? Es kam noch schlimmer. Die restlichen Anrufe von den Eltern in der Reihenfolge Papa, Mama, Festnetz Eltern, wieder Papa. Alle hatten sich extra vorher abgesprochen, um mich an einem einzigen Tag so richtig fertig zu machen. Diese Verwandtschaft, hinterhältiges Pack, fiese Sippschaft, einzig und allein nur dazu da, um sinnlose Fragen zu stellen und zum falschen Zeitpunkt anzurufen.

„*Das geht euch einen Scheißdreck an! Einen Dreck! Einen Scheißdreck! Ich habe keine Zeit mehr! Das geht euch alle einen Scheißdreck an. Ich habe keine Zeit, keine Zeit, keine Zeit mehr*", brüllte ich alternierend, gegen die Wand stoßend und trommelnd. Dann rief ich die Pizzabude vom blauen Festnetztelefon an. Ich musste mich beherrschen einen möglichst unauffälligen Tonfall anzuschlagen.

„*Wie bitte, was wollen Sie? Ich kann Sie nicht verstehen, Sprechen Sie lauter!*"

Ja natürlich du Arschloch, ich hatte schließlich seit Tagen mit keiner Menschenseele mehr geredet. „*Siebenundvierzig. Ja, Nummer Siebenundvierzig. Siebenundvierzig und ohne Fleisch – o h n e FLEISCH.*"

Dann knallte ich den Hörer auf die Gabel, legte mir eine Line Trittiteilchen auf und warf sie mir keuchend in den Rachen. Der Pizzamensch stellte sich erst nach gefühlten Stunden mit seiner Flade ein. Wieder im Bett stieß ich meinen Mund ein paar Mal gegen die eingetrocknete Rinde und gab es dann auf.

Am Montag schleppte ich mich pflichtbewusst in die Arbeit, direkt in das Reisebüro. Hier verhelfen normalerweise freundliche blonde Mädchen in kurzen Röckchen armen gestressten Menschen und ihren zeternden Bälgern zu ihrem wohlverdienten Urlaub in den sonnigen Süden. Wieder wollte ständig irgendjemand irgendetwas von mir, am liebsten mit der hirnverbrannten Frage: *„Was schaust denn so grantig, is' was?"* Is' was, iss was! Was sollte ich essen? *„Bist du grantig?"* Nein, ist mein Gesicht und ist so angewachsen, kann nichts dafür. Blitzkneißer kombinieren von grantig schauen auf grantig sein. Man musste die Leute nur auf ihren saublöden Fragen schmoren lassen, dann kamen sie schon von selbst drauf. Und ist es vielleicht verboten einmal übellaunig zu sein, wenn einem das Wasser bis zum Hals steht, oder wer bezahlt einen für das stupide Dauergegrinse?

Die soziale Zwangsbeglückung reizte mich bis aufs Blut. Sogar die Katzen im Büro nervten mich – allein durch ihre Präsenz. Überall lauerte ein Ärgernis. Der Kopierer, das Faxgerät, der Kollege, die Chefs, die Klammermaschine, das Telefon, der Aktenvernichter, der Kugelschreiber. Alle schrien förmlich danach, von mir kurz und klein gehackt zu werden. Rein mental entlud ich eine Fäkaltirade nach der anderen. Äußerlich krampfte ich mir ein paar Grübchen auf die Wangen, um ja nicht grantig auszusehen. Glücklicherweise herrschte Flaute. Das bisschen Laufkundschaft vergraulte ich durch beharrliche Einsilbigkeit. Am ehesten waren Postler und Paketdienst zu ertragen, weil man sich darauf verlassen konnte, dass sie bald verschwanden.

Ein paar alte Mumien, die längst zum Inventar des Reisebüros zählten und mit knochigen Fingern die Scheine für die nächste Operettenfahrt über den Schalter zitterten, bekamen in ihrem senilen Redefluss ohnehin nicht mit, wenn ich, ins Leere starrend, dem weißen Rauschen zuhörte.

Am Nachmittag, als sich die Chefleute in den hinteren Bereich verzogen hatten, um sich von den Strapazen des Mittagessens auszukurieren und der Kollege über der Tastatur eingenickt war, verflüchtigte sich der Weltekel und ich verfiel in die gewohnte Monotonie verzweifelten Sekundenzählens. Der dunstige Wintertag legte sich wie ein Bleimantel über die Schultern.

Ungläubig nahm ich zwei düstere Gestalten in Schlaghosen und schwarzen Filzhüten wahr, die bei der Tür hereinkamen. Der Geist Lumpazivagabundus strömte durch den Raum. *„Wir sind's! Zwei Handwerksburschen auf der Walz!"*, schrie der Ältere in einem fremden Dialekt und mit einer Begeisterung, als hätte ich den Hauptpreis gezogen. Sie fühlten sich sehr vertraut mit den Gegebenheiten. Der inzestuös dreinschauende Jüngere zeigte Anstalten in die Hinterzimmer abzubiegen, aber mein aus seinem Büroschlummer erwachender Kollege hielt ihn gerade noch zurück. Der Wortführer schwenkte mir ein zerschlissenes Wanderbuch vors Gesicht, worin sich eine lange Litanei von feinsäuberlich notierten Daten, Firmenstempeln und Geldbeträgen befand.

„Cudesch. Raps, Daners, Raps!", forderte er wild gestikulierend. Offenbar wollten die Kerle Geld und zwar ohne Gegenleistung, was sie für so logisch hielten wie die Tatsache, dass wir alle nutzlose Angestellte waren, die sich auf ihre Kosten ein schönes Leben machten. Die plumpe Anmache und ihre unverschämt schlechten Manieren scherten sie einen Dreck. Ich telefonierte nach den Chefs, die sich extra bitten ließen. Irritiert sah ich den verschlagenen Zunftbruder an meinem Schalter sitzen.

„Ch'la guuenüna saia sted sun un mel fer", schüttelte er seinen Kopf. Hä? Ich kapierte gar nichts. *„Fomà!*

Fomentà!", schrie er mich an. *„Que am gustess"*, grinste er dreckig und nickte seinem Kollegen zu. Mit seinen dunklen tierischen Augen und den wuchernden schwarzen Koteletten sah er aus wie der fürs Grobe abgerichtete Handlanger einer satanistischen Geheimloge. Dann flegelte er mich an, dass er im Gegensatz zu mir nicht auf einem Bürosessel sitzend in den Tag hineinfaulenzte, sondern ein richtiges Handwerk und einen ordentlichen Beruf erlernt hatte. Dazwischen suchte er mit fahrigem Blick seinen tölpelhaften Kameraden, der überhaupt nichts über die Lippen brachte. Wahrscheinlich wurden sie erst vor Kurzem durch einen blöden Zufall, völlig unvorbereitet, von der industrialisierten Zivilisation in Kenntnis gesetzt und waren dann völlig überstürzt die dreitausend Meter von der Vorarlberger Ochsenspitze heruntergeklettert, wo sie von ihren nächsten Verwandten, den Schweinen, gerade noch ein paar Brocken Rätoromanisch gelernt hatten. Kein Wunder, dass es ihnen partout nicht in ihren Bauernschädel hineingehen wollte, dass man für die bunten Scheinchen, die allerorts zu den unglaublichsten Dingen eingetauscht wurden, auch etwas tun musste.

Irgendwann kam die verschlafene Chefin mit zwei klaren Schnäpsen angerannt, die die beiden Tippelbrüder ungedankt hinunterkippten. Den mitgebrachten Kuchen schoben sie verächtlich auf die Seite. Nur mit Mühe konnte die Chefin die dreisten Kameraden davon abhalten, in die hinteren Gemächer zum Chef des Hauses vorzudringen, der sich wahrscheinlich schon mit dem Tresorschlüssel aus dem Staub gemacht hatte. Bares würde der Alte sicher nicht locker machen, das stand fest, aber rauskommen und die provokanten Gesellen endlich zum Teufel jagen noch weniger. Zur Beruhigung ihres christlichen Gewissens musste die Co-Chefin an die

Front. Ich traute meinen Ohren nicht, als ich sie fragen hörte, ob sie ihnen ein paar Speckbrote servieren sollte. Was käme als Nächstes? Würde sie ihnen wie bei Max Frischs „Biedermann und die Brandstifter" eine Gans braten und ein trockenes Kämmerlein richten, damit sie ausgeruht ihren Überfall vorbereiten konnten? Nachdem die Gesellen offenherzig verkündigten, die ganze Nachbarschaft davon in Kenntnis zu setzen, dass sie bei uns ihres gerechten Lohnes betrogen wurden, bestanden sie auf eine weitere Runde Schnaps und zogen dann genauso grimmig und grußlos ab, wie sie gekommen waren.

Die beste Tarnung ist die blanke Wahrheit, weil sie keiner glaubt. Ich war beeindruckt. Bei diesen Gesellen hatte bestimmt noch niemand zu fragen gewagt, warum sie so grantig schauten. Die vezierenden Kameraden wurden für mich zum Urbild grenzenloser Selbstüberschätzung und übler Arroganz, die ich so oft bei Personen männlichen Geschlechts beobachtet hatte. Sie besuchten auch in den folgenden Jahren das Büro. Zwar hatten sie nichts, konnten nicht viel und waren kaum der Sprache mächtig, aber ihr alleiniges Sein und ihre körperliche Präsenz reichten ihnen völlig, um ihr lotterhaftes Leben nicht etwa als Schwäche zu verbergen, sondern es als Tugend zu verkaufen, auf die die Welt gewartet hatte.

Es folgten Zeiten, in denen sich mein körperlicher Verfall abzuzeichnen begann. Die jugendliche Unbekümmertheit trat ihren Rückzug an und ich bemerkte, dass man als Frau vorrangig aus dem Äußeren Profit schlagen konnte. Durch die Mästerei meiner Chefin befiel mich ein schlechteres Körpergefühl als jemals zuvor und ich wurde mir immer sicherer, dass ich als Mann ein unbeschwerteres Leben, frei von Minderwertigkeitskomplexen und Selbstzweifeln, geführt hätte. Ich hasste alle Männer, weil sie von Kindestagen an über die besseren Chancen verfügten und sich leichter taten, in dieser Welt zu überleben. Nach erneuten Bekanntschaften vergrößerte sich meine gemächlich vor sich hin brodelnde Aversion gegen das männliche Selbstverständnis mit exponentieller Geschwindigkeit.

Damit ich endlich mit den dämlichen Glucken mitreden könnte und um meine Wertigkeit als Frau in der Gesellschaft zu heben, wünschte ich mir wenigstens ein Kind und das ging nicht ohne Mann. Das war ein Dilemma. Außerdem war ich nach Umarmungen und Nähe süchtig und es gelang mir zeitlebens nie, dass sich eine Frau in mich verknallt hätte. Bad luck! Ich hatte das Leben einer Nymphomanin, unfähig auch nur ein paar Wochen ohne körperlichen Kontakt zu verbringen.

Und dann verfestigte sich meine Theorie über den Mann als eingebildeten Wichtigtuer zur grausamen Gewissheit. Ich verliebte mich in einen alten, geilen Bock. Er war gerissen. Erst mit der Zeit kam ich dahinter, dass ich auf einen Mann stand, der mir das Blut aus den Adern sog. Am liebsten hätte ich Ritter Blaubart umgebracht, wenn mir meine weibliche Tugendhaftigkeit nicht im Weg gestanden wäre. Stattdessen sublimierte ich meine Wut mit der Recherche nach blutrünstigen Themen aus der Bibel, die im Barock besonders pathetisch verarbeitet wurden. Als Professor für Theologie hatte mein Chef im Reisebüro nicht das geringste Problem, wenn ich mich bei der Arbeit geisteswissenschaftlich beschäftigte und wir verfügten über ein luxuriöses Topgerät als Farbkopierer. Ich tapezierte meine Wohnung mit den leidenschaftlichsten Darstellungen der stolzen Judiths und Salomes und ihren enthaupteten Männerköpfen.

Teil III

Und würd ich wissen wo kein anderer ist
Dann würd ich wissen wo du bist ...
(PeterLicht: „Das absolute Glück", auf „Lieder vom Ende des Kapitalismus", Motor 2006)

Der Englischlehrer

Nach der irritierenden Liaison mit dem Sportjournalisten verlief mein Leben in gewohnter Manier. Ewald hatte die Angelegenheit mit dem Zuschlagen der Haustüre vergessen. Nach dem Arbeitskampf im Büro versaß ich meine Zeit wie immer an meinem gewohnten Platz in der Küche, wo sich der vom Glutamat der billigen Fertigprodukte beißend-würzige Geruch traurig in jede Strähne des fettigen Haars senkte. Abends sinnierte ich stundenlang in mein Bier. Das viele getrunkene Bier regnete aus den Augen und der Nase. Ich brauchte überhaupt nicht mehr aufs Klo zu gehen. Unter meiner schwarzen Fleecejacke vollzog sich ein Gärungsprozess mit saurem Odeur. Unmerklich begann ich – wie eine Garnitur Straßenbahn nach einem verregneten Tag – vor mich her zu stinken. War alles aufgetrunken und leergeraucht, wusste ich, dass ich mein Tagwerk vollbracht hatte und legte mich mit meinen Trittis ins Bett. Ich fragte Ewald, was ich mit seinem Buch machen sollte, aber er reagierte nicht auf meine Nachricht.

An einem Donnerstag hatte ich um 18.30 Uhr an der Volkshochschule zu sein. Weil ich ständig Angst vor der totalen Verblödung hatte, schrieb ich mich meistens für Sprachkurse ein. Ein Nativespeaker beabsichtigte über amerikanische Geographie zu referieren. Ich stellte mir vor in einem abgedunkelten Raum zu sitzen, ein paar Dias anzuschauen und mich auf Englisch berieseln zu lassen, ohne selbst ein Wort zu sprechen. Bevor jemand das Licht einschalten würde, wäre ich schon verschwunden.

Aufgrund fehlender Interessenten wurde der Kurs abgesagt. Man offerierte mir einen anderen Englischkurs, einen richtigen Konversationskurs allerdings. Der Albtraum jedes Sozialphobikers. Als ich den hell ausgeleuchteten Raum betrat, verfluchte ich meine Entscheidung und hätte mich gerne in Luft aufgelöst. Die wenigen Teilnehmer boten keine Möglichkeit sich zu verstecken.

Eine bärenhafte Erscheinung tauchte auf, beinahe zwei Meter groß und ebenso füllig. Alles an diesem Mann dunkel und wuchtig: dunkle Augen, dunkle Brauen, dunkle lockige Haare, dunkle großporige Haut, Stiernacken, Schaufelhände, seine Hedonistenwampe von respektabler Größe, die angegrauten, am Ansatz fettigen Locken auf seinem riesigen Schädel in ständiger Bewegung. Rein äußerlich glich er einem kauzigen, aber harmlosen Vagabunden, der in einem früheren, vor Manneskraft strotzenden Leben, als er noch ein wildes verrohtes Piratenleben führte, die Vorlage für Sven, den Schrecklichen abgegeben hatte.

Wir mussten Malvina Reynolds „Little Boxes" interpretieren und der Lehrer hängte sich richtig ins Zeug, um uns behutsam auf die sozialkritischen Konnotation der vielen „ticky-tackys" zu bringen, die bei uns nur gelangweiltes Schulterzucken oder die hirnverbranntesten Wortspenden auslösten, die der Lehrer aber alle affirmativ goutierte. Zweifellos hörte er sich am liebsten selber reden und der lausigste Input animierte ihn zu hermeneutischen Höchstleistungen.

Der harte Kern seiner treuen Anhängerschaft bestand aus einigen in die Jahre gekommenen Langzeitarbeitslosen und Notstandshilfeempfängern, die für den Kurs kaum etwas bezahlen mussten und nur deswegen regelmäßig erschienen, um sich anschließend gemeinsam beim Griechen zu besaufen. Der Lehrer stellte den Semesterstoff vor und ließ ein paar Bücher der Beat Poets durch die Reihe gehen. Als er zum Abschluss eine räudige Wandergitarre aus der Tasche zog und mit dem trübsinnigen Chor den Song anstimmte, war ich gerührt und freute mich auf das nächste Mal.

Nach zwei Englischsitzungen hatte sich mein Bild von ihm vollends gewandelt. Der wanstige Lehrkörper begann mir zu gefallen und ich hörte wie sich unter meiner Schädeldecke brachliegende Synapsen durch den plötzlichen Bildungsschub knackend verbanden. Seine wohltuenden intellektuellen Ausflutungen begannen sich tsunamiartig über die verdorrten Zellen meines rudimentären Neuronengeflechts zu wälzen. Endlich ein richtiger Geisteswissenschaftler, dessen profunder Wissensschatz sich über die Jahre wie das Fett an seine Knochen gefressen hatte. Sein strahlender Nimbus der Gelehrsamkeit führe mich aus dem finsteren Tunnel meiner verrohten Vergangenheit, die ich mit fußballvertrottelten Dauerfernsehern zugebracht hatte. Ich las als Einzige „On the Road" von Jack Kerouac, später auch Hamlet, ohne etwas zu verstehen, kontemplierte über Allen Ginsbergs „The Howl" oder William Blakes „Proverbs of Hell" und lauschte andächtig den Bob-Dylan-Intonationen des Englischlehrers. In den Nachbesprechungen am Säuferstammtisch stimmte ich grölend in die Hippieballaden ein, bis uns der Wirt in den frühen Morgenstunden an die frische Luft setzte.

Der Englischlehrer trank im Gegensatz zu uns verklemmten Existenzen nicht aus Gründen der Betäubung und zur Relaxierung des Sprachmuskels, sondern aus purer Freude an der Konsumation. Der Alkohol verpuffte irgendwo in den Untiefen seines massigen Körpers. Meistens nahm er mich anschließend im Auto mit. Ich verknallte mich in seine pointierten und überdrehten

Expertenkommentare zum drohenden Untergang der Nation, deren unumstößliche Stichhaltigkeit er liebend gerne mit seinem profunden Zitatenschatz der Literaturgeschichte untermalte. Seine geistigen Ergüsse infiltrierten das von unbeantworteten Fragen instabile Netz meiner zweifelnden Substanz und bekamen die notwendige Verbindlichkeit von Dogmen.

Wir verabredeten uns weder fürs Kino noch für ein gemeinsames Abendessen. Es war nicht vorgesehen, dass sich unsere zufällige Begegnung und die zarten Keime der Sympathie allmählich zu einer freiwilligen Liebesbeziehung verfestigten. Er tolerierte mich wohlwollend in seiner Nähe, weil ich ihn bewunderte und er nichts anderes gewohnt war. Dafür spendierte er mir meine Getränke. Während seiner hemmungslosen Völlereien beklagte er sich über seine traurigen Pflichten als Musik- und Englischlehrer. Diese nötigten ihn, im Gegensatz zu den Figuren in Hemingways Romanen, das Kaffeehaus viel zu früh zu verlassen, ohne dass er seine unbändige Gier nach starkem Bohnenkaffee in einem gebührenden Ausmaß befriedigen konnte. Da er über die Präpotenz eines Kreativen verfügte, prolongierte er sein unpünktliches Erscheinen mit allen erdenklichen Mitteln. Obwohl ihn nichts von der Einhaltung eines Termines abgehalten hätte, ließ er eine gute halbe Stunde sang- und klanglos verstreichen, bis er sich dazu herabließ, sein verspätetes Eintreffen telefonisch anzukündigen, nur um sich danach mit allergrößter Gelassenheit einen weiteren Kaffee zu bestellen.

Für unsere erste gemeinsame Unternehmung entschieden wir uns für eine Operettenfahrt, die von unserem Büro organisiert wurde und uns nichts kostete. Ich interessierte mich weder für eine stumpfsinnige Lehár-Operette noch für das heuchlerische und schmierige Gehabe unseres Opern- und Operettenfahrten-Reiseleiters, den die alten Damen vergötterten. Der alte Herzensbrecher fiel krankheitsbedingt aus und ein Germanistikstudent musste für ihn einspringen, sodass wir auf dem Großteil der Karten sitzen blieben und aus reinem Jux an der Sache mitfuhren. Sofort nach der Ankunft verdrückte der Lehrer eine ordentliche Fuhr Essen und ließ sich bis zum Abend die Sonne auf den Bauch scheinen. Kurz nach der Vorstellung entschlüpfte er mir in einem unbeobachteten Moment in den VIP-Bereich. Dort fraß er sich mit größter Gelassenheit durch die erlesenen Kreationen der Speisekarte, während draußen auf dem Parkplatz ein ganzer Reisebus auf uns wartete und jeder Bescheid wusste, dass ich auch noch für den Veranstalter arbeitete.

Je flehender mein Bitten zum unverzüglichen Aufbruch wurde, umso behäbiger kaute der Lehrer auf seinen Kaviarbrötchen und grinste mir triumphierend ins Gesicht: *„Ja, glaubst du wirklich, dass ich mich von irgendjemandem hetzen lasse oder ich auf diese Leute angewiesen bin, Pipi? Meinetwegen sollen sie doch fahren, wenn sie es so eilig haben und keine Sekunde warten können. Mich interessieren diese Leute nicht. Mimi, entweder du kapierst das jetzt oder du kapierst das eben nicht."* Inzwischen waren wir eine gute Stunde überfällig. Der Lehrer wählte Lachs, Pastetchen, Sekt, Desserts und natürlich Kaffee. Seine gute Laune hob sich bei jeder neuen Bestellung.

„Weißt du Mimi, ich hab' nicht einmal ein Geld dabei, aber wenn die jetzt meine Kreditkarte nicht akzeptieren, kann ich auch nichts dafür."

Das war typisch, egal was er machte, das Problem lag bei den anderen. Genau das teilte er auch dem Kellner mit, als dieser ungläubig auf seine Kreditkarte schaute. Als wir endlich den Bus erreichten, schlief der Reiseleiter mit dem Gesicht nach unten auf dem Armaturenbrett neben dem Chauffeur, der mich, wie die noch wache restliche Belegschaft, mit strafenden Blicken in Stücke zerriss.

Am Wochenende besuchte ich ihn zuerst in seiner Wohnung, dann in seinem Haus, in das er ziehen musste, weil er für seine monumentale Sammlung von Büchern, Filmen, CDs, Kleidern und Schuhen Platz benötigte. Sein Tischler hatte ihm einen Wandschrank konstruiert, worin vierhundert Paar Markenschuhe lagerten, die alle gleich aussahen. Der einzig merkbare Unterschied bestand in der Farbe (dunkelbraun versus schwarz) und in der Tatsache, dass es welche mit Löchern gab und welche ohne. Schuhe, Schuhe, Schuhe und das vierhundertmal neben- und übereinandergereiht, die ganze Längsseite des Raumes. Ein Schuh ist ein Schuh, ist ein Schuh, ist ein Schuh, ist ein Herrenglattlederschnürhalbschuh. Der Englischlehrer operierte mit Kaufbeträgen, von denen ich einen ganzen Monat leben musste.

„Weißt du Mimi, die haben schon damals fünftausend Schilling gekostet, jetzt denke mal Mimi, fünftausend! Denke, denke – sage, sage – Mimi, Mimmi." Du fällst von deinem hohen Ross, nie tiefer als in deine Boss, dachte ich mir. Irre. Es war gruselig, grotesk, widersinnig. Das Geheimnis der Absurdität liegt zweifellos im Detail. Ich musste an Monsieur Grand aus Albert Camus' „La peste" denken, der einen Roman schreiben will, jedoch nie über den ersten Satz hinauskommt. Während sich die algerische Küstenstadt Oran in einem Ausnahmezustand befindet und die Einwohner zu tausenden dahinsiechen, versucht er mit größter Spitzfindigkeit und Gelassenheit die Wortwahl und -stellung seines Romananfanges zu optimieren. Ich schaute immer ungläubiger. Das hier war noch absurder. Vierhundert gleiche Schuhpaare. Wozu?

„Ha, Pipi gucke! Schaue, schaue und diese hatte ich zu mei-

ner Hochzeit an, jetzt gucke und schaue auch, Mimi, Mimmi, sage?" Wahnsinn. Für jedes Mühchen ein Paar Schühchen. Er schwenkte ein paar von den schwarzen Latschen ohne Lochprägung durch die Lüfte. Hässlicher waren nur noch die mit Löchern, aber bestimmt auch teurer.

„Gucke Mimi, *die wurden noch gar nicht getragen. Die hab' ich vor einem Jahr um fast siebenhundert Euro im Angebot bestellt. Reduziert auf siebenhundert! Mimi, Mimmi, stelle dir das mal vor."* Ob Frau, Freundin oder Schwester – vergiss sie und kauf Budapester! Der Englischlehrer gebrauchte unleugbar das Attribut sportlich zur Beschreibung der Schuhe mit der Lochverzierung. Ja genau! Dadurch werden solche Luxustreter erst geländetauglich, weil durch die Löcher – je nach Witterung – Wasser oder Staub entweichen kann. Beim Schafhirten ein Must-have, aber sonst?

Als ich dem Englischlehrer vorschlug, das ganze Gerümpel in Bausch und Bogen der Caritas zu vertickern, wurde er richtig knautschig, beendete die Vorstellung abrupt und schloss die Türen des Wandschranks für immer. Von nun an hatte ich kein Recht mehr, ihn allzu leichtfertig zu kritisieren. Ich machte einen großen Bogen um die unheimliche Stätte. Der Wandschrank wurde die verbotene Kammer und der Englischlehrer Ritter Blaubart.

Kam er von seinen Verwandtschaftsbesuchen aus Deutschland zurück, stand er aufgemästet wie eine Gans und mit doppeltem Gebäck bei der Rückkunft am Flughafen. Auch seine Kashmirklamotten sahen alle gleich aus. Im Gegensatz zu seinen Schuhen hatten die zu kurz geratenen, anthrazitfarbenen Rundhalspullover (in den Worten des Allwissenden: *„dunkelgrün", „dunkelblau", „dunkelbraun",* ja sogar *„schwarz"* mit dem unvermeidbaren Nachsatz: *„Entweder du siehst das jetzt Mimi oder eben nicht!"*) sogar eine Funktion. Sie dienten den Motten als bevorzugte Nahrung. Obwohl sich hohe Stöße davon in den

Regalen stapelten, durften kein Teil weggeschmissen werden. Mir wurde die Ehre zuteil, Botengänge in die Kunststopferei seines Vertrauens zu übernehmen.

„Also Mimi, jetzt guck dir das einmal an, da gucke, gucke und schaue auch", kommentierte er seine Funde, *„diese kleinen, kleinen und auch bösen Möttlinge, Mimi."* Seine Kästen quollen über vor Gewand. Doch er schlief ausnahmslos in einem billigen grauen T-Shirt, das einmal weiß gewesen war und jetzt vor lauter Löchern und Flecken nur so strotzte. Das Gewebe wurde nur noch von zwei winzigen Fäden zusammengehalten und hätte nicht einmal als Putzfetzen getaugt. Seine Widersprüche und Irritationen pflegte er als wichtige Komponenten des Understatements, die man dem großen Meister als liebenswürdige Schrulligkeit nachsehen musste.

Was meine Vorstellungen von einer einfühlsamen Liebe betraf, schaffte es der Lehrer innerhalb kürzester Zeit, mich vollends zu desillusionieren. Alles, was er in einer Frau sah, war eine willfährige Dienerin seiner fleischlichen Gelüste und eine treue Fürsprecherin und Bewunderin seines großen Talents. Sobald wir uns in sein schmales Einzelbett gezwängt hatten, stülpte er sich auf mich und ein eintöniges, anspruchsloses Gewetze setzte ein, das ebenso unspektakulär aufhörte wie es angefangen hatte, aber unter keinen Umständen unterbrochen werden durfte. Wenn mich sein balkenbrechenden Geschnarche von allen Pflichten enthob, durfte ich mir mein Nachtquartier im Wohnzimmer zurechtmachen. Der Englischlehrer teilte die feste Überzeugung, dass eine begonnene Erektion – sei sie auch noch so kläglich – unbedingt finalisiert werden musste, um ihn vor den irreparablen gesundheitlichen Folgeschäden des angestauten Samens zu bewahren.

Die Stadt mied er, weil er fürchtete, dass ihm die verschmutzte Luft seine Lungen und Stimmlippen ruinieren könnte und seine Virtuosenhände hatte er sich längst versichern lassen. Er litt unter dem Untalent seiner Gitarren- und Gesangsschüler genauso wie unter seiner schweren Kindheit, wo man ihn stundenlang dazu verdammte in seinem Extrazimmer Geige zu üben und auf die Geschenke seines reichen Vaters aus dem Ausland zu warten, während sich seine verarmte Mutter, der Stiefvater und sein Halbbruder gemeinsam ein kaltes Zimmer teilten und allmählich der Krankheit und dem Alkoholismus verfielen. Weil er sich durch die laienhaften Musikdarbietungen, von denen er sich auf Schritt und Tritt verfolgt sah, zutiefst provoziert fühlte, verlagerten sich seine beruflichen Ambitionen immer mehr auf sein geisteswissenschaftliches Standbein der englischen Literatur. Seine, des Englischen kaum mächtigen Schüler, honorierten dies nie ausreichend, sei es durch zu große Ignoranz oder lasche finanzielle Abgeltung. Dadurch sah er sich wohl oder übel gezwungen, seine Halbtagesanstellung als Musiklehrer beizubehalten.

An eine Frau stellte er überhaupt keine Ansprüche. Sie hatte lediglich im Alter seiner Tochter oder auf einem vergleichbaren Entwicklungsstand zu sein, damit er sich nicht mit dem Ärgernis konfrontiert sah, auf die Bedürfnisse eines gleichgestellten Partners zu reagieren. Wenn sie sich äußerlich wirklich gut erhalten hatte und sich gerade keine Alternative anbot, reichte auch eine um fünfzehn Jahre Jüngere, um in ihm dieselben zärtlichen Gefühle zu wecken, wie es Kätzchen, Entenküken und Seemöwen taten. Eine Frau seines Alters betrachtete er als ästhetisches Mängelwesen, mit ihr eine Beziehung einzugehen so abartig wie der Natur ins Handwerk zu pfuschen. Über seine eigene Leibesfülle verschwendete er kaum Gedanken. Wenn die Haare länger geworden waren und er in die dunklen Augen seines Spiegelbildes blickte, vernahm er Carlos Santana und ein Gitarrengenie, das für die Ewigkeit konzipiert war. Gelegentlich zu Mitternacht, wenn er sich mit einem Schafsjoghurt von den Strapazen der Völlerei erholte, passierte es ihm, sich von seinen Körpermassen beeindruckt zu zeigen. Dann verfiel er in eine Art antizipatorischen Weltschmerz bei dem Gedanken, sein Ausnahmetalent könnte durch ein lächerliches Missgeschick wie der Gicht zum Erlöschen gebracht werden.

Ich musste mir angewöhnen, mehr Rücksicht auf den Lehrkörper zu nehmen, auf ausreichende Kalorien- und Kaffeezufuhr zu achten und Termine nicht ohne seine dezidierte Zustimmung auszumachen. Einmal stellte ich ihm ein besonders üppiges Mahl in Aussicht, da ich eine alte Freundin von mir besuchen wollte, die ich lange nicht gesehen hatte und die ihre Gäste stets mit allen Raffinessen einer richtigen Hausfrau und Mutter bewirtete. Wir einigten uns auf eine christliche Zeit am Nachmittag, damit er sich in aller Ruhe mit ein paar Tassen Kaffee auf die halbstündige Autofahrt präparieren konnte, die ich ihm ans Bett servierte. Als wir endlich losfuhren, waren wir hoffnungslos verspätet und ich wurde nervös, da meine Freundin à la minute gekocht hatte und Unpünktlichkeit auf den Tod verabscheute. Gerade als ich sie anrief, um mich für unser Versäumnis zu entschuldigen und ich ihr unser baldiges Ankommen in Aussicht stellte, bog der Englischlehrer ab und steuerte die nächste Gastwirtschaft an.

„Pipi, du kannst nicht immer nur an dich denken. So ist das in einer Beziehung. Wenn ich einen Kaffee trinken möchte, musst du das akzeptieren lernen ..." Fassungslos saß ich ihm gegenüber und starrte ihn an, wie er in Zeitlupentempo zwei Wiener Melanges leerte und sich in einen Koffeinrausch

katapultierte, der einen hochschultauglichen Vortrag über das Thema „Toleranz in Partnerschaften" zur Folge hatte, währenddessen mein Telefon in einem fort klingelte. *„… und das muss auch deine Freundin akzeptieren"*, schloss er genüsslich und bestellte sich ein Tiramisù. *„Pipi! Ich hab' heute noch nicht das Geringste gegessen! Jetzt stelle dir das vor, Pipi. Aber auch nicht das Mindeste gegessen. Sage Pipi und stelle dir vor! Nicht das Geringste aber auch."* Ich hob ab und teilte meiner Freundin mit, dass ich gerade meinem Freund in einem italienischen Restaurant beim Cappuccinotrinken zusah. Draußen ging die Sonne unter. Meine Unfähigkeit zu lügen war erbärmlich. Die manipulative Sanftmut, mit der der Englischlehrer später auf unsere Gastgeberin einredete, brachte mich zum Würgen. Ich wartete nur mehr darauf, dass sie sich bei ihm entschuldigen würde, weil sie zu früh mit dem Kochen begonnen hatte. Wie sichtlich Pantagruel den ganzen Aufwand doch genoss, als sie ihm das erkaltete Mahl aufwärmte, den Salat wiederbelebte und es ans Kaffeekochen ging.

Nur ein einziges Mal wäre es ihm beinahe passiert, dass er wegen seiner Kaffeekapriolen aufs Abendessen vergessen hätte. Wir waren in Istrien auf Urlaub und hatten Halbpension gebucht. Die Sonne bestrahlte den Lehrkörper besonders intensiv und wegen seiner geliebten Seagulls, die wir von unserem Tisch beobachteten, schmeckte ihm der Kaffee noch besser als sonst. Ich hatte ein angenehmes Biergefühl im warmen Bauch und wollte einfach nur abhängen. Zurückfahren hatte sowieso keinen Sinn mehr, da das Abendessen in einer halben Stunde vorüber sein würde. Wenig später gingen wir doch, weil es finster und kühler wurde. Ich täuschte mich. Selbstverständlich würde er rechtzeitig zum Abendessen im Hotel sein. Das würde er mir schon beweisen. Also setzten wir uns in sein Auto und passierten die dreißig

Kilometer der kroatischen Küstenstraße in sage und schreibe zwölf Minuten. Dabei delektierte er sich an den Dutzenden voll beladenen Campingbussen, die er zu seinem Pläsier vor den Haarnadelkurven in der stockfinsteren Nacht überholte. Ein lautes Hupkonzert verfolgte uns bis zur Ankunft. Um 21:29 Uhr fuhren wir in die Hoteleinfahrt und ich durfte sein Auto auf den Parkplatz stellen, damit er ja rechtzeitig vor der Sperrstunde in den fast leeren Speisesaal gelangte, wo ihm die Kellner zwei Stunden beim Essen zuschauen mussten.

Während dieses Urlaubs soff ich wie ein Loch. Ich verkühlte mich und wurde krank. Ständig war der Lehrer mit mir unzufrieden, weil ich ihm zu widerspenstig war oder mir im Bett zu wenig Mühe für ihn machte. Ich tat kein Auge zu, weil er beim Schlafen in der Lautstärke eines röhrenden Hirsches schnarchte. Erst in den Morgenstunden schlief ich erschöpft ein. Im Gegensatz zu mir war er morgens ausgeruht und frühstückte bis es Zeit fürs Mittagessen wurde. Danach weckte er mich auf und ich latschte trostlos hinter ihm her. Abends ging er mit mir saufen. Wir hatten eine geeignete Bar gefunden. Ich nannte sie Jim Morrisons Drogenbus:

> The West is the best
> The West is the best
> Get here and we'll do the rest
> The blue bus is calling us
> The blue bus is calling us
> Driver, where you taking us?[36]

Wenn ich besoffen war, ertrug ich den alten Schwerenöter. Wir diskutierten über Songs, Filme und Literatur und

---

36 The Doors: „The End", auf „The Doors", Elektra 1967.

marschierten immer öfter zum Doppeldecker, jener Bar also in Poreč, unserem Morrison-Bus, wo der Englischlehrer bis in die frühen Morgenstunden in mich hineindozierte, dass *er* meine unwiderruflich letzte Chance wäre. Ich glich den verhärmten Trinkerinnen Picassos und fühlte mich wie die absinthgeschwächte Prostituierte von Edgar Degas, die mit hängenden Schultern in den Abgrund des Wahnsinns stiert und die nur die Hoffnung auf eine trockene und warme Bleibe für diese Nacht am Leben hält.

Der Englischlehrer nahm meine Kapitulation mit der Gewissheit eines erfahrenen Kapitäns auf, der schon bald den nächsten Hafen und eine neue Liebschaft ansteuern würde. Sicherheitshalber ließ er noch ein paar Krokodilstränen seine dicken Kaffeewangen hinunterkullern. Ich hatte das Ruder geworfen. Ihn traf nicht die geringste Schuld. Ich schiss auf alle Intellektuellen, auf die Bagage der Bildungsbürger und der hochgebildeten Eliten samt ihrem Abscheu erregenden Schwulst an gutem Geschmack und ihrer Gier und ihrem Geifer nach Anerkennung und verkommenen Hochmut.

„Pipi, ich war deine letzte Chance, Pipi. Du wirst noch an mich zurückdenken. Mimi, in deinem Alter wird es sehr schwer sein einen Mann zu finden. Das sage ich dir, Mimi – und auch sehr, sehr schwierig." Er laberte seine abgedroschenen Floskeln zum letzten Mal vor sich her. Es war erbärmlich. *„Mimi, entweder du kapierst das jetzt oder du kapierst das eben nicht!"*

Oh du mein einziger Lehrkörper unter all meinen Fließbandarbeitern, Arbeitslosen und Drogenabhängigen. Du bist der größte Furchengänger unter all dem Gesindel, du Pascha und eingebildeter Fettlachs. Ich werde nie mehr fünfhundert Violinen aufspielen, den roten Teppich aufrollen und dir Kaffee und Kuchen kredenzen müssen, nur damit du zufrieden mit mir bist. Nie wieder wird mein armes Bettgestell unter deinen Leibesmassen zusammenbrechen, während du deinem Höhepunkt entgegenkeuchst und dich in die heilige Glückseligkeit schnarchst. In Wirklichkeit hatte ich natürlich geweint. So war das.

> Time it was
> And what a time it was
> It was a time of innocence
> A time of confidences
> Long ago, it must be
> I have a photograph
> Preserve your memories
> They're all that's left you[37]

Ich hatte die Schnauze endgültig voll. Tabula rasa war angesagt. Nachdem mein Chef im Reisebüro gar nicht daran dachte, mich zu kündigen, tat ich es. Ein Neubeginn musste her und ich flog erst mal nach England. Nach meiner Rückkehr traf ich Ewald. Er unterhielt sich nach Dienstschluss mit einem Journalistenkollegen im Sitzgarten der türkischen Pizzeria unweit meiner Wohnung. Aus unerfindlichen Gründen hatte ich ihn mir vom Universum gewünscht, sodass ich nach dem Einkaufen einen Weg einschlug, der mich geradewegs zu ihm führte. Meine Gebetsmühle um fünfzehn Euro vom einzigen Tibeter in Graz hatte ihren Dienst geleistet.

„*Und, hast gerade einen Freund?*", fragte Ewald ohne nennenswerte Begrüßung.

„*Nö, hab' eben eine Beziehung verbrutzelt und du?*"

„*Auch nicht besser. Gehen wir morgen auf einen Drink?*"

---

37 Simon & Garfunkel: „Bookends Theme", auf „Bookends", Columbia Records 1968.

„*Ja, wieso nicht*", hörte ich mich sagen, „*meine Nummer hast eh.*" Er komplimentierte mir zu dem Umstand, dass ich noch immer nicht fett geworden war.

Am nächsten Abend fuhren wir in seine neue Wohnung, weil er sich mit der Hausverwaltung treffen musste. Den Drink konnte ich mir natürlich aufzeichnen. Gleich nachdem er mir die fertigen Kinderzimmer präsentiert hatte, schob er mir seine gierige Zunge in den Mund, drückte mich in die nächstbeste Sitzgelegenheit und begann an meinen Kleidern zu schrauben. Ich sprang auf und schüttelte ihn ab. Beim Gang durchs Wohnzimmer konnte ich in seinem Regal ganze drei Bücher erkennen, darunter jenes, das er mir geliehen hatte: Tom Sharpe „Der Renner", eines der verzichtbarsten Bücher dieses Erdenrunds. Ich schnappte mir eine seiner räudigen Bierflaschen und machte mich zu Fuß auf den Heimweg. Männer sind Scheiße und rücksichtslose Egoisten, dachte ich resigniert und Valerie Solanas hatte Recht: „... daher bleibt den aufgeklärten, verantwortungsbewussten und sensationsgierigen Frauen nichts anderes übrig, als die Regierung zu stürzen, das Geldsystem abzuschaffen, die umfassende Automation einzuführen und das männliche Geschlecht zu vernichten."

Mein Therapeut flickte mein Selbstwertgefühl notdürftig zusammen und als ich ihm über das Ende mit dem Englischlehrer berichtete, stand er auf und umarmte mich.

Ostereier suchen

Nach dem Mittagessen ging ich von zu Hause fort. Im Hof einer Fabrik unter einer Sonne aus Blei schaufelt ein Arbeiter Kohle. Der Staub blieb im Schweiß auf der Haut kleben. Das Glück hat sich gewendet, und das machte mir Angst. Plötzlich sah ich es vor mir, ich werde arbeiten müssen. Die Welt wird meinen Launen ihre göttliche Fülle nicht mehr zum Geschenk machen, ich soll mich, um essen zu können, ihren Gesetzen unterwerfen.[38]

Es war Sommer und mein Zustand einigermaßen stabil. Also entschloss ich mich für eine Bewerbung in einer Rechtsanwaltskanzlei. Die Juristerei fiel mir unsäglich auf die Nerven, aber was blieb mir übrig?

„Rauchen Sie?", fragte mich der Rechtsanwalt. Bei tausend Euro brutto im Monat wäre es lächerlich gewesen zu lügen.

„Okay. Dann können Sie nächsten Montag beginnen." Er reichte mir die Hand. *„Wir sind starke Raucher und es hat deswegen schon Beschwerden seitens der Belegschaft gegeben"*, amüsierte sich mein neuer Chef.

„Und eines noch", finalisierte der Herr Magister unser kurzes Gespräch, *„Sie haben für eine rechtzeitige Getränkebestellung zu sorgen. Sollte jemals das Bier oder der Jägermeister aus-*

---

[38] Georges Bataille: aus Franz Innerhofers Vorwort zu seiner Erzählung „Der Emporkömmling" 1982.

gehen, müssen wir Sie leider entlassen." Dabei klopfte er mir gönnerhaft auf die Schultern.

Tausend Euro, tausend Euro brutto für vierzig Stunden in der Woche. Ich musste mir das erst auf der Zunge zergehen lassen. Was tat ich überhaupt hier? Was käme als Nächstes? Würde ich für die Einstellung bezahlen müssen? Den Juristen war keine Unverschämtheit zuwider. Der Zweitchef kam mir in Jägerklamotten entgegen. Durch einen Spalt in seinem Arbeitszimmer konnte ich beobachten, wie er sich Likör und einen Kaffee von einer folgsamen Angestellten servieren ließ, die ihn in kriecherischer Ehrerbietung zu seinem Jagderfolg gratulierte. Zigarrenrauch stieg aus dem Zimmer.

Ich stand um halb sieben auf, Dienstbeginn acht Uhr, kurz vor sechs musste ich die Post aufgeben, Überstunden standen an der Tagesordnung. Das zweite Grundgesetz der Arbeit manifestierte sich an den Stößen von Akten, die sich auf jedem freien Platz der Kanzleiräumlichkeiten bildeten: „Die Arbeit geht nie aus." Erstens: „Jede Arbeit ist ein Scheiß." Drittens: „Arbeit vortäuschen ist noch anstrengender als gleich zu arbeiten."

In der Kanzlei lernte ich Sari kennen, der die großkotzige Arroganz der Rechtsanwälte ähnlich zusetzte wie mir. Ob ich am Wochenende Bock auf eine Osterwanderung hatte, wollte sie wissen. In einer Art Schnitzeljagd ginge es darum, möglichst viele Ostereier zu finden. Naturgemäß verspürte ich nicht die geringste Lust, mich mit Leuten zu treffen, die alle paarweise aufkreuzten. Umso mehr überraschte es mich, dass ich abends eine E-Mail bemerkte, in der sich ein Websingle nach einer Verabredung erkundigte. Ich schaute auf sein Alter: Er war 39. Endlich jemand, der nicht bei seinem Alter log. Das Einzige, was mich an seinem Foto interessierte, waren die zu einem Zopf gebundenen langen Haare. Sein Gesicht erinnerte mich an Jack Unterweger. Ich öffnete mir ein Bier und rief ihn an.

„*Hey, du hast mir eine Mail mit deiner Nummer geschickt, weil du dich mit mir treffen möchtest*", ich wollte die Angelegenheit schnell hinter mich gebracht haben und schlug ihm Dienstagabend vor. Ich wurde hellhörig, als ich bemerkte, dass Wolfgang über eine kräftige sonore Bassstimme verfügte.

„*Dienstag? Ja das ist ja schon morgen!*", folgerte er entsetzt.

„*Ja dann Mittwochabend.*" Wann wollte er sich denn mit mir treffen? Im nächsten Leben? Ich würde diesmal auch ganz sicher nicht den Ort bestimmen.

„*Mittwochabend*", konstatierte ich entschieden. „*neunzehn Uhr. Du kannst dir das Lokal aussuchen.*"

„*Okay, okay. Vielleicht bei der Ernie oder wir treffen uns im Brockmannkeller. Ich weiß nicht, ob du das kennst.*"

Unfassbar. Jemand schlug mir von sich aus den Brockmannkeller vor. Wohnte er etwa in der Nähe?

„*Dann schon lieber diese Ernie. Werde ich schon finden.*" Ich verabschiedete mich und legte auf. Geschafft.

Gasthaus Ernie kam mir irgendwie bekannt vor. Als ich vor dem Eingang stand, wusste ich auch warum. Dieser wurde von zwei Vitrinen flankiert, die eigentlich die Speisekarte beinhalten sollten. Stattdessen befand sich darin ein mit rosarotem Faden gestickter Spruch auf einem Zierkissen: „Als Gott die Arbeitszeit der Wirte mit ihrem Verdienst verglich, drehte er sich um und weinte bitterlich." Auf der rechten Seite, umrahmt mit floralen Motiven, stand zu lesen: „Guck nicht ins Heferl lieber Man, die Küche geht dir garnichts an, halt dich bran mein lieber Man, heut hab ich die Hosen an." Wie besoffen musste man sein, dass man in eine Handarbeit – von der Schwachsinnigkeit des Spruches gar nicht zu sprechen –

Rechtschreib- und Grammatikfehler sticken konnte. Und was sollte bran sein?

Als ich die Tür öffnete, grüßte mich eine ältere Frauenstimme aus einer Rauchwolke hinter der Theke, die entlang der linken Seite des kleinen Raumes verlief. Auf der rechten Seite saß Wolfgang unter einem schwarzweißen Familienportrait, neben dem eine vergilbte Wandlampe angebracht war. Ich erhielt den Eindruck in das Privatrefugium eines sehr alten Pensionistenehepaares einzudringen. Die moosgrünen Tapeten, die orangebraunen Sitzbankbezüge, die pissgelben Gardinen und Häkeldeckchen an den Tischen: das gesamte Interieur war von einer fettigen Patina überzogen. Ich setzte mich zu Wolfgang in die enge Sitzecke und gratulierte ihm zu seiner hellblauen, ausgewaschenen Jeansjacke, dem einzigen alten Fetzen in dieser Bude, der nicht potthässlich war.

„Ja die ist echt cool. Die ist schon uralt. Mein Onkel hat sie getragen und mir geschenkt." Dann klappte er die Speisekarte zu und reichte sie mir. Ich zerrte an dem braunen Einband, der so klebrig war, dass er sich kaum öffnen ließ. Im Inneren verbarg sich die kulinarische Dreifaltigkeit der österreichischen Wirtshausküche: Gulaschsuppe mit Semmel, Frankfurter mit Semmel, Schinken-Käse-Toast, Kostproben des Angebotenen in Form von zahlreichen Flecken und Bröseln inkludiert. Ich verlangte nach einem Bier, auch Wolfgang wollte eines.

„*Das Fass ist leer*", krächzte es aus der Rauchwolke. Anscheinend hatte Ernie keine Lust, etwas dagegen zu unternehmen, denn sie öffnete eine Lade und stellte zwei Flaschen auf die Theke, die Wolfgang abholen musste. Wolfgang hatte seine Haare so streng nach hinten gezurrt, dass man an seinen Haarsträhnen die Anzahl der Kammzinken zählen konnte. Unter der Jeansjacke trug er ein dunkelgraues Poloshirt und eine schwarze Jeans. Er hatte noch immer Ähnlichkeit mit Jack Unterweger, dazu mischte sich etwas von der Physiognomie Falcos, wahrscheinlich wegen der hochgezogenen Augenbrauen. Seine Nase und sein grauer Teint erinnerten an Fipsi, die Ratte, des kleinen Pezibärs besten Freund.

„*Du bist neunundreißig?*", fragte ich.

„*Nein, wie kommst du darauf?*", antwortete Wolfgang und zündete sich eine Zigarette an.

„*Steht in deinem Profil.*"

„*Ach so, ja damals war ich neununddreißig. Heuer werde ich fünfundvierzig.*"

Erstens hatte ich überhaupt keinen Bock zu erfahren, wie alt jemand irgendwann sein würde und zweitens fand ich, dass Wolfgang, abgesehen von seiner traumhaften Stimme, den restlichen Nieten aus dieser vertrottelten Singlebörse und ihrer primitiven Verlogenheit kein bisschen nachstand, außerdem einen gehörigen Fettwanst vor sich trug, der mir aufgefallen war, als er sich mühevoll aufgerappelt hatte, um die Bierflaschen abzuholen …

„*Ich arbeite im Finanzamt*", unterbrach er mich beim Sinnieren. „*Eh schon ewig. Mich wundert, dass du das Café kennst.*"

Ach daher wehte der Wind. Das Finanzamt befand sich quasi gegenüber.

„*In die Stadt komme ich selten. Wegen der nervigen Parkplatzsuche. Und dann findet man nichts und muss erst so weit gehen.*"

Das war ein Jammer, keine Frage. Er bot mir eine von seinen Zigaretten an.

„*Rauchst du schon lange?*"

„*Lange genug.*"

„*Schon ans Aufhören gedacht?*"

Wollte er mir nun etwa eine Moralpredigt halten?

„*Nein. Ich rauche gern. Außerdem muss man ja an irgendwas*

sterben. Stell dir vor alle werden so alt wie Jopi Heesters. Damit macht man den nachkommenden Generationen keinen Gefallen, wenn die Alterspensionen schon jetzt nicht mehr finanziert werden können."

Wir ärgerten uns beide über die politische Raucherhetze der letzten Zeit, die geradezu darauf aus war den rauchenden Menschen zu entrechten und zu kriminalisieren, wo es nur ging.

„Dabei sind die Raucher die Einzigen, die ohne zu meckern ihre Steuern zahlen", fand auch Wolfgang.

„Zwanzig Schilling hat das Packerl damals gekostet, als ich angefangen habe."

„Nach der Mineralölsteuer ist die Tabaksteuer die ertragreichste Verbrauchssteuer. Drei Viertel des Verkaufspreises nur Steuern."

„Eine riesengroße Schweinerei. Dabei wird man nicht einmal high von dem Zeug", steigerte ich mich rein.

„Wer ist eigentlich Rauchblau?", fragte Wolfgang unvermittelt.

„Das ist meine Lieblingsfarbe."

„Die steht aber unter deinen Lieblingsbands."

„Weil die Frage nach der Lieblingsfarbe nirgends steht. Alle Achtung. Dass du darauf gestoßen bist. Normalerweise liest sich das Profil keiner so genau durch."

Wolfgang bestellte sich Frankfurter mit Senf und Mayonnaise. Hinter der Theke setzte sich die Rauchwolke unwillig in Bewegung. Nach einer viertel Stunde konnte sich Wolfgang seine Würstel von der Theke abholen. Ich ging aufs Klo. Wahnsinn. Auf dem Klo war es so kalt, dass ich am ganzen Körper zitterte. Ein Wunder, dass die Spülung noch funktionierte. Wenn ich etwas auf den Tod nicht ausstehen konnte, waren das ungeheizte Klos. Zum Waschen gab es Eiswasser, ohne Seife selbstverständlich. Wolfgang klärte mich auf, dass die Musikbox, die ich unterwegs gesehen hatte, nicht funktionierte. Seines Wissens hatte er noch nie Musik in dem Lokal gehört. Für wen auch? Als ich mich wieder setzte, stopfte sich Wolfgang gerade den letzten Bissen in den Mund. Dass er zu viel Fleisch vertilgte, sah man an seinem Stiernacken und seinem übersäuerten Ausdruck. Die grünbraunen Augen glotzten aus den Höhlen und tränten. Womöglich Morbus Basedow. Sein wässriger Tintenblick deutete auf einen baldigen Schlaganfall. Mit dem auffallend langen Nagel seines rechten kleinen Fingers pulte er das Feuerzeug aus der Zigarettenpackung und orderte eine weitere Runde. Auch die restlichen Fingernägel waren lang und wölbten sich nach außen. Im Gefängnis war der nie, dachte ich plötzlich. Die Knackis sieht man immer nur mit ganz kurzen. Seltsam, dass sich diejenigen, die glauben zivilisiert zu sein, am liebsten lange Fingernägel wachsen lassen, wo sich Dreck darunter bildet und die Hand wie eine Kralle aussehen lässt.

„*Danach geht's aber heim. Ich muss ja noch Auto fahren*", riss Wolfgang mich aus meinen Überlegungen.

„*Wieso? Wo wohnst du denn?*"

„*Jakominigürtel. In der Nähe von der Messe.*"

Das war ja keine zehn Minuten von hier entfernt. Eine Station mit der Straßenbahn. Solch eine ungeheure Strecke ließ sich natürlich nur mit dem Auto bewältigen.

„*Hast du am Wochenende schon was vor?*", fragte Wolfgang.

„*Ja. Meine Arbeitskollegin trifft sich mit ein paar Freunden zu einer österlichen Wanderung am Thalersee. Wär klass', wenn du dabei wärst.*"

Samstag holte mich Wolfgang mit seinem Auto ab. Er trug wieder sein Poloshirt, die schwarze Hose und die Jeansjacke von seinem Onkel. Ich bemerkte eine Plüschbiene als Gurtpolster. Wolfgang saß zusammengestaucht hinter dem Lenkrad, das sich nur mehr widerspenstig lenken ließ.

„*Der Sitz lässt sich nicht mehr verstellen*", erklärte mir Wolfgang passenderweise. „*Das Auto hab ich auch von meinem Onkel.*"

Wir trafen meine Arbeitskollegin in einem Partyzelt mit lauter Musik und vielen gutgelaunten Menschen.

„*Ich hol' mir ein Bier*", sagte Wolfgang. „*Magst auch eines Schatzi?*"

Oh Gott. Hoffentlich hatte ich mich da verhört. Ich tat, als würde ich normalerweise um diese Uhrzeit keinen Alkohol trinken, war aber froh, dass ich auf sein „Schatzi" etwas zur Beruhigung bekam. Sari und ihre Freunde machten sich bereit für die Wanderung. Bald waren sie in weite Ferne gerückt. Andere Gruppen zogen an uns vorbei. Kinder, Jugendliche, Erwachsene, Hunde, Pärchen, die ihre Kinderwägen schoben. Wolfgang geriet völlig aus der Puste.

Als wir in den Wald bogen, lahmte er bereits wie ein kranker Esel. Er log, dass ihn die Zehen drückten von den Schuhen. In Wirklichkeit musste dies sein erster Spaziergang seit Jahrzehnten sein. Seine weißen Tennissocken und die Raulederhalbschuhe strotzen vor Dreck. Einer Regenpfütze auszuweichen kam ihm nicht mehr in den Sinn. Völlig am Limit stakste er durch das Gestrüpp. Als ich ihm beibrachte, dass wir Sari in der nahen Wirtschaft treffen würden, kam etwas Schwung in seine Beine. Ich bestellte mir widerwillig einen weißen Spritzer, Bier gab es ja keines im Buschenschank. Wolfgang ließ sich eine Brettljause bringen und ich erzählte ihm von der traumhaften Burgruine, die sich nicht weit von hier befände.

„*Die anderen haben wir sowieso verloren. Wir könnten stattdessen gemeinsam dorthin gehen*", offerierte ich ihm.

„Von mir aus", ließ er mich wissen. *„Und wann?"*
„Na ja, gleich! Der Tag ist noch lang. Bei diesem herrlichen Wetter möchte ich nicht heimfahren."
„Heute?", fragte er ungläubig. *„Jetzt?"*

Ich konnte mir schon vorstellen, warum er so begriffsstutzig tat. Der Typ hatte seine aktive Phase eindeutig beendet. In zwei, drei Jahren würde er ein Pflegefall enden.

„Ich muss später noch zu meiner Tochter. Hab' ich meiner Ex versprochen. Im Mai wird sie sechs und im Herbst kommt sie dann in die Schule. Bin gespannt, wie es ihrem Hamster geht. Sie wird ihn Hamsti taufen", referierte Wolfgang, als hätte ich darum gebeten. Natürlich hatte er nichts davon in seinem Profil erwähnt. Hamsti. Extrem einfallsreich, geradezu phantasieschonend. Wie um alles in der Welt sollte man denn sonst einen Hamster nennen?

„Was man für so ein kleines Tier alles braucht. Ich sag's dir. Der ganze Spaß hat mich locker dreihundert gekostet."

Ich war sprachlos. *„Das Leben ist oft hart zu den Menschen"*, fiel mir gerade noch ein. Wolfgang ging nicht darauf ein.

„Meine will heute noch ins Kino, dann kann ich mit Carola in Ruhe fernsehen."

Ich hatte ja schon des Öfteren gehört, dass manche mit „Meine" ihre Partnerin titulierten, was nicht nur maximal vertrottelt, sondern auch durch und durch respektlos klang, aber dass Wolfgang sogar so über seine Ex sprach, fand ich ärgstens. Hatte er gerade einen Flashback?

„Irgendwie würde ich gerne noch was essen, Schatzi", unterbrach sich Wolfgang plötzlich.

„Wolfgang. Ich bin NICHT dein Schatzi", unterwies ich ihn in aller Ruhe.

„Ich heiß' ja gar nicht Wolfgang", sagte Wolfgang.

Was meinte er? Hatte ich mich etwa mit einem Falschen getroffen? Das konnte ja nicht allen Ernstes sein Nickname sein.

„*Und wie heißt du dann?*"

„*Karl-Norbert.*"

Was für eine affige Kombination. Dämlicher ging's ja wohl nicht mehr.

„*Und wer ist der Wolfgang? Heißt so dein Onkel?*", fragte ich scherzhaft.

„*Er hat so geheißen. Ja!*", knurrte Karl-Norbert.

„*Woran ist er gestorben?*", wollte ich wissen.

„*An Herzversagen vor zwei Jahren ...*"

„*An Herzversagen stirbt man immer, weil das Herz eben irgendwann versagt! Letztendlich ist es immer Herzstillstand, unweigerlich, ausnahmslos! Man spricht ja auch nicht von Tod durch Atemstillstand*", kam ich plötzlich in Fahrt.

Wolfgang verlangte die Rechnung. Karl-Norbert verlangte die Rechnung. Karl-Norbert und Wolfgangs Jeansjacke verlangten die Rechnung. Unwiderruflich. Erst jetzt dämmerte mir, wie despektierlich meine Agitation gewesen war. Wir latschten schweigsam zum Auto und verabschiedeten uns mit einem herzlichen Lebewohl.

Mirella

Als nächstes wünschte ich mir eine Frau. Ich wollte eine Freundin, eine Vertraute, eine Gleichgesinnte, ein kluges Wesen mit Eierstöcken und richtigen Eiern. Einen Menschen, der über vollständige Geschlechtschromosomen verfügte und nicht gestört und emotional behindert war.

Mirella war genauso flachbusig wie ich, hatte eine tolle Figur und ein hübsches Gesicht mit smaragdgrünen Augen und langen Locken. Eine ausgesprochene Schönheit. Ich lernte sie bei Nichtmehrallein kennen und wir verabredeten uns zum Seilklettern. Sie plauderte unaufhörlich, am liebsten über ihre Krankheiten und ihre verpfuschte Kindheit. Nacheinander wurden Stiefvater, Vater, Mutter, Schwester und Freundin ausgerichtet, danach knöpfte sie sich ihre Chefin und sämtliche Arbeitskollegen vor. War sie damit fertig, mussten ihre Ex-Freunde und Liebesbekanntschaften daran glauben. Ihren Busen oder ihre Mückenstiche durfte ich bis zum Schluss nicht sehen. Das machte mich fertig. Wir wurden überhaupt nie intim miteinander. Zum Weinen. Bei Frauen erzeugte ich nicht das geringste Interesse. In der Kletterhalle deutete sie auf einen Verflossenen, der sehr freundlich wirkte.

„*Er spielt Gitarre.*" Sie überdrehte die Augen. „*Das komplette Antitalent. Ein Untalent sondergleichen*", hörte sie nicht auf zu betonen. Zu Hause zeigte sie mir ein Video von seinen – tatsächlich bescheidenen – Musikdarbietungen und kicherte sich dabei fast zu Tode.

„*Du hast ja keine Ahnung. Ich traute meinen Augen nicht!*", meinte sie verschwörerisch. „*Der hat Winterkirschen! Richtig fette Winterkirschen. Klabusterbeeren. Dingleberries!*", schrie Mirella. „*Winterkirschen, weil er sich den Arsch nicht wäscht!*" Vor lauter Lachen zerriss es sie fast.

Mirella stand der intriganten Marquise Isabelle Merteuil um nichts nach. Sie war genauso brillant, wenn es um Späße auf Kosten anderer ging. Ob sich ihre Seele, wie Choderlos de Laclos es beschrieben hatte, bald nach außen stülpen würde? Noch deutete nichts darauf hin. Auf Nichtmehrallein war sie vorwiegend registriert, um sich über die schlechte Rechtschreibung ihrer zahlreichen Anwärter zu amüsieren. Als ihr einer davon „Du bist mir sympatisch" schrieb, antwortete sie ihm: „und du bist mir sympasessel." Erhielt sie von jemanden ein Foto, schickte sie mir eine E-Mail mit dem Unglücklichen im Anhang und rief mich an, um sich über die Hässlichkeit dieses Menschen zu echauffieren. Rasch klärte sie mich darüber auf, dass ich in meinem Profil auf die Frage nach meinem größten Glück mit „einen Patzn Geld" geantwortet hatte. Die Lehrmeisterei zur deutschen Rechtschreibung erfüllte sie mit größtem Stolz. Zwischen Mirellas Vorderzähnen befand sich eine markante Lücke, im Mittelalter ein untrügliches Zeichen für eine liederliche Frau mit zweifelhaften Hexenkünste. Ich bewunderte sie.

Am Wochenende gingen wir wie zwei verschwörerische Freundinnen in die Disco und zogen ein paar Männer ins Lächerliche. Das ständige Gemotze machte uns saugeil. Kaum hatte sie jemanden richtig spitz gemacht, ließ sie ihn fallen wie einen faulen Apfel. Danach fuhren wir betrunken auf unseren Rädern nach Hause zur Nachbesprechung, die sich bis in die frühen Morgenstunden ziehen konnte. Mirella beschränkte sich auf Aperol-Spritzer, da sie an einer Fructoseintoleranz litt und auf Bier und Wein verzichten musste. Ich scheute weder Kosten noch Mühen und besorgte für sie Prosecco, Mineral, Orangensaft und natürlich den besten Aperol. Hauptsache ich konnte sie irgendwie in meine Wohnung locken. Von ihrer Fructoseunverträglichkeit berichtete sie ausnahmslos jedem so, als hätte sie zwölf Semester Medizin studiert und ergoss sich dabei in ihrer pseudowissenschaftlichen Dekadenz. Andere waren sowieso dumm; Mirella ließ sich gönnerhaft herab sie geflissentlich aufzuklären. Englisch sprach sie nach ihrem Ermessen fließend, die Literatur war ohnehin ihr Metier, obwohl mir ihre Lieblingsautoren ziemlich unbedeutend vorkamen. Immerhin las sie Charles Bukowski und ich liebte sie immer mehr. Sebastian Sick und seine Bücher zur deutschen Grammatik kannte sie auswendig.

Ich wollte Mirella einen Gefallen erweisen. Also kontaktierte ich den Englischlehrer und ersuchte ihn, uns privat zu unterrichten. Für Geld ließ er sich nicht extra bitten. Ich hatte mich vollends mit ihm ausgesöhnt, da er sich bemühte, mir die Postmoderne zu erklären, die nicht in meinen Schädel passte. Es half alles nichts. Ich versuchte es mit Texten von Derrida, von Lyotard, mit dem einzigen Resultat, dass ich mir meine Augen ruinierte und nicht mehr ohne Brillen lesen konnte.

Wir befassten uns mit einer leicht verständliche Kurzgeschichte von Warren Beck „After the War". Mirella schien das überhaupt nicht zu interessieren, tatsächlich enthielt sie sich jedes einzelnen englischen Wortes. Sie weigerte sich beständig auch nur einen Satz beizusteuern.

„I would prefer not to", fasste der Englischlehrer für sie zusammen, das bekannte Zitat aus Hermann Melvilles „Bartleby, the Scrivener", der berühmten Geschichte über den Kanzleischreiber Bartleby, der sich nach kurzem anfänglichen Fleiß und Pflichtbewusstsein nach und nach

jeder Tätigkeit verweigert, bis er zum Schluss an Unterernährung stirbt. Mirella weigerte sich auch auf Deutsch zur Unterhaltung beizutragen.

Sie brachte mir fructosefreie Kekse in die Rechtsanwaltskanzlei und ich war stolz darauf, eine wirkliche Freundin gefunden zu haben. Ich beabsichtigte sie auf eine Istanbul-Reise einzuladen, da sie ständig über Geldsorgen jammerte. Außerdem wollte ich sie ganz und gar. Aufgebracht verließ sie meine Wohnung und ließ nichts mehr von sich hören. Ich schrieb ihr SMS, lieferte schöne Grüße bei ihrer Mutter ab und wartete auf ein Lebenszeichen. Endlich war sie wieder ansprechbar. Sie war mit ihrem Ex-Freund zusammen gewesen und ich sollte sie trösten, da es nicht funktioniert hatte. Bald war sie wieder die Alte.

„*Du hast ja gar keine Ahnung, wie groß sein Schwanz ist. Der ist riesig. Einmal läutete die Nachbarin an der Wohnung und Michi öffnete ihr nackt die Tür. Die ist fast in Ohnmacht gefallen! Also einen Schwanz hat der. Unglaublich! Wirklich.*" Alles andere an ihm war natürlich scheiße.

Einmal schmissen wir vor einem Feiertag eine kleine Party in ihrer Wohnung. Ich brachte Rippe mit, den ich gerade besucht hatte. Wie durch ein Wunder fand sie nichts an ihm zu beanstanden. Kurze Zeit später fing sie wieder mit ihren Kapriolen an und ging nicht ans Telefon.

Ich fand heraus, dass sie sich mit Rippe traf. Jetzt hatte ich mir auch noch ein Eigentor geschossen. Ich vermisste Rippe auf eine befremdliche, wahnhafte Weise. Unablässig trieb es mich in die Vergangenheit. In meinen Gedanken war er ständig bei mir. Mein ganzes Sein, mein ganzes Tun, mein Dahinleben wurde von abrupten Rückblenden besserer Zeiten durchsetzt, von Fragmenten phantastischer Visionen zerrüttet und mit jedem Wimpernschlag bohrte sich die Ausweglosigkeit meines Bestrebens wie ein Stachel ins Fleisch. Eines Tages würde er zu mir zurückfinden. Davon war ich überzeugt, genauso wie der ungläubige Gatsby, der die feste Ansicht vertrat, das Gewesene wiederholen zu können.

Ich resignierte wie Bartleby, the Scrivener, und kündigte den Job in der Kanzlei. Der Weg in den totalen Lebensüberdruss war geebnet. Ich hoffte auf den Sommer und seine heilende Wirkung. So einen Dreckjob finde ich allemal, dachte ich. Am See traf ich Roli. Wir plauderten bis die Sonne unterging, schmusten und kamen überein, dass wir hervorragend zusammenpassten. Roli war auch im nüchternen Zustand ein Schatz, richtiggehend normal, bemerkenswert normal sogar, für meine Begriffe irritierend normal. Wurde aber auch Zeit, atmete ich durch.

"Das Leben hält bereit. Wer nicht suchet, der findet", erinnerte ich mich an die Worte meines Langzeittherapeuten. Ich erzählte ausnahmslos jedem, dass ich endlich in festen Händen war. Nach drei Wochen überlegte ich mir zum ersten Mal, ob Roli wohl ähnliche Lebensziele wie ich verfolgte.

"Könntest du dir vorstellen, dass wir uns eine gemeinsame Wohnung suchen", frage ich ihn nach unserem Ausflug ins Schloss Eggenberg.

Er zögerte. Dann kam ein eindeutiges *"Nein!"*

"Ich möchte das aber schon irgendwann. Auch Kinder, Heirat, ein Auto vielleicht. Oder zumindest ein Haustier."

"Ich hab' eine Scheidung hinter mir. Außerdem hab' ich ein Kind. Ein Auto oder Haustier will ich auf keinen Fall", versicherte mir Roli leise.

Wir kamen völlig unverhofft zur Einsicht, dass wir in allen Punkten nicht übereinstimmten, lediglich ein Haus, oder gar Haus bauen, der schlimmste Albtraum auf Erden; auf das konnten wir gut und gerne verzichten. Während der Rückfahrt in der Straßenbahn überraschte mich auch noch der Kontrolleur und verlangte meinen Fahrschein. Über sechzig Euro Bußgeld und das bei meinem völlig desaströsen finanziellen Zustand. Es ist ein Irrtum, dass einem das Leben mit ein bisschen Glück tröstet, wenn sich die rosigen Zukunftsaussichten in aller Plötzlichkeit in Rauch auflösen.

Zu Hause schloss ich die Balken. Zurück an den Start. Ich fand, dass es besser wäre, allen Menschen aus dem Weg zu gehen, solange sich mein Zustand nicht besserte. Ich verkapselte mich in der Wohnung, hungerte, zu fertig um Nahrung zu besorgen. Meine Traurigkeit erreichte eine Intensität, dass ich drohte daran zu ersticken. Ich suchte vergebens nach einer neuen Arbeit, der Sommer war unwiderruflich vorüber.

Rockland

Carl Soloman! I'm with you in Rockland
where you're madder than I am/
Carl Solomon! Ich bin bei dir in Rockland
wo du verrückter bist als ich[39]

Eines verschneiten Wintertages hatte ich einen Termin bei meiner Beraterin vom Arbeitsamt. Meine zahlreichen Bewerbungen hatten wie immer keinen Erfolg gebracht.

"*Und was soll ich nun mit Ihnen machen?*", fragte sie ungeniert. Ja hatte ich etwa um den Termin gebeten? "*Schauen Sie sich an. Wer soll Sie schon nehmen?*", setzte sie nach, "*Was soll ich mit Ihnen machen?*", jammerte sie weiter, eine sehr beliebte Frage in der sogenannten Beratung. "*Ja Sie gehören ja eigentlich ins Krankenhaus.*" Auf das hatte ich noch gewartet.

Um Heizkosten und Geld fürs Essen zu sparen, rückte ich kurz vor Weihnachten in die Landesnervenanstalt Sigmund Freud ein. Dort traf ich Rippe! Mich befiel die feste Überzeugung, dass er nur wegen mir gekommen war, um mich zu sich nach Hause zu holen. Was sonst? Ich implodierte vor Glückseligkeit. Drei Tage später verließ Rippe als Patient die Anstalt. Wir hatten nur einmal etwas länger miteinander geredet.

Nach Rippes Entlassung nahm ich seinen Platz am Esstisch ein. Sein Zimmerkollege Karl saß neben mir. Mir

---

39 Aus Allen Ginsbergs Gedicht "The Howl/Das Geheul", 1955.

fiel ein, dass Allen Ginsberg sein Gedicht „The Howl/Das Geheul" Carl Solomon gewidmet hatte, dessen Bekanntschaft er in Rockland, einer psychiatrischen Anstalt, gemacht hatte. Rippes Freund ist auch mein Freund, dachte ich. Außerdem käme Rippe ihn vielleicht besuchen. Ich gab die Hoffnung nicht auf.

In der Anstalt war es trostlos. Die Höhepunkte des Klinikalltags: die Brutalität des tagtäglichen Morgengrauens um bereits sechs Uhr, das Frühstück um halb sieben, das Mittagessen um zwölf und das Abendessen um sechzehn Uhr dreißig; um zwanzig Uhr die Erlösung in Form eines Himbeerjoghurts in Kombination mit der sehnsüchtig erwarteten Schlaftablette. Karl holte mich immer öfters nach dem Abendessen von meinem Zimmer ab, damit wir miteinander spazieren gingen. Er verliebte sich in mich. Ich wusste auch nichts Besseres zu tun. Karl hatte drei Kinder, ein neues Haus am Land und eine frische Ex-Frau. Nach seinem Selbstmordversuch wachte er in der Geschlossenen auf, von wo er nach zwei Wochen auf die gemischte Station gebracht wurde. Ein schwerer Schock hatte ihn getroffen, als er wieder in derselben grellen und hässlichen Realität erwachte. Darauf wurde ihm auch noch sein Job als leitender Angestellter, für den er jeden Monat 3.000 Euro ohne Diäten kassiert hatte, gekündigt. Seine Karriere als High Potential unserer schönen Gesellschaft nahm damit ihr bitteres Ende und er gedieh – ähnlich wie ich – zu einem ausgegrenzten und medikamentenabhängigen Sozialfall. Karl fand sich mit dieser Rolle nicht ab und er begann über seine Mitpatientinnen zu lästern: *„Diese ganzen verdammten, vor Selbstmitleid triefenden Weiber gehören endlich vergast! Ich bin ein Selbstmörder und habe als Einziger Eier in dieser Drecksanstalt. Beim nächsten Mal gelingt es mir; das schwör' ich dir, wart nur ab. Ich bin nicht so ein Versager wie diese ganzen erbärmlichen Jammerlappen und*

Heulsusen!" Dabei wurde er richtiggehend rabiat. Der einzig gangbare Weg in diesem Siechenhaus. Ich reagierte mich jeden Tag im Irrenhaus-Fitnesscenter ab. Sport half, ein wenig zumindest.

Ich verbrachte sechs Wochen auf der Psychiatrie zusammen mit Karl, den ich gleichermaßen hasste und liebte und wenn wir uns vollbekifft den langweiligen Klinikabend um die Ohren schlugen, waren wir manchmal sogar zufrieden – comfortably numb – in eine mächtige, schier nie enden wollende und samtene Gegenwart hineinkapituliert, bis wir neuen Stoff rauchen mussten, um uns zu besänftigen.

Karl war klug. Er tat mir leid. Ich konnte nur erahnen, welche Höllenqualen er durchlebte. Ich begriff nicht, was es bedeutete in eine Welt zurückgeworfen zu werden, die man so bedingungslos verlassen hatte. Nach vielen, sinnlosen Wochen in der Sigi-Freud blickte Karl durch die trüben Fenster des Raucherzimmers auf das trostlose verschneite Krankenhausareal und resignierte kleinlaut: *„Komisch, jetzt bin ich schon so lange da und draußen ist immer noch der gleiche Scheiß! Es hat sich nichts geändert, außer dass ich jetzt keine Familie, kein Geld und keinen Job mehr habe."* Dann donnerte er sein Trinkglas gegen die Wand. Die Scherben knallten auf den Boden und Karl blieb einfach nur stehen, sagte kein Wort mehr und beobachtete völlig ausdruckslos, wie die Stationsschwestern, die von ihm verunglimpften Krankenhausschabracken, sich sofort daran machten, alles wegzuräumen. Ein Krankenhauspsychologe prophezeite mir: *„Hören Sie mir zu! Sie befinden sich beide in einer Ausnahmesituation hier. Er noch viel mehr als Sie. Machen Sie sich keine unnötigen Hoffnungen!"* Für mich war das absolut keine Ausnahmesituation hier, sondern der ganz normale Wahnsinn.

„Das geht Sie alles überhaupt nichts an!", schrie ich zu-

rück. Der stupide Klinikablauf brachte mich um den Verstand. Mit welch ungeheuerlicher Notwendigkeit wir in aller Früh aus den Betten gerissen wurden, obwohl ich doch nur schlafen und vergessen wollte. Nirgendwo ein Quadratmeter Freiraum, nicht die mindeste Rückzugsmöglichkeit. Oft verkroch ich mich in eine Ecke des Stationsbadezimmers, um ein wenig zu lesen. In meinem Zimmer schnarchten fünf Personen um die Wette, bei den einzigen Sitzmöglichkeiten lief das unverschämt idiotischste Fernsehprogramm in einem fort. Unsere versteckten, heimlichen Liebkosungen auf den Gängen und in den Toiletten der Psychiatrie wurden von den Schabracken aufs Ärgste missbilligt. Ständig waren die Schwestern mit erhobenem Zeigefinger unterwegs, wenn sie uns irgendwo sahen.

Eine Zimmerkollegin aus meinem Sechsbett-Zimmer kehrte nach einem Freigang sturzbetrunken und weinend auf die Station zurück. Sie war wohl eine von Karls geringschätzig als Jammerlappen bezeichnete Frau im fortgeschrittenem Alter, die sich von ihrem Freund fertig machen ließ. Bei den Schabracken erregte sie nur Abscheu. Kopfschüttelnd schoben sie ihr eine fette Beruhigungstablette in den Mund, rieten ihr energisch sich zusammenzureißen und delegierten sie ins Bett. Es war erbärmlich. Eine Besserungsanstalt, in der man keine Gefühlsregungen duldete. In ihrem Delirium hörte sie nicht auf von ihrem verstorbenen Dackel zu sprechen, der sie als Einziger geliebt und niemals beschissen hatte. Sie konnte sich nicht mehr selbständig beruhigen. Also legte ich mich zu ihr ins Bett und umarmte sie bis wir gemeinsam schluchzten. Erst dann schlief sie ein. Kurz bevor die Schwestern ihren Kontrollgang einlegten, huschte ich wieder in mein Bett zurück.

Wenn ich mich wieder einmal mit Karl zerkracht hatte und die monotonen Gänge der Irrenanstalt dahinschlurfte wie ein seelenloser Zombie, dachte ich an meine Zukunft und war traurig. Helfen konnte mir niemand mehr und wie ich mir selbst helfen sollte, wusste ich nicht. Draußen herrschte ein eisiger Winter, der nicht aufhören wollte und zu Hause erwartete mich ein trostloses und einsames Leben ohne Aussicht auf Besserung. Mir grauste vor den Zeiten der desillusionierenden Jobsuche, die mich nach der Psychiatrie erwarteten.

In Haiti gibt es richtige Zombies. Von der Gesellschaft Geächtete werden mit dem Tetrodotoxin, kurz TTX, des Kugelfisches getötet und nach drei Tagen mit dem Gift der Stechpalme zu einem robotermäßigen Leben wiedererweckt. Nur wenige Gehirnzellen überleben dieses Prozedere. Auf den Plantagen müssen sie zur Strafe für ihre unmoralische Vergangenheit ein Leben fristen, das aus dem endlosen Verrichten von niedersten Tätigkeiten besteht. Ich fragte mich andauernd, was ich verbrochen hatte.

„Wieso schauen S' denn so grantig?", fragten sogar die Schabracken. Abartig. Auch als Depressive auf der Psychiatrie hat man gefälligst zu lachen und gut aufgelegt zu sein. Was soll man darauf sagen? Weil ich schon geahnt habe, dass Sie mir diese beschissene Frage stellen? Was glauben S' denn, warum ich hier bin? Haben S' vielleicht Probleme mit meinem Aussehen?

Karl lud mich auf die Istanbul-Reise ein, die ich mir schon seit Jahren wünschte. Daraus wurde eine letzte verzweifelter Versuch unser gestörtes Verhältnis zu retten. Soll mich Karl doch lieben, wie ich wirklich bin, dachte ich mir. Ich trampelte auf seinen Gefühlen, wie es mir schon oft passiert war. Dann hasste er mich und ich fühlte mich bestätigt.

Der stationäre Aufenthalt verlief ohne die geringste

Besserung. Ganz im Gegenteil. Kein Krankenhaus würde mich von meinen Depressionen heilen. Genauso gut konnte ich sie zu Hause aussitzen, abwarten bis sie vorüberzogen. Was anderes war nicht auszurichten. Ich begriff, dass tatsächlich Dinge in meinem Empfinden existierten, die so unfassbar waren, dass ich keine Worte dafür fand. Diese Sprachlosigkeit machte mich genauso verzweifelt wie der Umstand, dass sich diese Erde mit beispielloser Belanglosigkeit immer weiter drehte, egal wie sehr man daran verzweifelte. Ich schwor mir nie wieder diese geisttötende, alles vernichtende Anstalt zu betreten. Zum Abschluss meines Aufenthaltes hinterließ ich im Patientengedenkbuch ein kleine Hinterlassenschaft.

Aber da ist ja gar nichts
(nach einer Idee von Rocko Shamoni[40])

Da ist nichts – da war nichts – da wird nie was sein.
Es hat auch nie etwas gegeben. Gleich von Anbeginn nur nichts.
Und aus nichts kann nichts werden. Es gibt nur ein durchgenichtetes Nichts.
Ein wahrhaftiges Nichts immerdar. Ein ganz und gar nichtsiges Nichts.
Und einen Stillstand des Nichts. Den absoluten Nullpunkt des genichteten Nichts: Die Extinktion des verabsolutierten Nichts gebiert ein Nichts, das alles infiltriert bis es wieder zum einzigen, allumfassenden Nichts wird, das es auch immer gewesen ist.

Schaut nur nach ihr Suchenden und Sterbenden und tastet mein Nichts oder irgendeinen Körper ab. Ver-

---

[40] Aus seinem 2007 erschienen Roman „Sternstunden der Bedeutungslosigkeit", dem wohl schönsten Buchtitel aller Zeiten.

messt, wiegt, durchleuchtet mein Nichts ihr Sezierenden, ihr Statistiker, ihr Schüler und Schwestern, die ihr immer zu viele wart, analysiert nichts oder mich. Bringt mir nichts und nichts als Medikamente, Essen und Unterschriften, morgens, mittags und abends, bis endlich des Nachts ein Nichts auch mal nur sein darf.

Da ist nichts – da war nichts – da wird nie was sein.
Schaut nur in die schwarzen Pupillen meiner Augen, in das dunkle Tief eines Schlundes. Messt meine Gehirnströme oder irgendein Herz. Wenn eure Datenlisten voll sind, habt ihr nichts als Zahlen, die so lange weitergereicht werden, bis sie endlich verschwunden sind. Weckt mich oder weckt mich nicht und setzt niemand oder jemand vor ein kümmerliches Licht, damit aus dem Nichts ein Etwas wird.

Schaut in das Nichts meiner Augen und blickt in die Leere irgendeines Gesichtes, messt irgendeinen schwachen Puls und gebt mir eure GS13 und XR400 und all die kleinen bunten Püppchen voll Sonnenblumen, die immer schon zu viele waren und rein gar nichts bewirken. Lasst mich aber immer bitten, mir nichts zu geben. Lasst mich bitten, ein Fenster zu öffnen, ein Fenster zu schließen, so lange, bis der Tee wieder zu Wasser wird.

Aus mir kommt nichts – da war nichts – da wird nie was sein.
Jetzt schaut in den Kasten, in diese Lade, unters Bett. Ihr werdet nichts finden, nichts was in den Büchern steht, durchsucht meine Laken und sucht hinter den Polstern, sucht an den Orten, an denen ich nie gewesen war, an denen ich nie sein werde oder wo ich

mich vor euch versteckte. Testet mich, durchdringt meinen Blick, hebt und senkt eure Köpfe und fragt immerfort in dieses Nichts eure nichtigen, nichtsnutzigen und ausgenichteten Fragen, bis sich dieses wieder- und wieder aufgeweckte Nichts oder irgendwer endlich vernichtet und ihr glaubt gefunden zu haben.

Bis dahin sucht weiter nichts und schüttelt nur eure Köpfe.

Nur in der Nacht wird das Nichts ein paar Stunden Etwas, das es aber gar nicht merkt. Es findet ein anderes Nichts, umarmt es auf gestundete Zeit und wird zum schönsten und wärmsten Nichts. Wenn aus den Bestandteilen des Nichts ein alles umfassendes Nichts wird, hört die Zeit und die Zukunft in den alles umschlingenden Armen eines anderen Nichts auf und wird zu einem Urnichts.
Alles taucht ein in ein samtiges, infinites Nichts und dann atmet dieses Nichts, ohne dass es Glück will, das es nie gegeben hat und das auch nie vorgesehen war. Mit den eigenen nichtigen Armen absorbiert es ein paar nicht existierende Schultern aus Nichts und verglüht zu einer sich selbst genügsamen Masse in den Sog seiner Liebe.

Schicksalslos, zufallslos.

Bekanntschaft mit einem Alien

Wie mit meinen Bekanntschaften erging es mir mit meinen Bewerbungen. Aussichtslos. Ein Rechtsanwalt wollte mich einstellen. Ich sagte ab. Nicht schon wieder. Dann lieber gar nichts. Ich begann mir Lose zu kaufen. Brieflose, Rubellose, machte bei Preisausschreiben mit. Leider nicht, Null, Niete. Wie um alles in der Welt konnte man in allen Bereichen versagen? Ich stürzte mich wieder auf Gedeih und Verderb in die Kontaktseiten des Internets. Zum wiederholten Male justierte ich mein Nichtmehrallein-Profil auf. Ich stutzte da was zurecht, strich dort etwas raus, probierte es mit dem einen Foto, dann mit einem anderen. Dann löschte ich das meiste. Lediglich meine Musikvorlieben ergänzte ich mit feinster Säuberlichkeit um ein paar Bands: PeterLicht, Die verwöhnten Körper und Kottans Kapelle gaben meinen Präferenzen rund um meine Sechziger- und Siebziger-Deprimusik à la Pink Floyd, Lou Reed und Neil Young den nötigen Feinschliff. Zudem unterstrich ich meinen Status als Vegetarierin, mit dem man bei Nichtmehrallein auf der sicheren Seite der Unvermittelbaren stand.

Nach den obligaten hirnrissigen Wortspenden der Kandidaten, die sich gleich nach Aktivierung des Profils meldeten, kontaktierte mich unverhofft ein Vollblutvegetarier. Er war jung, zaundürr und hatte ewig lange Haare in Form von dunkelblonden Rastazöpfen. Auf seinen Profilbildern gab es sonnige Berglandschaften, in denen es sich Oleg mit einer Dose Bier und einem Joint gemütlich gemacht hatte. Wir wollten uns treffen, aber er verließ ungern seine Wohnung und so vereinbarten wir einen Besuch bei ihm.

Am Telefon hatte er einen ganz eigenartigen Dialekt, den ich nicht zuordnen konnte. Aber er hörte sich sympathisch an. *„Kannst gern vorbeikommen auf ein Bier, aber ich sag's gleich, meine Wohnung ist nicht sehr aufgeräumt. Die schaut ein bisschen krass aus, weißt eh. Ich hoff' das stört dich nicht."*

Sofort musste ich an die Wohnung von Ivo in der Grazer Triestersiedlung denken. Ivo hatte ich vor Urzeiten in der Grufti-Disco kennengelernt. Er war schwerstens depressiv. Sein einziger Freund hatte sich kürzlich aufgehängt, er hasste seine Mutter und seine Schwester war auf Heroinentzug. Er war aus dem Bosnienkrieg nach Graz geflüchtet und arbeitete am Fließband in der Autoherstellung. Seine Bude bestand aus alten, rissigen Mauern mit verschmierten, teils kaputten Fenstern. Wegen der Kälte waren die Balken geschlossen. Im Badezimmer fungierte ein großes schwarzes Loch als Abort. Da er keine Waschmaschine hatte, stanken seine Klamotten erbärmlich. Selbst auf zehn Meter Entfernung konnte man ihn an seinem üblen Odeur erkennen. Seinen Verdienst schickte er nach Hause. Ivos Unglück sprengte mir fast die Schädeldecke weg. Ich war zu depressiv, um ihm eine Freundin zu sein. Einmal stellte ich ihn bei mir zu Hause unter die Dusche, was aber, wegen des Gestankes seiner Kleidung, rein gar nichts bewirkte. Ich traute mich nicht, ihn davon zu überzeugen, seine Sachen bei mir in der Maschine zu waschen. Ich war ein elender Feigling.

Natürlich würde ich trotzdem kommen, versicherte ich Oleg. Schließlich war ich geeicht und so stiefelte ich los.

In einem Hinterhof fand ich seine Adresse. Die Gänge zu den Wohnungen waren mit Wäscheleinen und ausrangiertem Kinderspielzeug verlegt. Ich klopfte an der letzten Tür im Gang. Oleg öffnete grinsend und nur mit Unterhose bekleidet. Er begrüßte mich aufs Allerfreundlichste und bot mir seine ausgewetzte Sitzgarnitur an. Fünf Sekunden später stand eine kalte Dose Egger-Bier auf dem Tisch. Rechts und links von mir standen Müllsäcke voll leerer Dosen und Flaschen, in der hinteren Ecke eine Matratze und ein Rechner am Boden. Um dorthin zu gelangen, hatte Oleg schmale Schlurfwege durch Berge von Kleidung und allerlei Krimskrams gelegt. Auf der Küchenzeile an der linken Seite türmten sich Stapel von Geschirr und leeren Verpackungen, kein Quadratmillimeter freier Oberfläche mehr auszumachen. Es schien, als wäre gerade der Feind bei ihm eingefallen. In den Ecken hingen Spinnweben. Oleg ernährte sich von Egger-Bier und Schweizer Outdoorhanf. Ich beneidete ihn um seine Lebenszeit, die er nicht mit kochen oder putzen verbracht hatte. Oleg wog kaum mehr als fünfzig Kilo, verfügte über eine ausgesprochene Frohnatur und schien ein unglaublich zäher Brocken zu sein, der auch unter den widrigsten Umständen überleben konnte.

„Ich hoff' es stört dich nicht, wenn ich mich nackt auszieh'. Unter Freunden bin ich nur so unterwegs. Du musst dich natürlich nicht ausziehen, wenn du nicht willst." Ich fand das ausgesprochen großzügig. Spindeldürr, pudelnackt und mit seinen bis an die Kniekehlen reichenden Rastazöpfen wetzte er von seinem Computer, wo er sich Musik von seinem terabytegroßen Speicher verschaffte, zum Kühlschrank für die Bierversorgung und zurück zum verwüsteten Tisch, um mit mir Memory zu spielen. Oleg war kein Messie, obwohl es ganz danach aussah. Er hatte einfach keinen Bock gehabt aufzuräumen und war dabei sehr konsequent geblieben. Mein Zukünftiger wird das wohl nicht, dachte ich. Da hatte ich meine Befürchtungen. Es klopfte. Ein Typ mit Vollbart trat ein. Anscheinend war er

stumm. Wortlos setzte er sich neben mich, rauchte ein Gerät, trank etwas Bier und verschwand wieder.

„*Magst noch eine Runde Memory spielen und ein Bier trinken?*", fragte Oleg daraufhin. Er benahm sich außerordentlich zuvorkommend. Seine Memorykarten bestanden aus Tier- und Pflanzenmotiven. Es war das schönste Memoryspiel, das ich je gesehen hatte. Plötzlich musste ich aufs Klo und bekam es mit der Angst zu tun.

„*Oleg, ich muss aufs Klo*", sagte ich unsicher. „*Hast du eines und funktioniert das auch noch?*" Ich stellte mir eine zugeschissene und seit Jahren verstopfte Muschel vor. Bilder von Autobahnraststätten und Ivos schwarzem Loch drängten sich auf.

„*Brauchst überhaupt keine Angst zu haben*", beruhigte mich Oleg. „*Das Klo ist das Einzige, was ich hin und wieder putze.*" Erleichtert stand ich auf und ging ins Bad. Darin befand sich eine Waschmaschine, die mit kommunistischen Stickern beklebt und genauso dreckig wie das Waschbecken war. Ein getrockneter Grind hatte sich über die Jahre auf dem Email festgesetzt. Das Klo war in Ordnung, da gab es gar nichts zu meckern. Sogar die Spülung funktionierte tadellos und irgendwo aus dem Fußbodenlurch fischte ich eine Rolle Papier.

Kurz darauf kam eine Freundin zu ihm und ich machte mich, etwas benebelt, auf den Heimweg. Oleg hatte mir schon am Telefon prophezeit, dass seine Leute sehr gerne bei ihm einkehrten und ihn nur ungern wieder verließen.

Wir schrieben uns weiterhin SMS und ich besuchte ihn erneut. Er sang mir etwas vor. Es war super. Oleg verdingte sich als Sänger bei diversen Bands und hatte immer wieder einige Auftritte. Er zeigte mir einen Kurzfilm, wo er als Protagonist mitspielte, der grottenschlecht, aber sehr liebevoll war. Es ging wohl um einen Überfall, aber vornehmlich um nur schwer ergründbare Dialoge, deren Inhalte Insidern vorbehalten blieben. Als Schauspieler war er hoffnungslos untalentiert, die ganze Aufmachung wirkte dilettantisch und wenig ausgereift, dafür sang er umso besser. Wir führten selbst ein paar hirnrissige Dialoge. Dabei zeigte er sich stets nackt und gutgelaunt. Sein sonniges Wesen und seine Art zu leben gefielen mir. Nach diesem Treffen verloren wir uns aus den Augen und hörten lange nichts mehr voneinander.

Yusuf und der Tiroler

Im Juni 2010 trat ich die von meinem Psychiater empfohlene sechswöchige Reha in St. Radegund an. Ich hatte gerade eine dreimonatige Qualifizierungsmaßnahme des Arbeitsmarktservices überlebt.

Ein Psychologe, der sich für die Jobvermittlung zuständig fühlte, drängte mich dazu, noch mehr Bewerbungen zu schreiben. Irgendwann erklärte ich ihm, dass ich wieder in die Nervenheilanstalt einrücken würde und dass der ganze Kurs ein riesengroßer Mumpitz und durch und durch unverwertbar für das Arbeitsleben gewesen war. Zum Beispiel „Businessetikette" mit dem Schwerpunkt: Ist es zulässig seine Kollegen am WC mit Mahlzeit zu grüßen? Und die sensationellste Neuigkeit aller Zeiten: Karpfen darf sowohl mit Fischbesteck als auch mit normalem Besteck verzehrt werden. Benimmregeln für unsere zukünftigen Geschäftsessen! Unfassbar. Der ultimative Schwachsinn. Konfliktmanagement und Kommunikationstrainings, wo wir die Uralt-Weisheiten von Paul Watzlawick und die Maslowsche Bedürfnispyramide von Leuten runtergeleiert bekamen, die ihren Job den Maßnahmenwahn des Arbeitsamtes verdankten und andernfalls genauso wie wir in diesen Kursen säßen.

„Deswegen würde ich auch keine Arbeit finden. Mit diesen billigen Schulungen falle ich aus der Arbeitslosenstatistik und das ist auch das einzige Ziel dieses Trauerspiels!" Ich verfluchte den blauäugigen Jungpsychologen und die ganze Sippschaft, die einem die Arbeitswelt beschönigen wollten, wo es nichts zu beschönigen gab.

Gemeinsam mit einer Kurskollegin packten wir die Koffer für die Reha. Der zuständige Arzt attestierte mir eine „akzentuierte Persönlichkeit", was nichts anderes bedeutete, als dass ich ein aussichtsloser Fall war, bei dem auch medikamentös nichts auszurichten war. Also reduzierte ich meine Medikamentenration auf die Einnahme meiner Trittis und schätzte mich glücklich, dass mir ein paar Wochen in einer herrlichen Landschaft fernab von Arbeitssuche und den Repressalien des Arbeitsamtes bevorstanden. Ich residierte in einem geräumigen Einzelzimmer mit großem Bad, Flachbildschirm und einem Kühlschrank, in dem ich ganz hinten meine Dosen Bier versteckte.

Nach einer Weile lernte ich Yusuf kennen, der zum Islam konvertiert war, als überzeugter Junggeselle gerade geheiratet und eine Tochter bekommen hatte und mit seinen zweiundvierzig Jahren um Frühpension ansuchte. „Kein Schwein", stand auf einem Kärtchen seines Essplatzes im Speiseraum. Er trank nicht mehr so viel wie vorher, las die arabischen Suren des Korans bei Weitem besser als er des Deutschen mächtig war, hatte einen Gebetsteppich im Zimmer und wir fickten schamlos in den Tag hinein. Yusuf hatte die geistesgestörtesten Witze auf Lager. Am Nachmittag genossen wir die Natur und den herrlich heißen Sommer. Die Sonne brannte mein Hirn aus, zerfraß die schädliche graue Substanz, den Rest erledigten Bier, Joints und klares, kaltes Wasser. Wenn ich ihm von unseren Eskapaden vom Vortag erzählte und er betrunken und high in seinem Zimmer mit Balkon lag, fragte er nur: *„Echt? Echt? Echt? Pfoah, alter Vater, echt?"* Er fand das alles superwitzig. Yusuf verfügte als Einziger im Haus über ein komfortables breites Bett, das wir regelmäßig zum Quietschen brachten. Sein Kumpel Berti versorgte uns mit Weed, wir kifften wie die Esel und hinterher plünderten wir den Süßigkeitenautomat, den wir im Keller entdeckt hatten.

Wenigstens einmal wollte ich während meines Aufenthalts eine Wanderung unternehmen und wir vereinbarten, auf den Schöckl zu gehen. Bei der ersten Wirtschaft mussten wir natürlich einkehren. Yusuf bestellte zum Abschluss Schnaps. Oben im Gipfelrestaurant starteten wir gleich mit Hochprozentigem und blieben an der Theke stehen, damit wir leichter Nachschub erhielten. Ein denkwürdiger Rausch stellte sich ein. War die Bedienung nicht in Sicht, schenkten wir uns selbst nach. Yusuf unterhielt die Gäste mit seinen Zauberkünsten. Anderen las er aus der Hand. Mit seinen breiten Schultern und dem dunklen Vollbart wirkte er wie Gottes Gesandter, Mohammed, der letzte Prophet. Am Abend weigerten sich die noch Anwesenden uns mit der letzten Seilbahn mitzunehmen und wir mussten ein Zimmer nehmen. Bei der nächsten Visite in der Klinik wurden uns ordentlich die Leviten gelesen. Wir konnten froh sein, dass sie uns nicht rausschmissen und den teuren Aufenthalt selbst bezahlen mussten.

Unsere Psychotherapeutin schickte unsere Gruppe auf die Wiese zur Schreitherapie, wo wir unseren Frust in die bäuerliche Idylle jaulten, *„Neeeeiiinn!"*, *„Ich wiiiiil niiiicht …"*, *„Ihr köööööööööööööööööööönnt mich alle!"*, hallte es von den Bergen. In der Ergotherapie malte ich dicke schwebende Zeppeline und zu meinem Geburtstag im Juli schenkten mir meine Gruppe schwarze Gummistiefeln und ein violettes Negligee, das ich gleich ausprobierte. Yusuf legte mir die Karten. Er prophezeite mir, dass ich mich noch mindestens zwei Jahre gedulden müsste, bis ich am Ziel war.

„*Echt?*", fragte ich. „*Nein, oder? Echt?*"

„*Ja, echt. Ich seh' noch ein paar Rückschläge*", grinste Yusuf. Es war mir egal. Ich hatte nichts dagegen. So gut wie jetzt war es mir schon lange nicht mehr ergangen. Eigentlich noch nie. Was wollte ich mehr? Die Tage blieben heiß und ich wurde manischer und higher.

Bei der Abschlussparty im nahen Schwimmbad verliebte sich Koni, ein Tiroler Kellner, in mich. Er war der schönste Mann, den ich je gesehen hatte. Koni hatte zwei Drogenentzüge in Fohnsdorf hinter sich und kellnerte deswegen auf der Schöcklalm, wo er mit Hilfe des Alkohols wieder normal werden wollte. Wir verstanden uns gleich von Anfang an. Ich nannte ihn Grenouille, wie den Mörder in Patrick Süskinds „Parfum." Seine Augen waren froschgrün und geheimnisvoll, sein Mund begehrenswert und sexy. Hatte ich bisher das Tirolerische nur für den dümmstmöglichen Dialekt gehalten, wurde er mir auf einmal zum allerliebsten. Koni besuchte mich in Graz und blieb fünf Tage. Wir lagen im Bett, soffen, rauchten und abends gingen wir aus. Unsere berauschten Nächte waren besser als in Barfly.

„Ich freue mich auf unsere gemeinsame Zukunft, Pamina", teilte er mir mit. Er fand, dass wir in eine gemeinsame Wohnung ziehen sollten. Dann verabredeten wir uns zum Hans Theessink-Konzert in der „Brücke".

„Wann gehen wir endlich? Ich muss ins Bett!", quengelte Koni. Ich packte meine Sachen.

Da stand ein neues Getränk auf seinem Tisch und ich setzte mich wieder.

„Wieso gehen wir nicht endlich?", fragte er. Erneut machte ich mich bereit.

„Immer diese Hetzerei von dir", quittierte Koni meinen Aufbruch. *„Kann ich nicht in Ruhe austrinken? Ich will jetzt noch nicht gehen."*

So ging es einige Male hin und her. Plötzlich war er weg. Wie vom Erdboden verschluckt. Ich rief ihn an. Er antwortete nicht. „*Du hast mich im Stich gelassen*", teilte er mir mit, offenkundig beleidigt. Er beabsichtigte Bademeister im Radegunder Gemeindebad zu werden. Dort, wo wir uns zum ersten Mal sahen. Bestimmt wird er noch sehr vielen Patientinnen der Klinik den Kopf verdrehen.

Lucky

Die Reha verließ ich voll ausgelassener Zuversicht und mit strotzendem Selbstwertgefühl. Ich dankte Gott für meine Existenz. Mein Arzt teilte mir wortwörtlich mit, dass es mir zu gut ging. Man konnte ihm einfach nichts recht machen.

„*Ich bin nicht manisch*", erklärte ich ihm. „*Es geht mir einfach gut. Das ist alles.*"

„*Manisch von mir aus nicht*", gab er schließlich zu, „*aber submanisch.*" Schon nahm er wieder Zettel und Kuli in die Hand. „*Ich schreibe Ihnen ein dämpfendes Mittel auf.*"

Logisch. Das war alles, was ihm einfiel. Konnte man nicht einmal, ein einziges Mal wenigstens, seine Praxis ohne Rezept verlassen? „*Ich brauch nichts Neues. Ich will nichts. Es ist okay so wie es ist. Warum soll ich etwas schlucken, wenn es mir gut geht?*"

„*Damit's nicht in eine Depression umschlägt.*"

„*Aber das tut es doch sowieso*", schrie ich ihn plötzlich an. Ich hatte keine Lust mir meine gute Laune verderben zu lassen und riss ihm den Zettel aus der Hand, damit er seinen Frieden bekam. Auf dem Küchentisch versuchte ich den Beipackzettel des Medikaments auszubreiten. Ein ganzer Foliant, Listen von Warnhinweisen und Vorsichtsmaßnahmen, seitenweise Nebenwirkungen. Aggressionen krochen hoch. Ich beschloss stattdessen einen fetten Zeppelin zu rauchen, um in Ruhe nachzudenken. Bis zum Einbruch des Winters plante ich das Leben zu genießen.

Also probierte ich Gruppensex, tanzte auf Partys und gefiel mir als Femme Fatale. Da passte es mir gerade ins Konzept, dass sich Mäzie bei mir meldete, um auf Aufriss zu gehen.

„Wir haben jetzt eine offene Beziehung", erklärte er mir am Telefon. Anscheinend war er völlig durchgeknallt. Im Laufe des Gesprächs kristallisierte sich heraus, dass seine Freundin eine offene Beziehung führte, nicht aber er, soweit ich das verstand. Als er mir anbot, seinen jungen Arbeitskollegen mitzubringen, lachte ich mir ins Fäustchen. Nur herein mit dem jungen Buben. Mäzie steckte in einem hautengen, glänzend gelben T-Shirt mit einem brüllenden Tiger auf der Brust und hatte mir eine echte Ananas mitgebracht. Sein Arbeitskollege sah noch besser aus, als ihn mir Mäzie am Telefon geschildert hatte. Darius saß an der Chefseite meines Küchentisches, drehte mir einen Vorrat an Joints und erklärte mir, dass er vor einem Jahr mit dem Rauchen und Trinken aufgehört hatte und ich glotzte ihn noch unverhohlener an. Prachtbürschchen. Darius hatte das aufgeräumteste Gesicht, das mir bislang untergekommen war. Streng symmetrisch bis ins kleinste Detail, nicht die Spur von Hautirritationen, Pickeln oder Pigmentflecken. Nicht einmal ein Papillom. Weder Keratosen noch Komedonen. Nein. Nichts. An eine Warze oder ein behaartes Muttermal war gar nicht zu denken. Eine Augenweide. Sein athletischer Körper stellte die konsequente Nachbildung von Leonardos Idealproportionen dar.

„Hast du überhaupt gewichst vorher?", stellte ich Mäzie zur Rede.

„Wieso?", fragte er verunsichert. Mäzie hatte natürlich nicht gewichst.

„Na wegen der Aerodynmaik sicher nicht. Auch nicht zwecks der Ergodynamik", versicherte ich ihm. *„Damit man nicht so*

restlos bedürftig daherkommt. Dadurch wird man viel lockerer, relaxter, schlüpfriger, einfach easy-going."

Ich teilte mit Darius die Meinung, dass man vor dem Fortgehen mindestens zweimal wichsen sollte. Da er noch einen Job als Türsteher hatte, verließ uns Darius viel zu früh und meine Wangen glühten vor Freude, weil wir unsere Telefonnummern ausgetauscht hatten. Gleich nach dem Betreten des ersten Lokals briet Mäzie auf Biegen und Brechen bei einer Schülerin hinein.

"Spendier ihr wenigstens ein Getränk", forderte ich ihn auf. Nichts zu machen. Stur wie ein indischer Wasserbüffel. Krampfhaft verfolgte er seine Strategie, sie mit seinem urwüchsigen Charme in die Pfanne zu hauen. Ohne zu grüßen stand sie auf und machte sich aus dem Staub.

"Rein entwicklungspsychologisch sozusagen. Frauen suchen sich unbewusst nur Männer, die imstande sind für ihre Nachkommen zu sorgen." Mäzie genehmigte sich einen doppelten Schnaps und trank sein Bier in hastigen Zügen. Er drängte darauf das Lokal zu verlassen und wir kehrten in die nächstbeste Bar ein, wo mich ein Schwerstalkoholisierter anbaggerte.

"Den brauchst aber wirklich nicht", sulzte mir Mäzie vor. Er war jetzt noch verdrossener, weil er entdeckt hatte, dass sich überhaupt keine Frauen in dem Lokal befanden. Er zerrte mich von dem Typen und meinem spendierten Getränk raus auf die Straße, weil er beabsichtigte auf der Stelle den „Nachtexpress", das idiotensicherste Aufreißerlokal in dieser Stadt, anzusteuern. Wie immer war die Bude zum Bersten voll und wir quetschten uns die Stufen hinunter Richtung Leinwand. An der unteren Theke geriet ich mit einem Studenten ins Gespräch, der völlig unbeeindruckt von der Drängerei fassbreit auf seinem Hocker thronte und mir anstandslos ein Bier bestellte.

"Mit dem brauchst aber nichts anfangen." Mäzie fand den

Studenten zu fett. „*Hast schon gesehen? Der hat ein richtiges Maurerdekolleté am Hosenansatz.*" Den Nächsten fand er zu picklig, beim Übernächsten gefielen ihm die Zähne nicht. Trotzdem trank er bei mir mit. Bei Mäzie herrschte absolute Flaute. Ich überredete ihn, einen Musikwunsch abzugeben, damit er sich zerstreute. Auf den Nachtexpress war Verlass. Noch immer war das einzige Video von Led Zeppelin „Whole Lotta Love". Robert Plant in den engsten Jeans aller Zeiten, dazu ein offenes, kurzes Hemd und diese legendäre Haarpracht, die wohl konsequenteste Umsetzung von Rock und purem Sex. Mäzie pflichtete mir bei, dass es auf der Bühne keine göttlichere Erscheinung geben konnte. Mochte man Led Zeppelin nicht, mochte man keine Musik.

Auf der Tanzfläche fiel mir ein Typ mit langem schwarzen Haar um den Hals. Er war nicht älter als zwanzig und hatte strahlend blaue Augen. Da konnten Robert Plant und Jimmy Page natürlich brausen gehen. Wir drängten nach oben, um in Ruhe ein Bier zu trinken.

„*Ich heiße Kevin*", quietschte der Kleine. Ich drückte ihn fest an mich, damit er nicht vom Sitz purzelte. Wie süß der kleine Kevin schmeckte. Dutzi-dutzi-dutzi.

„*Was is' mit du? Ich will jetzt weiter ins Q gehen*", herrschte mich Mäzie von hinten an. Er überdrehte die Augen, warf mir aber einen anerkennenden Blick zu. Na dann viel Spaß. Das hatte mir der alte Zwetschkenröster natürlich nicht zugetraut. Weil Kevin unbedingt etwas rauchen wollte, erzählte ich ihm von meiner frischen Lieferung, die zu Hause auf uns wartete. Viel vertrug Kevin nicht. Ich machte mir Sorgen, ob wir es noch bis in meine Wohnung schaffen würden. Im Roseggergarten musste ich ihm beim Pipimachen helfen. Endlich zu Hause, wollte Kevin heim zu seiner Freundin. Weil er nicht zu quengeln aufhörte, ließ ich ihn zweimal an meinem Joint ziehen. Dann schob ich ihn ins Bett, zog ihn schnell aus und setzte mich rittlings auf ihn drauf. Der kleine Kevin grinste mich mit seinen Milchzähnen an. Gleich darauf wurde er sehr müde und schlief ein. Herrlich. Ich ging in die Küche und entschied mich für Cat Powers „The Greatest", drehte mich zur Musik im Kreis und dachte an Darius und wie zärtlich er meine Joints gedreht hatte und dass ich einen Kerl auf der Matratze hatte, der noch viel jünger und schöner war. Es polterte an der Tür. Mäzie marschierte schnurstracks auf das Schlafzimmer zu.

„*Der bleibt nicht*", schrie er unverkennbar frustriert. „*Ich bin saumüde und schlaf' heut' sicher nicht wegen dem da auf dem Sofa.*" Mäzie begann ihm die Unterhose und die Socken anzuziehen. Ich half ihm mit der Jeans und dem Shirt. Draußen im Vorzimmer kam Kevin zu sich. Gleich fiel ihm seine Freundin ein. Außerdem war ihm kalt.

„*Ja. Das ist ja nicht so schlimm*", tröstete ihn Mäzie. Endlich gab er zu, dass Kevin eine wirkliche Attraktion darstellte. Er klopfte ihm fürsorglich die Schulter. Kevin wurde von Schuldgefühlen gebeutelt.

„*Du musst jetzt trotzdem heim*", erklärte ich ihm und brachte ihm bei, dass es jetzt unwiderruflich zu spät für schlechtes Gewissen wäre.

„*Jetzt sei nicht so gemein*", fiel mir Mäzie ins Wort. „*Du hast ihn ja ganz verängstigt.*" Stimmte überhaupt nicht. Was ging mich denn seine Jacqueline an? Ich war ja nicht sein Anstandswauwau. Mäzie umarmte ihn und drückte ihm allen Ernstes meine Ananas in die Hände. Als der Kleine durch die Tür verschwand, grinste ihm Mäzie schwachsinnig hinterher. Dann trollte er sich knurrend ins freigewordene Bett. Hatte der geile Bock doch tatsächlich dem kleinen Kevin meine Ananas geschenkt. So also konnte es einem gehen, wenn man nicht anständig onanierte. Ich machte mir ein Guten-Morgen-Bier auf, legte mir eine neue CD von Cat Power in den Rekorder und startete mit „Naked if I want to." Ich fand, dass mir Mäzies Fliegerbrillen hervorragend standen. Viel besser als ihm. Auch sein T-Shirt. Geiler ging's nicht. Klassische Aviatorbrille, silber verspiegelt.

„Yeah, we'll get higher and higher, straight up we'll climb!", ein Pilot müsste man sein. "Higher and higher, leave it all behind." Das Blue Angels-Video war der Hammer. Piloten ist nichts verboten. "Oh, we'll get higher and higher, who knows what we'll find?" Dazu die grenzgeniale Musik von Van Halen. Was gab es Besseres?

> So baby dry your eyes
> Save all the tears you've cried
> Oh, that's what dreams are made of
> Oh baby, we belong in a world that must be strong
> Oh, that's what dreams are made of[41]

Es klingelte. Bitte nicht die alte Gorgone von unten! Der Kleine stand zerknirscht und schlotternd vor der Tür, ohne Ananas. Trotz intensivster Bedrängnis ließ er sich nicht zu einer weiteren Schmuserei überreden. Ich musste ihm wohl oder übel seine Schlüssel zurückgeben. Zum Anziehen bekam er natürlich nichts. Ein Jammer, diese verweichlichte Jugend heutzutage. Für Kevin war es höchste Zeit sich für die Fremdenlegion anzumelden. Im Vorbeitanzen küsste ich mich im Spiegel. Heute war der gerechteste Tag von allen. Wozu eine offene Beziehung? Man bescheißt sich einfach heimlich. Das ist der einzig gangbare Weg. Und dabei hatte ich mir nicht das Geringste vorzuwerfen. Ich war völlig frei, das Beste überhaupt. Mäzie war zu grobschlächtig, um zu bescheißen

---

41 Van Halen: „Dreams", auf „5150", Warner Bros. 1986.

und Kevins Freundin war mir maximal egal. Ich öffnete das Fenster und atmete die noch immer heiße Luft. Irre. Wie mich der Stoff dahintrug. Solange die Menschen nichts anderes im Schädel hatten, als stundenlang ihre paar Quadratmeter großen Rasen zu mähen, war die Welt zweifelsfrei in Ordnung. Sicherheitshalber machte ich noch ein paar Spiegelfotos von mir. Nackt selbstverständlich. Ich ging ins Badezimmer und drückte mir extra viel Zahnpaste auf die elektrische Bürste. Ein epochales Frischeerlebnis zwang mich in die Knie. Es gab nichts Besseres, als sich auf Gras die Zähne zu putzen.

Wie es wohl Oleg ergangen ist, fragte ich mich am nächsten Tag. Seine Nummer war nicht mehr auffindbar, also überraschte ich ihn in seiner Wohnung. Er war ausnahmsweise allein, freute sich über meinen Besuch und wir rauchten ein paar Züge Schweizer Outdoorhanf. Wie schön das Leben doch war, so geschmeidig, so sanft. Ich blickte nach draußen. Die Sonne liebkoste eine in voller Pracht stehende Frühlingswiese. Bunte Blumen räkelten sich unter ihren Strahlen. Bienchen summten. Gräser kitzelten in der Nase. Ich war ein Schmetterling, ein Zitronenfalter, der mit meterlangen Schwingen über die Hügel schwebte. Ich tauchte meinen Rüssel in samtige Blüten. Weich und zart waren ihre Kelche, warm und glatt die Gräser, mein großer Kopf in Zuckerwatte gehüllt. Ich schloss die Augen und sah Stanley Kubricks radförmige Raumstation in Zeitlupentempo zu den Klängen des Donauwalzers rotieren.

„*Ich möchte ein Turmbläser werden*", seufzte ich. „*Von ganz oben die Welt betrachten und mit dem Horn die Viertelstunden blasen.*"

„*Blasen*", wiederholte Oleg. Er blickte mich durch Sehschlitze an.

„*Wie spät ist es eigentlich?*", fragte ich widerwillig. Ein paar Freunden hatte ich versprochen, mich mit ihnen auf einer Achtzigerjahre-Party zu treffen.

„Bitte keinen Stress, kann ich nicht ausstehen." Er stand auf, um mir den sozialistischen Bruderkuss zu verabreichen. Vom Feinsten.

„Bitte, bitte, komm mit. Nur ein einziges Mal. Ohne dich stehe ich keine Achtzigerjahre-Party durch." Ich ließ ihn nicht los. Endlich ließ er sich erwärmen. Oleg, oder Lucky wie ich ihn heimlich nannte, ging mit mir aus. Er kam tatsächlich mit! Aus einem seiner Kleiderhaufen zog er ein superstylishes Oberteil, das er von Freunden geschenkt bekommen hatte, und verkleidete sich mit einer schwarzen Beanie und eckigen, dick gerahmten Lesebrillen. Wir tanzten die ganze Nacht und waren alle sehr glücklich. In den frühen Morgenstunden liebkoste mich Lucky ganz zärtlich auf seiner Matratze und ich schrie wie am Spieß, bis ich mehrmals hintereinander kam.

Fast ein Jahr verging ehe ich ihn wieder kontaktierte. Ich sollte Gras für meine Freundin besorgen, die damit Zauberkekse backen wollte. Oleg und ich tanzten wieder miteinander und umarmten uns selig. Sonst lief nichts. Ich hatte ihn einfach gern und fühlte mich wohl in seiner Nähe. Er hatte die Wohnung gewechselt. Seine Zimmerwände zeigten Kritzeleien und bunte Flecken, die vom Kind der Vormieterin stammten. Am Balkon stand ein kleines Trampolin. Aus einer randvoll befüllten Schachtel lugte unser Memoryspiel. Ich musste lächeln. Oleg war frisch verliebt und brutzelte vegetarischen Eintopf auf seinem Küchenherd. Ich freute mich für ihn.

Zuletzt traf ich ihn im angrenzenden Park, wo er mit seinem besten Freund René Frisbee spielte. René war der schweigsame Besucher gewesen, als ich Oleg zum ersten Mal sah. Sofort spendierte mir Oleg ein Egger-Bier aus seinem Rucksack. Gemeinsam gingen wir in seine Wohnung und hatten Spaß. Am Abend besuchte ihn seine Freundin und komplimentierte uns sehr versöhnlich hinaus, weil sie endlich mit Oleg allein sein wollte: *„Seid mir nicht bös', aber ich hätte gerne, dass ihr alle miteinander verschwindet"*, sagte Olivia bestimmt und wir verkrümelten uns. René lud mich ein bei ihm zu schlafen, da es sehr spät geworden war. Er bot mir sein großes Bett an, während er sich ein Lager am Boden bereitete. *„Danke René für deine klasse Gastfreundschaft und die besten Grüße an Oleg und Olivia"*, verabschiedete ich mich in der Früh bei ihm. Luckys Freunde gefielen mir.

Oleg wird für alle Zeiten meine schönste Websingle-Erinnerung bleiben. Danke auch für deine Hose, die du mir geschenkt hast, als es draußen zu kalt war um mit dem Rock nach Hause zu gehen, deine Gastfreundschaft und die vielen Egger-Biere. Du bist ein außergewöhnlicher und toller Mann. Mach's gut, Lucky!

Tino

Valentin war ein eigenartiger Zausel, ein komischer Kauz. Trotz größter Anstrengung fand ich nicht den geringsten Zugang zu ihm. Ob ihn überhaupt etwas an mir interessierte, ist schwer zu sagen. Er war schrullig, eigenbrötlerisch, unnahbar. Tino, wie ich in nannte, war Künstler, ein akademischer Maler, ein richtiger Magister Artium. Er wirkte schwermütig, wobei sich seine – sagen wir – künstlerische Melancholie liebend gern in Sarkasmus verkehrte.

Unter dem Stichwort „was mir peinlich ist", kündigte er echt arge Fotos an, die er mir, ohne Aufforderung, in seiner zweiten E-Mail verabreichte. Er hatte Recht. Sie waren leicht pikant und für unseren ersten Kontakt – gelinde gesagt – eine Schikane, aber vor allem ganz und gar unnötig. Ein dunkelhaariger Kerl mit längerem Haar lag nackt und in extremer Verkürzung, wie sie Andrea Mantegna und sein toter Jesus von 1490 nicht besser geschafft hatten, mit einem aufgerichteten Ständer auf dem Bett. Na ja, immer mitten in die Bresche rein.

„*Hab' ich dir ja gesagt, dass sie arg sind*", quittierte er meinen Einwand.

„*Die sind nicht arg*", widersprach ich ihm. „*Die sind einfach nur ein Schaß. Ein Schaß im Wald. Außerdem für den Hugo, für 'n Arsch und für 'n Friedrich.*"

„*Hab' ich ja gesagt, dass sie arg sind.*"

Er wirkte seltsam beleidigt. Schlimm! Was hatte er sich erwartet? Dass ich noch nie einen nackten Mann gesehen hatte? Kerle mit Ständer gab es wie Sand am Meer oder wie Sand in der Wüste, korrekterweise. Wollte er etwa dafür gelobt werden?

„Find' ich aber sehr mutig, dass du sie so mir nichts, dir nichts mailst! Du weißt ja nicht, was ich damit vorhabe."

„Was?" Tino wurde nervös. *„Was meinst du damit?"*

„Na ja, ob ich sie vielleicht hochladen soll? Könnt' ich ja jederzeit ins Netz stellen."

„Nein, das machst du nicht, oder? Ich schäme mich eh so dafür. Das würdest du nicht machen, oder?"

Jetzt zog er den Schwanz ein. Da ahnte ich schon, dass auch dieser Typ wieder einmal unter „leider" fallen würde.

Tino war nicht bei der Singlebörse registriert, um Frauen kennenzulernen, sondern um ihnen wie ein dreizehnjähriger Hauptschüler auf die Nerven zu fallen. Wahrscheinlich klopfte er seine Anzüglichkeiten mit Vorliebe in seinem stillen Kämmerchen in die Tastatur, aber nur solange die Farbe noch feucht war und er warten musste, bis er eine neue Schicht auftragen konnte. Ich musste ihm alles aus der Nase ziehen. In Schwung kam er nur, wenn er sich über etwas aufregen konnte. Kärnten und der rechte Abschaum reizten ihn bis aufs Blut. Er genierte sich dafür, in einem Villacher Gymnasium angestellt zu sein. Dass er ausgerechnet in Kärnten einen Job gefunden hatte, brachte ihn fast um den Verstand. Im Unterschied zu ihm, hatte ich die Flucht aus Kärnten geschafft. Dennoch verstand ich nicht, warum es ihn derart strapazierte. Am allerwenigsten konnte er verkraften, dass er mit einem abgeschlossenen Kunststudium als Zeichenlehrer unterrichten musste, wo er unterbezahlt und überqualifiziert war. Es zermürbte ihn.

Er wohnte in Zeltweg bei seinen Eltern, wo er sich ein Atelier eingerichtet hatte. Es missfiel ihm, dass ihm seine Eltern eine Wohnung in Graz zu kaufen beabsichtigen. Er echauffierte sich geradezu über dieses unerhörte Angebot. Anscheinend war er ein Muttersöhnchen, ein komplett verzogener Balg, unfähig allein einen Haushalt zu führen.

„Aber was tu ich dann in Graz, wenn ich doch in Kärnten arbeite?" Tino hatte beneidenswerte Probleme. Das musste man ihm lassen. Fix nach Kärnten zu ziehen, wo er meiner Meinung nach auch hingehörte, kam für ihn nicht in Frage. In Villach bewohnte er während der Schulwoche ein Zimmer in einer Pension und bekrittelte die hohen Kosten: *„Letztens hat sich die Vermieterin ein neues, fettes Auto zugelegt. Da war mir dann auch plötzlich klar, wo meine ganz Kohle hingekommen ist."*

Anscheinend musste er bei seinen Eltern keinen Cent abdrücken, trotzdem hatte er ein zutiefst gestörtes Verhältnis zu ihnen.

Das erste Date verschob er, wegen der weiten Strecke von Zeltweg nach Graz, gleich mehrmals. Komisch, hatte ich ihm doch meinen Wohnort nie verschwiegen. Am Telefon stritten wir über moderne Kunst. Er krakeelte wie ein Besessener über die Kotschmierer Nitsch, Schwarzkogler und Muehl sowie über alle Konzeptkünstler, Minimalisten und Videokünstler. Das Einzige, was er als Kunst gelten ließ, war die solide akademische Tafelmalerei bis 1900. Vermutlich gingen ihm sogar die Impressionisten tierisch auf den Geist. Alles andere war seiner Meinung nach purer Schwachsinn, ebenso wie die kranken Abhandlungen der studierten Kunsthistoriker, die ja alle keine Ahnung hatten.

„Wieso soll ich denn so weit nach Graz fahren mit dem Auto", jammerte er. *„Ich kenn' dich ja nicht einmal."*

Ich kenne dich ja nicht einmal! Oh Gott, oh Gott. Glaubte er, dass wir uns zufällig treffen würden? Scheiß Websingles, elendigen. Ich gab es auf und löschte seine

Nummer. Nach Wochen kontaktierte er mich plötzlich, weil er in Graz Farben kaufen musste.

Das Treffen im Operncafé glänzte vor Langeweile und Antipathie. Wir saßen uns weitgehend schweigend und distanziert gegenüber. Da wir unsere gegensätzlichen Kunstpositionen schon telefonisch ausdiskutiert hatten, kam es in dieser Hinsicht zu nervtötenden Wiederholungen seinerseits. Mit allen Mitteln wollte er mir seine Meinung überstülpen. Nach dem Operncafé nahm er mich, nicht ganz freiwillig, in seinem Auto mit, um mit mir in die Farbenhandlung zu fahren. Ich guckte ihn mir genauer an. Er war kaum größer als ich, hatte aber Riesenfüße, die in wunderlichen, spitzen Boots steckten. Über Pullover und Jeans trug er einen langen grauschwarzen Wollmantel. Kragen hochgeklappt, den Schal tief ins Gesicht gezogen. Bestimmt wollte er nirgends mit einer Kärntnerin erkannt werden. Meine Batik-Jeans goutierte er mit einem Pendelblick. Sein dunkelbrauner, beinahe schwarzer Pagenkopf gab ihm zugleich etwas Renaissancehaftes und Sektiererisches; in jedem Fall aber etwas seltsam Altmodisches und Erzkonservatives.

In der Nacht nach unserem Date träumte ich von seiner Familie in Zeltweg, Mitgliedern der Amischen. Fast alle Männer trugen dunkle Bärte, schwarze Filzhüte und weite beige Baumwollhemden. Auch Tino trug einen langen Bart, einen breitkrempigen Hut und außerdem Hosenträger und musterte mich wie sein Vater mit einem finsteren Blick. Dazwischen unterhielten sie sich mit dem Rest der Gemeinschaft in einem mir völlig unverständlichen Deutsch. Als sein alter Vater beherzten Schrittes mit einem weißen Spitzenhäubchen auf mich zuschritt, schrak ich schweißdurchnässt hoch.

„Bin ich froh, dass ich nicht mehr in Kärnten lebe", unterhielten wir uns wieder einmal über sein Lieblingsthema,

„aber die Seen in Kärnten sind in Ordnung. Die paar Dreckspfützen hier, die auch noch auf abscheulichste Weise vermarktet werden, spotten jeder Beschreibung. Der kleinste Tümpel schimpft sich Copacabana. Nirgends ein richtiger See. Kein Wunder, dass die meisten nicht schwimmen können."

Tino ließ auch die landschaftlichen Vorzüge Kärntens nicht gelten, bis auf den Forstsee in der Nähe von Pörtschach. Ich kannte den Forstsee aus meiner Schulzeit, als ich in Krumpendorf als Verkäuferin in einem Souvenirgeschäft gearbeitet hatte. Mein damaliger Chef bot mir des Öfteren einen Ausflug dorthin an. Es widerte mich an.

„Kein normaler Mensch schwimmt in einem verschlammten Waldsee, wenn der türkisblaue Wörthersee nur wenige Meter davon entfernt liegt", ließ ich ihn wissen. Nur Pädophile, Sodomiten, Voyeure und andere Perverse lagen an dieser braunen Pfütze herum. Im dichten Baumbestand, der den Forstsee umgibt, waren sie unter sich und geilten sich bis zum Anschlag auf. Es war ein durch und durch krankes Domizil, das gerne totgeschwiegen wurde. Tino war ein Forstsee-Fan. Nichts anderes hatte ich mir erwartet. Wahrscheinlich fickte er unschuldige Rehe und porträtierte sie anschließend mit Öl auf Leinwand.

„Ein Scheiß ist der Wörthersee. Am Forstsee ist es so schön ruhig", ließ er es sich auf der Zunge zergehen. *„Dort kann man wunderbar – ganz abseits von Touristen und Abzockerei – entspannen und noch wirklich die Natur genießen.* Mit seinem dunklen Mantel war er der geborene Exhibitionist. Angeblich hatte er schon einmal eine Beziehung mit einer Frau geführt. Ich konnte es mir nur schwer vorstellen. Eines Tages nahm ich ihn mit in meine Wohnung. Es war ihm sichtlich unangenehm.

„Was machst du dann mit mir?", zeterte er beim Hineingehen. *„Was passiert denn jetzt da drin?"* Schön langsam

nervte er. Man konnte nicht einmal ins Bett gehen mit ihm und eine Nummer schieben. Was zum Teufel sollte ich mit ihm anfangen? Zuerst führte ich ihn durch die Wohnung, dann kochte ich Kaffee. Schweigen. Nicht der belangloseste Smalltalk war in die Gänge zu bringen, nicht die Spur emotionaler Gegenseitigkeit. Anstrengend. Tino war womöglich Autist.

„*Bitte, wenn du auf dem Klo warst, darfst du die Tür nicht von außen zumachen*", instruierte ich ihn zu den Eigentümlichkeiten meines Badezimmers, damit überhaupt jemand etwas sagte. „*Es gibt nämlich keinen Türgriff und ich hab' auch keinen Schlüssel für die Tür, wenn sie zufällt.*" Ich hatte ein entsprechendes Plakat mit „Achtung, Vorsicht!" und einem Totenschädel auf die Tür geklebt, weil ich schon zweimal durch die Oberlichte klettern musste, um wieder ins Badezimmer zu gelangen. Besonders die „Kopf-voraus-Aktion" war sehr unangenehm.

„*Ja, aber normalerweise will man am Klo schon ungestört sein.*" Er verstand nicht worauf ich aus wollte. Am liebsten hätte ich ihn ordentlich durchgeschüttelt. Wozu dieses schüchterne Gehabe? Der Typ hatte es doch faustdick hinter den Ohren!

„*Als ich kurz nach meinem Einzug in die Wohnung – bar jeder Kenntnis – die Klotür zugemacht hatte, musste ich in die Abwasch wischeln*", klärte ich ihn auf. „*Da war nichts mehr zu machen. Die Tür lässt sich von außen nicht mehr öffnen, ist sie einmal zu.* Tino runzelte die Stirn und schielte in die Spüle, dann auf seine Kaffeetasse.

„*Als ich letztens in der Oper war*", fing er an, „*da waren alle Herren-Toiletten nach der Vorstellung versperrt oder außer Betrieb. Nicht einmal ein Pissoir hat es gegeben. Da hab' ich dann in den Putzkübel im Vorraum geschissen und in meiner Schule in Villach ist mir so etwas Ähnliches passiert.*" Endlich. Er redete. Tino war also noch nicht ganz stubenrein, ein Kübelscheißer. Dass er sich mit einem herzhaften Wurstdruck eine ganze Oper reinzog, fand ich sehr reputierlich. Damit konnte ich etwas anfangen. Sicherheitshalber erklärte ich ihm noch einmal penibelst, dass meine Toilette im Badezimmer einwandfrei funktionierte und dass er die Tür von innen jederzeit schließen konnte. Nur abzusperren bräuchte er nicht, da ja ohnehin keiner reinkonnte. Endlich hatten wir ein gemeinsames Thema gefunden. Klogeschichten zogen immer. Genial.

„*Ich träume oft von versperrten Klotüren. Immer wenn es ganz dringend ist*", erzählte ich. „*Oder die Kojen sind ohne Türen oder die Muscheln aneinandergereiht ohne Trennwände, den antiken Latrinen ähnlich. Das hat seine Vorzüge, weil ich dann völlig blockiert warten muss, bis ich aufgewacht bin.*"

Ich musste an die gehirnamputierten Konversationen in der Reha-Klinik in Radegund denken und was Berti passiert war: „*Ja, weißt eh, da lag ich blunzenfett nach einer Party in einer fremden Wohnung und war schon knapp vorm Zerreißen. Weil das Klo in meiner Arbeit auch links ist, bin ich halt im Finsteren darauf zugesteuert und hab' sofort eine Tür gefunden. Dass es sich dabei aber um den begehbaren Schrank handelte, hab' ich erst am Morgen bei Tageslicht bemerkt. Aber zum Wischeln war's super und aufgeregt hat sich auch nie einer.*"

Yusuf konterte mit einer verschärfteren Version. Er berichtete uns von einem kleinen Missgeschick während seines Sommerurlaubes, den er mit seiner Frau in Kroatien verbracht hatte: „*Da ging ich also stocksteif durch den Hotelkorridor zu meinem Zimmer und war schon richtig brunzig. Weil ich unten an der Bar nichts mehr zum Saufen bekommen hatte, hab' ich das Spatzi gleich im Gang ausgepackt und die Wände rechts und links vollgepisst. Blöderweise waren die Gänge aber alle videoüberwacht. Das hat keine zehn Sekunden gedauert, ich schwör's dir, bis es an der Zimmertür geklopft hat und mich drei riesige Security-Figuren durch die Mangel drehten. Dann hatte ich ein paar Minuten Zeit, um das Hotel zu verlassen und bekam eine fette Rechnung nach Hause geschickt."*

Das konnte ich mir alles bestens vorstellen. *„Meiner Frau hat das nicht so getaugt"*, resümierte er sein Missgeschick.

Ich verbrachte meine Kindheit in einem kleinen Kaff unweit des Wörthersees. Da sich mein Vater von den langen winterlichen Kälteperioden gänzlich unbeeindruckt zeigte, besaßen wir als Einzige im Dorf keine Zentralheizung. Um ja nicht als verweichlicht zu gelten, ließ mein Vater absichtlich die Ohren frei, wenn er sich eine Mütze aufsetzte und verzichtete – bis auf seine geliebten, von meiner Mutter gestrickten Streifenpullunder – auf jede wärmende Oberbekleidung.

Die enge, eisige Toilette im Erdgeschoss diente nur den Hartgesottenen. In den Ecken des sogenannten Horrorkabinetts hingen die schaurigsten Kaliber schwarzer Spinnen, die so riesig waren, dass sie Schatten auf die Wände warfen. Dazu gesellte sich ein über die Jahrzehnte ausgereifter Gestank sowie eine schlecht funktionierende Spülung und permanente Verstopfung, die aus der randvollen Jauchengrube resultierte. Wir Mädels teilten uns daher das Klo im ersten Stock. Kaum zogen jedoch die Minusgrade ins Kärntner Unterland, wurde, dank fehlender Heizung, zuerst genau dieses Geschoss unbewohnbar, da sich nur im Wohnzimmer und in der Küche im Erdgeschoss Holzöfen befanden. Jedes Jahr Mitte Oktober setzte sich daher mein Vater mit feierlichem Gesicht an den Küchentisch und beschrieb ein „Außer Betrieb"-Plakat, das mir als „der Mittleren" überreicht wurde, um es mit Hilfe eines Klebestreifens an der Klotür im oberen Stockwerk zu befestigen. Uns dreien blieb nichts anderes übrig als das WC im Parterre mitzubenützen, das kurze Zeit darauf, ebenso wie das obere, einfror. Ein Kübel wurde ins Klo gestellt, der auf dem Misthaufen ausgeleert wurde. Wir drei hatten keine Freundinnen, die uns im Winter besuchen wollten und hingen stumpfsinnig mit den Alten im Wohnzimmer oder der Küche herum, wo wir nicht einfroren.

Während Ali jahrelang in der Familie einer benachbarten Freundin wohnte, was unserer Mutter gar nicht auffiel, übersiedelte meine ältere Schwester sofort in die Verwandtschaft ihres italienischen Freundes nach Mailand, sodass mir, völlig allein gelassen, wenigstens ein Platz am Ofen sicher war.

Unsere Betten wurden mit Heizdecken und meterhohen Tuchenten aufgewärmt. Der kalte Atem stieg uns in den Zimmern auf. Mit klammen Fingern blätterte ich in Christoph Ransmayrs Roman „Die Schrecken des Eises und der Finsternis", der sich in der Lade des Nachtkästchens befand. Wenn sich unser Vater an diesem entwürdigenden Schauspiel sattgesehen und uns als Mimosen beschimpft hatte, gab er das Kommando, das untere Klo mit einem kleinen Radiator aufzutauen und die Kübelscheißerei fand ihr Ende.

„Wenn willst, kannst morgen am Abend ins Weiße Kreuz mitgehen", bot mir Tino nach unserer Unterredung an. *„Ich bin dort mit meinem Professor der Malerei, dem alten Dobrowski und seiner Freundin, zum Essen verabredet."* Erstaunlich, was meine Kindheitsbeichte bewirkt hatte. Tino wurde richtiggehend zutraulich. Ich würde die Bekanntschaft seines Mentors machen.

Das Weiße Kreuz ist das älteste Gasthaus in Graz und liegt in der Heinrichstraße Richtung Mariatrost. Wir fuhren mit seinem kleinen Auto hin. Der alte Dobrowski und ein blutjunges Mädchen mit abgeblättertem Nagellack hatten bereits ihr Abendbrot zu sich genommen und widmeten sich ganz der Sauferei. Das Mädchen, eine

Schülerin vom alten Knecht, ließ frank und frei erkennen, dass sie sich in psychiatrischer Intensivbehandlung befand. Ihren um fünfzig Jahre älteren Freund amüsierte dies aufs Köstlichste. Tino bestellte sich bodenständig Schweinisches, wie es sich in einem Traditionsgasthof geziemte; ich hielt mich an den Henkeln der großen Bierkrüge fest. Irgendwann begann der alte Meister Graf Bobby-Witze zu erzählen, die sich qualvoll in die Länge zogen, weil der Alte schon so besoffen war.

„*Graf Bobby steigt in Salzburg in den Zug und trifft dort seinen Freund, den Grafen Esterhazy. Beide unterhalten sich angeregt über dies und das. Schließlich meint Graf Bobby: Siehst den Fortschritt der Technik? Ich fahr' nach Wien und du nach Innsbruck, und beide hocken wir im gleichen Zug!*" Verstand ich nicht. Dabei näselte er voll Inbrunst auf Altwienerisch. Eigentlich war es nur deswegen witzig. Seine Freundin stand auf perverse Witze. Je tiefer, umso irrer kicherte sie dabei vor sich hin. Das ließ sich der Meister gerne gefallen und holte aus: „*Graf Bobby kommt zum Arzt, dieser solle ihm die braunen Flecken von seinem Schwanz entfernen. Nach der Behandlung musste er fünf Mark bezahlen. Eine Woche später kam er wieder. Diesmal hatte er rote Flecken auf seinem Schwanz. Für diese Behandlung musste er dreißig Mark bezahlen. – Wie kommt denn das? – Darauf der Arzt: Scheiße geht eben besser ab als Lippenstift.*" Die Runde grunzte. Wenigstens verstand ich den.

Dobrowski lud uns beide zu seiner Grillerei am kommenden Tag ein. Yeah! Eine Grill-Gaude, das Eldorado für alle Vegetarier! Während sich die Meute mit Kadavern vollstopfte, blieb einem das Salat-Buffet ganz alleine. Wie im Schlaraffenland. Genauso wie die Beilagen zu den Martinigänsen immer nur die Allerfeinsten waren. In keinem vegetarischen Restaurant wurde solche Delikatessen angeboten. Als ich in Tinos Gesicht blickte, war es offensichtlich, dass er nie und nimmer beabsichtigte, mich dorthin mitzunehmen. Dabei hatte ich gar nichts getan. Vielleicht war ich ihm zu wenig pervers? Oder zu pervers, weil ich aus Kärnten stammte? Wahrscheinlich hatte ich seine Werke nicht ausreichend gewürdigt. Das Bisschen, das ich von davon gesehen hatte, deprimierte mich.

Tinos Öl- und Acrylbilder zeigten bevorzugt trostlose U-Bahn-Schächte mit unmotivierten, völlig deplatzierten Eisbären, mechanisierte Menschen, sehr düstere Zukunftsszenarien und abartig hässliche Clowns. Aufgrund seiner autistischen Wesenszüge blieb man von den Werken seltsam unberührt. Er beherrschte sein Handwerk, aber es mangelte ihm an geeigneten Motiven. Clowns und Eisbären gingen gar nicht. Ich träumte noch ein paar Mal von den Amischen und von Tino, meinem Bräutigam. Dann vergaß ich ihn zum Glück.

Als ich wieder online bei Nichtmehrallein war, meldete er sich mit demselben Spruch: *„Ich hab' da ein paar Fotos von mir gemacht, die ganz unanständig sind. Willst du sehen?"* Selbst meine auf Nichtmehrallein registrierte Schwester Ali kannte diese schon. *„Nein danke, Tino"*, antwortete ich ihm. *„Bitte nicht schon wieder. Verschone mich mit deinen Bildern und deinen Fotos. Gott wird es dir mit Kindern vergelten!"*

Die Enthundung

Tommy war der absolute Downburst. So etwas würde es nicht noch einmal geben. Unsere Kontaktaufnahme zog den klassischen Verlauf einer Internet-Beziehung nach sich. Geradezu bilderbuchmäßig ergossen sich Hoffnung, traumhafte Visionen und die Aussicht auf himmlische Erlösung auf mein einsames, gedemütigtes Herz. Hatte ich doch endlich einen wirklich Übriggebliebenen erwischt, jemanden, der gerne las, sich vegetarisch ernährte und mit dem es sich herrlich über Musik plaudern ließ. Mit jeder E-Mail sah ich die Lichtgestalt eines schlanken, großen Reiters näher auf mich zukommen. Nur sein Gesicht war nicht zu erkennen. Schon nach einigen Tagen war ich sauer, wenn er sich bei der Beantwortung meiner Briefe zu viel Zeit ließ. Das passte meinem Anspruch auf Vollkommenheit nicht. Er musste der ultimative Ausgleich für mein entbehrungsreiches Liebesleben sein.

Zu diesem Zeitpunkt hatte ich überhaupt keine Nerven mehr. Ich trat auf der Stelle. Beruflich war ich genauso erfolglos wie privat. Trotz jahrelanger Psychotherapie war ich um keinen Deut weniger verzweifelt oder zuversichtlicher, was meine Zukunft betraf. Ganz im Gegenteil. Die Zeiten wurden immer härter. Kurzzeitig verlor ich sogar die Lust an der Sauferei.

Dass er kein Foto in seinem Profil hatte, irritierte mich nicht im Geringsten. Immerhin war er erst siebenundzwanzig Jahre alt, also sieben Jahre jünger als ich. Was soll man sich da anderes erwarten, als das schönste und blühendste Leben? Ich redete ihn vorerst gar nicht darauf an, weil ich ihm so viel und gerne schrieb, dass ich es vorzog, sein Äußeres ganz meinem Wunschdenken anzupassen.

Sicher hasste ich Kandidaten, die mich ohne Foto anschrieben und dann auch noch saublöde Kommentare im Gästebuch hinterließen: *„Du schaust aber recht sympathisch aus auf deinem Foto. Vielleicht schickst mir aber ein größeres von dir?"* – *„Danke, du nicht, weil hast ja auch keines – Warum eigentlich?"* Und dann das Mörderargument: *„Ich möchte mich nicht auf meine äußere Erscheinung festlegen lassen."* Kotzbrech. Auf was denn sonst? Auf deine intelligenten Fragen vielleicht?

Nicht so bei Tommy! Mit Tommy kommunizierte ich vortrefflich und er schien sich für meine schriftlichen Ausführungen zu interessieren, nicht für mein Aussehen. Der Kerl hatte etwas in der Birne und wir schrieben und schrieben. Tommy war gerade dabei Veganer zu werden und klärte mich schonungslos auf.

„Vegetarier sind Mörder. Artgerechte Tierhaltung gibt es nicht, schon gar nicht in der Milchproduktion. Weißt du, wie die Kälber durch den Stall schreien, wenn sie von ihren Müttern weggerissen werden? Das sind Maschinen, die nach ein paar Jahren entsorgt werden, weiter nichts. Bei den Hühnern auch nicht besser. Die männlichen Küken werden sofort nach ihrer Geburt vergast." Er hatte vollkommen Recht, jawohl. Mein ganzer Vegetarismus war scheinheilig und falsch. Endlich las mir jemand die Leviten.

Nach einigen Wochen hielt ich es mit meiner Neugier nicht mehr aus. Schließlich würde es früher oder später zu einem Treffen kommen, aber beharrlich ignorierte er mein PS: *„Ach ja, lass doch mal bitte ein Foto von dir rüberwachsen."* Ich musste nachlegen. Es kam nichts.

„Herrgott noch einmal, schick mir bitte ein Foto von dir mit.

Was soll das kaprizierte Getue? Sind wir denn im Kindergarten? Und bitte verschon mich mit irgendwelchen ausgeleierten Klischees."

Mir fiel Saint-Exupéry und sein naseweiser Prinz ein. „Man sieht nur mit dem Herzen gut. Das Wesentliche ist für die Augen unsichtbar." Dieser zu Tode zitierte, moralinsaure Schnulzenspruch aus den Rumpelkammern der pädagogischen Erbauungsliteratur. Wie verabscheute ich dieses Kleinod spießbürgerlicher Kindererziehung, das ich mit achtzehn, anlässlich meines Au-Pair Aufenthaltes in Paris lesen musste, weil nichts Lesbares im Haus zu finden war. Eine schmalztriefende Scheußlichkeit für eine ebenso scheußliche Brut. Stapelweise schaufelt man es den Neugeborenen in die Wiege. Die kleine verkommene Rotznase, die ich von der Schule abzuholen hatte, war ein Tyrann, der diesen schöngeistigen Auswurf der scheußlichsten Heuchelei endgültig seiner falschen Naivität beraubte. Kein Wunder, dass ich permanent blau war. Dieser grausame Zwerg war nur im Vollrausch zu ertragen.

„Ich hab' keines", schrieb mir Tommy.

„Wie du hast keines?", quengelte ich. *„Du hast kein einziges Foto von dir?"*

„Na ja, vielleicht meine Mutter in Wien. Die hat eventuell noch ein paar von mir. Aber mit meinen Eltern hab' ich eigentlich keinen Kontakt mehr."

Saublöde Ausrede, dachte ich mir. Aber was sollte ich machen? Ich konnte ja schwer eines aus ihm rausprügeln.

„Ich mein ja auch kein Säuglingsfoto, sondern ein halbwegs aktuelles, irgendein digitales, was halt so auf deinem Rechner herumliegt. Das kann ja nicht so schwer sein", jammerte ich weiter.

„Nee, sorry. Ich hab' keinen Fotoapparat. Kann ich mir einfach nicht leisten momentan, aber ich lass' mir etwas einfallen, versprochen."

„*Ja das wäre sehr großzügig von dir und echt superleiwand.*"
Das hatte ich von Tommy. Er gebrauchte das wienerische leiwand absichtlich inflationär und ich freute mich schon auf unser erstes Telefongespräch, mit dem er sich aber elendslang Zeit ließ.

Tommy war arbeitslos und hatte eklatante Geldsorgen. Eigentlich krachte er wie eine Kaisersemmel. Viel ärger als ich. Da konnte es schon einmal vorkommen, dass er die Kippen der anderen fertigrauchte. Irgendwann teilte er mir mit, dass er kürzlich mit einer Bekannten, die ebenfalls aus Wien stammte, ein Haus in einer kleinen Gemeinde rund zwanzig Kilometer südwestlich von Graz bewohnte. Sie war krank und er pflegte sie. Was sie genau hatte, wollte er mir nicht sagen. Dass er keine Arbeit hatte, beruhigte mich. Endlich jemand, der über Freizeit verfügte und dessen ungebändigter Geist noch nicht von den Zwängen eines stumpfsinnigen Arbeitsalltages verdorben war.

Ich sah einen unbeschwerten Sommer mit einer jungen Liebe an der Hand auf mich zukommen. Wir würden mit Büchern in der Tasche und ein paar geteilten Euros unter den Strahlen des Sommers vagabundieren und ein mutiges, barfüßiges Leben für uns entdecken. Aber Tommy hatte keine Zeit. Unser Date verschob er mehrmals. Er hatte sich schließlich um Natascha und zwei Hunde zu kümmern, die er nicht alleine lassen durfte. Die Hunde waren aus dem Tierheim und andauernd krank. Sie brauchten viele Medikamente und Tommys Geldsorgen wurden nicht weniger. Außerdem litt er unter der Aufmerksamkeits-Defizit-Hyperaktivitäts-Störung, die neuerdings auch bei Erwachsenen diagnostiziert wurde. Er schluckte Ritalin und wir führten leidenschaftliche Gespräche über den Segen von Psychopharmaka. Tommy wurde mein absoluter Anti-Held. Alles, was irritierend begann, würde mit der Zeit besser werden. Davon war ich überzeugt. Mein alter Trotz packte mich. Nein, unsere junge Liebe würde sicher nicht an der Kohle scheitern. Ich wollte ihm das Geld für ein Busticket nach Graz überweisen, aber er hatte kein Bankkonto.

Völlig unerwartet schickte mir Tommy ein Handyphoto. Ein biberhaftes, bebrilltes Gesicht, befüllte mein Display. Seine mit Babyspeck versehenen Backen hatten einen ungesunden, blassen Teint. Anscheinend hatte er seine Nase genau vor die Linse gesetzt. Sie war breit wie eine Knolle. Er sah aus wie der größte Langeweiler seit Peter Kraus, unerotisch wie Bob, der Baumeister, dröge wie Nachbars Sohn. Sein größtes Abenteuer musste die Schullandwoche gewesen sein, als er das erste Mal ein Mädchen mit der Zunge küssen wollte. Das Klingeln des Handys katapultierte mich aus meinem Realitätsschock. Jetzt rief er auch noch an, weil ich mich entschlossen hatte auf seine SMS, ob mir sein Foto gefallen hätte, nicht zu antworten. Eine quietschende Idiotenstimme mit dem aufgesetzten Schrifthochdeutsch eines pubertierenden Gymnasiasten grüßte aus dem Hörer. Keine Spur von einem coolen und verwegenen Slang. Wahrscheinlich drückte ihn der von Oma gestrickte und viel zu klein geratene Pullunder das Zwerchfell in die Höhe. Nein, bitte nicht. Nicht schon wieder ein Kastrat. Er entschuldigte sich für das verpasste Date und stellte mir ein baldiges Ersatztreffen in Aussicht, genau jetzt wo es mir hundert Prozent gestohlen bleiben konnte. Resigniert stimmte ich zu.

Ich musste mich erden und holte mir ein halbes Dutzend übertreuerte Dosen Bier vom nächsten Nachtgeschäft. Im CD-Player lag noch Hippie-Musik mit einer Nummer aus der guten alten Zeit:

Tom Tom turn around, don't ever let me down
Don't ever leave my life
Tom Tom turn around, don't ever let me down
Take me for your wife, please,
Take me for your wife[42]

Als ich am nächsten Morgen meine aufgeschwemmte Alkoholikerbirne im Alibert entdeckte, musste ich kompromisslos feststellen, dass Tommy im Vergleich zu mir eine wahre Augenweide darstellte. Meine Ansprüche waren überzogen. Kein Grund, Trübsal zu blasen. Der Bursche war siebenundzwanzig. Ich ließ es mir auf der Zunge zergehen. Siebenundzwanzig! Blutjung! Genial! Er hatte gerade seine Milchzähne verloren und ich kapitulierte wegen ein paar Speckgrübchen. Für eine Frau Mitte dreißig das gefundene Fressen. So jemanden konnte man nicht wegen ein paar Pickel und einer Kartoffelnase von der Bettkante stoßen. Außerdem hatte er noch alle Haare, die in voller Pracht standen. Keine Geheimratsecken, kein Ansatz von friedhofsblond. Zwischen seinen festen Nüssen musste eine geradezu jungfräuliche Lüsternheit pulsieren. In ein paar Monaten schon würde der erste Bart sprießen und seine unvorteilhafte Physiognomie mit strotzender Männlichkeit überwuchern. Außerdem war er nicht klein. Er war eins dreiundachtzig, ein Hüne in der Zwergenwelt der Websingles.

Wir mailten am Abend weiter und unterhielten uns über Filme und Musik. Einer seiner Lieblingsfilme war „Eternal Sunshine of the Spotless Mind" mit Kate Winslet und mir ging das Herz auf, als er mir die Synopsis dieser Liebestragödie erzählte. Musikmäßig war er von Portishead begeistert und ich dröhnte mir unzählige Male

---

42 New World: „Tom Tom Turnaround", RAK Records 1971.

„Undenied" aus vollen Boxen in die Trichter. Er beneidete mich darum, weil ich im Hintergrund jedes Mal das Volumen runterschrauben musste, wenn wir zwischendurch telefonierten.

„*Wie du hast keine? Du hast keine Musik?*", schrie ich ungläubig. Schließlich hatte er mir beigebracht, wie man sich massenweise und völlig kostenlos Musik auf seinen Rechner laden konnte. Meine Musikbibliothek war innerhalb der letzten Wochen zu bombastischer Größe angewachsen. Überall fanden sich Teile von Alben, die ich mir wahllos und zumeist nur wegen eines Titels aus dem Netz gezogen hatte. Er war ein richtiger Nerd, der sich seinen Computer selbst zusammengebastelt hatte.

„*Na ja, Musik schon, aber keine laute.*"

„*Ja und wie tust du da so? Guckst du dir die Alben nur an oder wie?*"

„*Nein, ich hab' da so ein Paar billige Kopfhörer, aber richtig laut Musik hören, kann ich schon seit Jahren nicht mehr. Ich hab' einfach die Kohle für die Boxen nicht*", gab er zerknirscht zu. Mir wurde schlecht. Das war ja unfassbar. Welch Elend, welch unglaubliches Elend!

„*Ja und was kosten solche Boxen?*"

„*Na ja, so um die zwanzig Euro bei Amazon. Immer wenn ich ein bisschen Geld hab', braucht der Pauli wieder ein neues Medikament.*"

Bislang war nur vom Toni und vom Alfi die Rede gewesen. Von der dritten Töle hörte ich erst jetzt. Er hatte sie von Natascha übernommen, die immer öfter wegen Therapieeinheiten nach Wien fuhr. Wer zum Teufel war diese Natascha eigentlich? Offensichtlich finanzierte sie ihn und er leistete ihr nette Gesellschaft. Aber warum mussten sie deswegen an diesen gottverlassenen Ort ziehen? Wegen ihrer Erkrankung? War sie bereits von ihrem Leiden entstellt? Machte sie einen Entzug? Roch sie schlecht? Bestimmt wurde sie von ihrer aristokratischen Familie in Wien verstoßen, weil sie durch ihre Störung nicht mehr pressetauglich war und man sich ihrer schämte. In der fernen Steiermark ausgesetzt, sollte sie von einem wahllos aussondierten Arbeitslosen befruchtet werden, ein Kind für den Fortbestand der Familie austragen, während sie offiziell eines natürlichen Todes sterben würde und Tommy durch Verzicht auf die Vaterschaft sämtliche Schulden erlassen und eine gute Leibrente garantiert wären.

Tommy hatte eine Krankheit angedeutet, aber mehr war nicht herauszubekommen. Bestimmt war sie so grauenhaft und ungeheuerlich, dass er nicht darüber sprechen konnte. Spinale Meningitis, wie Zelda Goldman bei Stephen King! Buckelig und mit verrenkten Extremitäten schrie sie sich in einem Hinterzimmer die Kehle blutig. Tommy musste sie in der Nacht ans Bett fesseln, tagsüber in die Speisekammer stellen und die Tür verschließen. Man musste sie praktisch rund um die Uhr im Auge behalten. Mindestens zweimal im Monat begann sie zu heulen wie ein Wolf, wobei dieses gespenstische Treiben eine Kleinigkeit zu ihren teuflischen Flüchen darstellte, die einsetzten, sobald Tommy den Schlüssel im Schloss umdrehte. Ihr nobles Prinzessinnengesicht sah aus wie ein Schrumpfkopf. Weil er die abstoßende Hässlichkeit Nataschas nicht mehr ertragen konnte, war Tommy impotent geworden, sodass er erst einmal wieder in Fahrt kommen musste und deswegen nächtelang in Kontaktbörsen und auf Pornoseiten unterwegs war. Um zu überprüfen, ob überhaupt noch was ging, wollte er es erst einmal mit mir versuchen.

„*Hey, bist noch da? Morgen bin ich eh in Graz am Bahnhof*", riss er mich aus meinen Gedanken.

„*Ja! Super! Dann sehen wir uns endlich.*"

„*Nein, nein. Ich muss anschließend gleich nach Hause zu den Hunden. Ich bring' nur die Natascha zum Zug.*"

„*Umso besser*", ließ ich nicht locker, „*dann könnten wir alle vorher noch was trinken gehen und ich lerne endlich deine Mitbewohnerin kennen. Wann fährt denn der Zug?*"

„*Ich muss jetzt mit dem Pauli raus!*" Ich hörte den Köter kläffen. Ein anderer Hund jaulte auf.

„*Hey, wann fährt sie denn morgen?*"

„*Ich glaub' nicht, dass ihr das recht ist*", gab er kleinlaut von sich.

Ha! Natascha also. Von wegen Mitbewohnerin. Natürlich war das seine Freundin, seine verzauberte süße Prinzessin und die Hunde ihre kleinen Goldengelchen, alle verwünscht und aus dem Paradies vertrieben. Aus irgendeinem Grund hatte sie eine böse Fee verhext und jetzt hatten sie für eine kleine Unachtsamkeit sieben Jahre an Hunger, Krankheit und Irrsinn zu darben. Ich war die letzte Versuchung vor ihrer Rehabilitation aus dem Fluch. Ich hatte die Schnauze voll. Es war offensichtlich, dass er keinen Bock hatte mich kennenzulernen. Ich schmollte und schrieb nicht mehr. Traurig bezeichnete er sich als „*Tommy, der ewige, glücklose Zerstörer.*"

Nach Wochen erst konnte er sich freimachen. Wir trafen uns in der Stadt. Es war heiß und wir trotteten auf den Schloßberg. Er sah aus, als wäre er gerade aus seinem Sarg gekrochen. Seine Haut war schlohweiß, der Körper aufgedunsen. Sonst war Tommy gar nicht übel. Er war tatsächlich groß und trug Baggy und Schildkappe. Die Brille stand ihm nicht schlecht und an seine Stimme konnte man sich gewöhnen. Er hatte unglaublich kleine, graublaue Augen, die mir sehr sympathisch waren. Ich spendierte ihm Getränke und Zigaretten. Um mich bei ihm einzuschleimen, kaufte ich ihm im Supermarkt Hundefutter und Sojamilch. Er wirkte desinteressiert und trotzte nach Hause. Viel hatten wir nicht zu besprechen. Dann verzog er sich, weil sein Telefon läutete. Aufgeregt kam er zurück.

„Stell dir vor, was passiert ist", in sein Gesicht war Farbe gestiegen. *„Der Michael Jackson ist tot. Der ist heute gestorben. Mehr weiß ich auch nicht. Hat mir gerade die Natascha erzählt."* Gähn! Ich wusste nicht, was mir mehr egal gewesen wäre. Tommy wurde richtig zappelig. Wieder läutete das Telefon. Ich hörte wie er die Worte Mord, Vergiftung und Überdosis wiederholte. Der arme Tommy geriet völlig aus dem Häuschen. Wahnsinn! Fast hätte er sich beim lieben Gott dafür bedankt, dass er so was erleben durfte. Eine Weltsensation ... Er verabschiedete sich ohne ein Wort für ein nächstes Wiedersehen. Sein Gesicht glühte in Gedanken an Michael Jackson.

Im Laufe des Sommers lud ich Tommy fünfzehn Mal ein, damit wir schwimmen oder etwas anderes unternehmen würden. Fast genauso oft sagte er zu, dann wieder ab. Eines Tages hatte ich mir extra ein Auto geliehen, um ihn in seiner Einöde zu besuchen. Er bekam fast eine Panikattacke und weigerte sich, die Adresse zu nennen. Falls ich es wider Erwarten dennoch finden sollte, dürfte ich auf keinen Fall das Haus betreten. Ich sagte, dass ich unseren Briefkontakt beenden wollte.

Er kam mich besuchen, erzählte mir, dass Natascha und er gar nicht im Dorf gemeldet wären und dass keiner wissen dürfte, wo sie sich aufhielten. Natascha hatte irgendwas ausgefressen und er versteckte sich wegen seiner Schulden vor der Polizei. Gönnerhaft stellte er mir in Aussicht, dass er vielleicht für ein paar Wochen bei mir einziehen würde, um unterzutauchen. Mit Natascha hatte er früher eine Beziehung. Er verriet mir, dass sie über einen geradezu unmenschlich hohen IQ-Quotienten verfügte und Mitglied bei Mensa war. Um diesem Hochbegabtenverein beitreten zu können, hatte sie einen geheimen Aufnahmetest absolviert. Dabei geriet er richtig ins Schwärmen. In Wirklichkeit war auch er ein Mensianer, aber weil er sich den IQ-Test nicht leisten konnte, kein offizielles Mitglied. Nataschas Wert lag bei fast hundertsechzig. Da fand ich mich mit meinen paar Pünktchen natürlich auf verlorenem Posten.

Wochenlang sah und hörte ich nichts mehr von Tommy. In der Vorweihnachtszeit rief er mich an. Er verkaufe Einkaufsgutscheine am Adventmarkt. Ich könnte ihn ja besuchen kommen. Sofort sagte ich zu. Es war Winter und diabolische Depressionen hatten mich heimgesucht. Hässlich und von giftigen Selbstmordgedanken zerfurcht, hungerte ich nach Zuneigung und einer rettenden Hand. Wir setzten uns ins Sacher in der Herrengasse und tranken Kaffee. Ständig musste Tommy aufs Klo oder rutschte ungeduldig auf seinem Sitz hin und her. Ich war die vielen Leute nicht gewohnt und zitterte vor Angst. Wenn ich mich fremden Blicken aussetzen musste, wurde mir meine kümmerliche Existenz noch grauenhafter bewusst. Ein Fremdkörper in einem Ameisenhaufen, ein undefinierbares Insekt im Bienenstock, das auf dem schnellsten Wege zu eliminieren war. Wie in einer dilettantischen Fotomontage klebte ich in einem bunten, lebhaften Treiben aus Menschen, die arbeiteten, Geld verdienten, auf die ihre Kinder und Haustiere sehnsüchtig daheim warteten und die ihr Gehirn zu nichts anderem benutzen, als sich mit aller Selbstverständlichkeit in dieses Getriebe zu fügen. Ich gehörte nicht dazu. Ich war das Puzzle-Stück, das in kein Gefüge passte. Für mich war nichts selbstverständlich. Ich lebte als ewige Schwarzweiß-Figur dahin, starr, ungelenk, plump, den Schädel in gepanzertem Glas einzementiert.

Wenn ich redete, war es zu leise. Niemand verstand,

was ich wollte, was ich überhaupt zu sagen hatte. Tatsächlich war es nichts, was ich alldem hinzuzufügen hatte. Ich konnte nur noch beipflichten. So ging es jeden Winter und immerzu fragte ich mich, woran ich eigentlich erkannte, dass ich noch lebte. Existentieller Irrsinn, zu Tode sinnierter Neuronenmüllhaufen, Metastasen bildendes Glibberhirn vor sich hin eiternder Synapsen. Bitte unter keinen Umständen zum Denken benützen! Heute Morgen hatte ich beschlossen nicht mehr zu leben, einfach tot zu sein, das Leben einer Toten zu führen, in beispielloser Gleichgültigkeit sozusagen, aber es half nichts. Das Leben ging – wie bei Jean-Paul Sartres Dramen[43] – auch nach dem Tod genauso qualvoll weiter. Immer weiter. Wenn ich mich durch die Straßen bewegte, musste ich aufpassen, den vielen Körpern, die pausenlos auf mich zukamen, auszuweichen. Immerzu stand ich jemandem im Weg: *„Unerhört! Ist ja eine Unverschämtheit. Jetzt hab' ich Sie schon das dritte Mal darum gebeten auf die Seite zu treten. Ja sind Sie denn taub, oder was?"*, konnte ich mir anhören, wenn ich im Supermarkt einkaufte. „Nein, ich bin tot und wir beide sind in der Hölle. Sie sind nur eine kleine Absurdität, die mir heute unterkommt und deswegen lache ich Sie aus." Stattdessen lief mir das Wasser in die Augen. Das unwiderrufliche Ende der Menschheit musste her. Ich konnte es kaum noch erwarten.

Tommy und ich quälten uns durch den Moment. Wir berührten uns nicht, kamen uns nicht näher, würden niemals das Herz des anderen spüren. Er würde aus meinem Leben verschwinden wie jeder andere auch. Wozu die ganze Anstrengung? Dennoch hoffte ich auf ein Wunder, auf einen Kuss, auf ein Angebot, auf eine heilende Hand, auf eine innige Umarmung. Abwechselnd

---

43 Vgl. „Huis clos/Geschlossene Gesellschaft" (1944) oder „Les jeux sont faits/Das Spiel ist aus" (1947).

schaute ich auf die Uhr, dann er auf sein Handy. Gleich wäre seine Pause vorüber und wir hätten es geschafft. Mit beiden Händen musste ich die Tasse halten. Ich war so angespannt, dass ich Tommy darum bat, wegzuschauen, wenn ich trank. Sozialphobie im Endstadium. Immer dieses Puppengeschirr. Diese filigranen, kaum zu bändigenden Tässchen, Wassergläser wie Fingerhüte, dann auch noch Milchschaum am Kaffee. Ich würde ihn irgendwie abschaufeln müssen. Der Löffel war so winzig, dass er mir beinahe aus der Hand flog, so sehr zitterte ich. Gleich würde der Kaffee wie aus einem Katapult in die Höhe schnellen und über meine Schultern in das Dekolleté der Kellnerin klatschen. Diese gottverdammten Miniaturtassen. Wenigstens war Tommy der gleiche Psychomat wie ich.

„*Es wird besser werden. Alles. Bestimmt wird es irgendwann besser.*" Ich war jetzt schweißnass.

„*Nein. Nicht irgendwann*", herrschte mich Tommy an. „*Du musst dir einreden, dass es dir jetzt gut geht, jetzt in diesem Moment. Nicht irgendwann. Jetzt! Sofort!*", schrie er mich regelrecht an. Ein klassischer Fall von „the blind leading the blind".

Ich schob ihm einen Geldschein rüber, damit er unsere Getränke bezahlen könnte. Auch dazu war ich unfähig.

„*Du könntest mich heute nach der Arbeit abholen. Natascha ist in Wien. Sie hat mir das Auto da gelassen. Wir fahren beide zu mir nach Hause! Was hältst du davon?*" Unfassbar, was ich da hörte. Ich brauchte nur zehn Monate zu warten und schon hatte man mich so ins Vertrauen geschlossen, dass ich auf einen Besuch eingeladen wurde. Sofort zählte er auf, was ich mitzubringen hätte: Brot, Kaffee, Hundefutter, Bier und Zigaretten. Um sieben am Abend holte ich ihn mit einem großen Rucksack ab und wir gingen Richtung Jakominiplatz, um den Bus zu seinem Auto zu nehmen. Es herrschte Eiseskälte, dazu Nebel und Glatteis. Tommys Freude mich zu sehen, hielt sich in Grenzen. Er wirkte abgekämpft und fahrig.

„*Hoffentlich springt das Auto an. Heute ist es wie durch ein Wunder angesprungen, aber in den vergangenen Tagen ist mir das nie gelungen*", flennte er los. „*Hoffentlich schaff' ich es, die Tür aufzubringen. Bestimmt ist sie wieder eingefroren. Wenn wir Glück haben, reicht der Sprudel bis nach Hause und wieder zurück.*"

Er war alles andere als Herr der Lage. Bevor wir in den Bus stiegen, musste er noch zweimal aufs Klo. Er verlangte nach Taschentuch, Kaugummi, Zigarette und Feuerzeug und verbiss sich in eine weitere Litanei: „*Hoffentlich kommt uns keiner kontrollieren im Bus. Die Strafe wär' mein Untergang. Das sag' ich dir. Hoffentlich, hoffentlich bemerkt uns keiner.*" Dazu kramte er verzweifelt in seinen Taschen nach Kleingeld. Jede verwinkelte Falte wurde durchfingert, sondiert, umgedreht. Was da zum Vorschein kam, glich einer Tragödie. Ein bisschen Kupfer und ein abgerissener Knopf. Ich spendierte uns beiden ein Ticket, obwohl ich selbst lieber schwarzgefahren wäre, aber das Gezeter war nicht auszuhalten. Es war schwer abzuschätzen, wer von uns beiden das größere Wrack darstellte. Plötzlich war er sich nicht mehr sicher, wo wir auszusteigen hätten. Dann fing er wieder mit dem Auto an: „*Hoffentlich steht das Auto noch da. Keine Ahnung, ob ich da parken darf. Hoffentlich sind die Schranken nicht zu in der Nacht. Wenn das Auto nicht anspringt, kann ich nicht einmal jemanden anrufen. Meine Wertkarte ist aufgebraucht. Der Akku vom Telefon ist auch schon ganz schwach.*"

Mir wurde schlagartig bewusst, dass ich zu wenig Alkohol eingepackt hatte. Nach dem Aussteigen schlug er gehetzt die verkehrte Richtung ein, kehrte wieder um und verschwand in eine dunkle Sackgasse. Ich stolperte ihm keuchend hinterher. Endlich standen wir davor. Tommy musste beinahe seinen ganzen Rucksack zerlegen, um den Schlüssel zu finden. Dann probierte er alle Türen durch, bis endlich eine davon aufging. Nach dem fünften Mal Starten meldete sich ein schwacher, rumpelnder Motor.

„Jetzt nur keine roten Ampeln, sonst säuft er ab. Wenn das nur gut geht."

Ich fragte mich, wie er etwas durch die angeschlagenen Scheiben erkennen konnte. Natürlich funktionierte die Heizung nicht. Im Schritttempo ruckelten wir durch die Nacht und ließen die letzten Häuser hinter uns. Gefühlte zwei Stunden fuhren wir durch die schwarzen Wälder der Provinz, Kurve um Kurve, bergauf und bergab. Ein drohendes Schicksal schien mich aufzusaugen.

„Hoffentlich haben sich die Hunde nicht zerrissen", ging es dann los. *„Wenn es nur nicht zu spät ist. So lange waren sie überhaupt noch nicht allein!"* Endlich schien er sein ultimatives Katastrophenthema gefunden zu haben.

„Wenn nur noch nichts passiert ist. Du musst dich ordentlich benehmen!"

Ich hatte nicht die geringste Ahnung, was ich mit seinen Tölen zu tun hatte.

„Ich hoffe, du kannst mit Hunden umgehen, sonst seh' ich schwarz. Also, zuerst wird dich der Pauli anspringen. Das ist normal. Du lässt ihn kurz, schließlich bist du hier fremd. Dann zeigst du ihm, wer die Oberhand hat. Mit dem Alfi jedoch, darfst du dich nicht zu lange aufhalten und auf keinen Fall ungestüm sein. Er beißt gerne, obwohl er es nicht so meint. Auf alle Fälle darfst du nicht zu dominant erscheinen oder gar als Eindringling bemerkt werden. Bei der kleinsten Irritation von außen fallen sich die beiden Hunde gegenseitig an. Wenn der andere zum Beispiel merken sollte, dass du ihn bevorzugst, könnte das für ihn bedeuten, dass er sich seines Ranges nicht mehr sicher ist. Alfi humpelt eh noch, weil er erst letzte Woche vom Pauli angefallen wurde."

Oh Gott! In welche Scheiße hatte ich mich da wieder hineinmanövriert? Ich teilte Tommy mit, dass mir seine Hunde scheißegal wären, und dass ich überhaupt nicht daran dachte, nach ihrer Pfeife zu tanzen.

„Ich hätte dich nicht mitnehmen sollen", gestand er mir jetzt, während ich nach draußen in die stockdunkle Nacht blickte und mir eingestehen musste, dass ich die Orientierung verloren hatte. Als wir ankamen, hörte ich schon von weitem die Hunde bellen und kläffen. Ich musste mich draußen verstecken, während Tommy ins Haus ging und die Meute zu beruhigen versuchte. Ich hatte eine kleine Katze zu vergraulen, damit sie nicht von den Hunden zermalmt würde. Dann kam er mit einem Riesenvieh an der Kette heraus. Pauli, schwarz, zottelig und mit blutunterlaufenen Augen rannte einige Male wie ein Stier in mich, kam dann aber zitternd zur Ruhe, weil er sein Geschäft zu verrichten hatte. Dabei heulte er wie ein Wolf zum Himmel. Tommy forderte mich auf, ihn zu streicheln. Sein Speichelfluss war so stark, dass meine Hände trieften. Dann zerrte ihn Tommy zurück ins Haus und trat mit Alfi, einem kleineren Mischlingsrüden, und einem grauen, altersschwachen Vieh vor die Türe. Sie knurrten unablässig, bohrten in jede Ritze meines Körpers und geiferten vor sich hin. Dann gingen wir mit den beiden Hunden hinein. Aus einem Zimmer jaulte der große schwarze Hund.

Die Bude war bitterkalt, glich einem Rohbau und war schwerstens renovierungsbedürftig. Ich musste mein Bier draußen trinken. Drinnen herrschte absolutes Rauchverbot, der Hunde wegen. Hie und da kam Tommy nach draußen und rauchte eine Zigarette mit mir. Dann sollte ich mich ins Schlafzimmer legen, während er sich bemühte ein Feuer zu machen, damit er warmes Wasser zum Duschen hatte. In einem Doppelbett lag bereits Pauli, groß wie ein Kalb, auf einem Nebensofa der altersschwache, namenlose Hund. Ich musste mich zu Pauli legen. Es war der einzige Platz in der alten Baracke, wenn ich nicht auf dem Fußboden erfrieren wollte. Mit dunkelroten Augen hechelte er mich an und breitete sich immer mehr aus. Die altersschwache Töle trottete heran und legte sich ebenfalls dazu. Die Laken im Bett waren übersät mit Hundehaaren und Flecken zweifelhaften Ursprungs, womöglich Sekreten, Körperflüssigkeiten, Eiter, eingetrocknetem Blut. Es sah aus, als hätten mindestens ein Dutzend Geburten darin stattgefunden. Da bemerkte ich, dass der Altersschwache seine Blase nicht mehr unter Kontrolle hatte und tropfenweise ins Bett urinierte. Sein Gehänge zuckte dabei krampfartig, als wenn ihm jeder Milliliter stechende Schmerzen bereitete. Kaum bewegte ich mich ein wenig, knurrte mich das schwarze Kalb an. Aus seinen Lefzen geiferte der Schleim.

Zaghaft verließ ich das Bett. Ich musste aufs Klo. Im dunklen Vorraum irrte ich herum, bis ich eine Tür und einen Lichtschalter gefunden hatte. Die Tür ließ sich nur mit größter Mühe öffnen, aber es war nur eine vergammelte Abstellkammer. Endlich wurde ich fündig. In der Toilette hingen tennisballgroße Spinnen vom Plafond. Ich zitterte am ganzen Körper. Tommy rief nach mir. In der Küche hatte er noch immer kein Feuer zu Stande gebracht.

„Ist nichts zum Heizen da", resignierte er.

Ich klapperte mit den Zähnen.

„Lass ja keine Türen offen!", drohte er mir.

Als ich wieder zurück ins Schlafzimmer ging, folgte mir der von Tommy zuvor versperrte Alfi. Ich hatte sein Zimmer nicht richtig verschlossen, als ich auf der Suche nach der Klotür war. Sofort ging Pauli auf ihn los, drängte ihn in eine Ecke des Zimmers und verbiss sich in seine

rechte Wade. Eine Lampe und andere Gegenstände fielen vom Schreibtisch. Scherben klirrten und Alfi jaulte und heulte wie ein geschlachtetes Schwein. Tommy fluchte bei der Tür herein und stieß den Größeren aus der Ecke. Pauli bellte mit ohrenbetäubendem Lärm. Dann versuchte er ,den blutenden Alfi einzufangen.
„Hab' ich dir nicht gesagt, dass du die beiden auseinander halten sollst? Schau dir das an. Ich kann es mir nicht leisten zum Tierarzt zu gehen." Endlich packte er den Hund und verfrachtete ihn zurück in sein Zimmer. Überall klebte jetzt Blut. Pauli rannte winselnd im Zickzack durch den Raum, während die alte Töle noch immer vor sich hindämmerte und die Matratze einspeichelte und vollpisste. Ich ging mit Tommy in sein Zimmer, das ich für die Abstellkammer gehalten hatte. Das andere gehörte Natascha.

In Tommys Zimmer war mittig eine große Pritsche positioniert, auf der allem Anschein nach schon mehrere Tiere verarztet worden waren. Ich hatte den Hund festzuhalten, während Tommy sanft auf ihn einredete und seine Wunde desinfizierte. Zusammen legten wir ihm einen Verband an. Es war alles sehr friedlich. Liebevoll instruierte mich Tommy, wie ich den Patienten zu behandeln hatte. Dann redete er Alfi in den Schlaf. Tommy hatte all diese verstörten Kreaturen aus dem Tierheim gerettet. In der Nacht versuchten wir miteinander zu schlafen. Völlig leidenschaftslos zogen wir uns aus, tasteten uns erwartungsvoll ab, versuchten uns zu küssen, zu schmusen, all das. Ich empfand nichts, nur Widerwillen und Beschämung. Immer verzweifelter versuchte ich ihm näher zu kommen, irgendetwas zu spüren. Daneben hechelten die Hunde. Irgendwann kam der erlösende Schlaf.

Am nächsten Morgen sahen wir uns nicht an. Wortlos fuhren wir zurück in die Stadt. Wir verabschiedeten uns, ohne einander in die Augen zu blicken. Zu Hause zog ich mich sofort nackt aus und stellte mich unter die Dusche, seifte meinen Körper ein, wusch meine Haare, putzte immer wieder meine Zähne. Auf meiner Wäsche, den Schuhen, der Tasche: überall lagen Hundehaare. Als Hund hätte ich Chancen bei ihm gehabt, dachte ich. Ich reinigte meine Sachen so gründlich, bis kein einziges Härchen mehr daran klebte, bis sich auch der leiseste Hundegeruch für immer verflüchtigt hatte.

Jiri

Den Rest des Winters verbrütete ich ohne nennenswerte Ereignisse. Silvester war wie immer schlimm, aber der einzige Tag, an dem ich mir nicht den Schädel wegblies. Viel zu groß mein Respekt vor dem Neujahrstag, der mich mit den Nachwehen zermürben würde. Demonstrativ ging ich vor Mitternacht zu Bett. Silvester, ein Dreckstag: Während andere in ein verheißungsvolles kommendes Jahr blickten, stand ich mit dem Hauspyjama am Fenster und zerbrach an der Vorstellung von einer Zukunft, die keine Änderungen vorsah. Apathisch schleppte ich meinen von Depressionen und Ängsten angeschwollen Kopf von Zimmer zu Zimmer. Ich tat nichts anderes, als Sekunde für Sekunde meiner Existenz auf die richtige Seite zu befördern, in die Vergangenheit, die mir nichts mehr anhaben konnte. Auch wenn nicht mehr viel ging, fühlte ich mich am Abend, als hätte ich eine Woche in einer Mine Kohlen geschaufelt. Wie konnte man diesen Zustand jemanden erklären? Den Umstand, dass fast jede Kleinigkeit misslang und noch größere Beklemmung vor der Zukunft hinterließ, diesen Zustand, dass man an jeder noch so winzigen Herausforderung zerbrach, dass einen Unvorhergesehenes aus der Bahn warf, die pathologische Gereiztheit, wenn man sich überfordert fühlte, der Umgang, der Austausch mit anderen, der einer Zerreißprobe glich, weil man nicht mehr tickte wie der Rest der Welt, das Unvermögen, sich an Alltäglichkeiten zu freuen, der einzige Trieb zu flüchten, vor den Menschen, vor der Welt, am allermeisten vor sich selbst und diesem bleiernen Gedankenkorsett, das einen bis zur Erstickung einschnürte, das Fleisch bis zur Starre lähmte, jede Bewegung, jede Aktion zur Tortur werden ließ. Nein, so was konnte nicht erklärt werden. Neigte sich der Tag dem Ende zu, atmete ich durch, weil ich wieder ein paar Stunden geschafft hatte. Allein der Schlaf versprach mir Befreiung. Der Januar würde sich wieder qualvoll in die Länge ziehen. Aber auch der Februar, März, April. Na ja.

Früher, als ich jung war, erzählten mir einige, dass sich Depressionen mit der Zeit legten, weil man lernt damit umzugehen oder weil sie einfach verschwinden. Großer Irrtum. Mit jedem Jahr wird einem qualvoller bewusst, dass sich keine langfristigen Verbesserungen mehr einstellen wollen und dass einen die zähen, eitrigen Gedanken mit hündischer Treue verfolgten. Kaum, dass ich noch jemanden kannte, der mir nicht zwanghaft Ratschläge unter die Nase rieb.

Im Februar ließ ich mir aus ästhetischen Gründen ein Muttermal entfernen. Die Biopsie ergab Hautkrebs. Die Absurdität dieser Diagnose gab mir den Rest. Wäre ich nicht so eingebildet gewesen, hätte mich womöglich eine Krankheit auf natürlichem Weg aus dem Leben geräumt, etwas, auf das ich Jahrzehnte hingearbeitet hatte.

Mir fiel nichts Besseres ein, als meinen Account wiederzubeleben. Alex meldete sich. Wir verabredeten uns zum Geocachen. Er hatte eine unmännliche, etwas unsympathische Stimme am Telefon. Wenigstens konnte er sich noch bewegen und gegen eine Wanderung hatte er nichts einzuwenden. Als wir uns trafen, war ich überrascht, dass er ganz nett war. Alex hatte die größten und blauesten Augen, die ich je gesehen hatte. Sein knochiges Gesicht bestand nur aus diesen unglaublichen blauen Kugeln, die ihm fast aus den Höhlen sprangen. Ich fühlte mich noch mehr beobachtet, wurde noch unsicherer. Natürlich trank ich wieder. Alex begutachtete mich irritiert. Von meiner Qualmerei begann er zu husten. Seine Begeisterung hielt sich in Grenzen. Trotzdem wollte er mich wiedersehen. Ich beschloss, unter keinen Umständen auf ihn zu warten.

Als der Sommer ins Land zog, stellte ich mit Befremden fest, dass ich mich nur unwesentlich besser fühlte. Ich fuhr wieder zum Baden und legte mich unter die pralle Sonne, eine Dose Bier mein ständiger Begleiter. Auch das Lesen konnte mich schwer ablenken. Ein paar Seiten aus einem Buch und mir brannten die Augen. Am Strand hatte sich ein Typ so vor meinem Handtuch positioniert, dass er genau zwischen meine Beine guckte, aber er dachte nicht im Traum daran mich anzusprechen. Seinem Blick nach zu urteilen, hatte er die Schnauze voll. Es gefiel mir, dass er nicht wie ein Trottel vor sich her grinste. Durch die Hitze des Tages hatte mein Alkoholkonsum für einen passablen Glimmer gesorgt. Mir war fad. Nichts passierte. Wenn man nicht alles selber machte!

„*Schnauze voll oder was?*", erkundigte ich mich.

„*Ja und wie!*", grinste er erleichtert. „*Ich hab' gerade sechzehn Stunden durchgearbeitet.*" Jiri zeigte sich begeistert, plauderte auf mich ein, als wäre der letzte Tag angebrochen und sorgte für Alkoholnachschub. Er erzählte mir, was bisher in seinem Leben passiert war: Angefangen von seiner Ex-Freundin, mit der er elf Jahre zusammengelebt hatte bis zu seinem stressigen Arbeitsleben als LKW-Fahrer, Weinbauer und Imker in Niederösterreich. Stolz berichtete er mir, dass er noch keinen Tag ohne Arbeit verbrachte hatte, weder Urlaub noch Krankenstand kannte. Immer aufgeweckter schwatzte er vor sich hin, alles frisch von der Leber. Dazwischen telefonierte er mit seiner Ex. Nach wie vor führten sie den Weinanbau und die Imkerei gemeinsam.

Wir schliefen in seinem LKW. Am nächsten Morgen brachte er mich zurück nach Graz und wir blieben in Kontakt.

Jiri und ich führten beinahe ein ganzes Jahr ein Verhältnis, während dem wir uns zwölf- bis fünfzehnmal trafen. Maximal. Eine Fernbeziehung, die auf den Grundpfeilern von Sex, Suff und purem Schwachsinn fußte. Jiri wusste mich mit seiner Bauernschläue nach Strich und Faden im Bett zu verwöhnen. Er liebte es, mich mit seiner falschen Bescheidenheit zu necken. *„Hörst, Schatzi. Ich kann nicht bucken. Das kann ich halt nicht. Ich bin so schlecht im Bucken. Du musst mir erst alles zeigen."* Seitdem ich auf Milnacipran war, hatte sich meine sexuelle Dysfunktion gebessert. Ich war heilfroh, dass ich wieder etwas empfinden konnte.

„Por fin tengo un amigo/Endlich habe ich einen Freund", zitierte ich Gabriel Celaya, „otro pequeño imbécil como yo, sonriente, que no lee los periódicos, que no está preocupado, que no tiene opinión formada sobre Europa./noch so ein kleiner Schwachsinniger wie ich, der vor sich her grinst, der keine Zeitungen liest, der nicht besorgt ist, der über keine fertige Meinung von Europa verfügt."

War's das jetzt? War das meine Zukunft? Unsere Sauftouren waren vom Feinsten, noch besser der Sex. Sonst war es nicht auszuhalten. Von der Idee, dass ich nach Wien zöge, hielt Jiri nicht das Geringste. Permanent erzählte er mir von seiner Arbeit, seinen Pflichten und den Problemen mit seiner Ex und seiner Mutter. Seiner Meinung nach schufteten sie zu wenig für den Betrieb. Wir sahen uns nur dann, wenn er auf seinen LKW-Touren einen Stopp in Graz einlegen musste. Sein einziger und zugleich allerbester Freund war der Lastwagen, sein liebster Aufenthaltsort die Autobahn. Jiri nannte seinen

Lastwagen liebevoll Cobi. Er wurde sauer, wenn ich im Fahrerhaus zu viel bröselte.

„Der lässt mich nie im Stich", erwähnte er zufrieden. Mehr als zehn Meter Entfernung von der Straße und seinem LKW und er wurde nervös. Er ließ ihn nicht einmal allein, wenn er aufs Klo musste. Stattdessen besprenkelte er die großen Reifen und erklärte mir dankbar: *„Weißt, damals im Krieg in Jugoslawien hat keiner auf die Wiese dürfen. Viel zu gefährlich. Alles komplett vermint. Seitdem brunz' ich nur mehr am Asphalt."* – *„Sicherheitshalber"*, vertiefte er seine Abhandlung. Klang logisch.

Wenn ich mitfuhr, stieg ich aus der Beifahrerseite und hocke mich auf den Rand des Gehsteigs. Alles besser als die durch und durch verpilzten, bakteriösen und zugemüllten Autobahntoiletten, die Scheißhäuser der Hölle, wie wir sie nannten. Den Tampon musste ich, anlässlich einer LKW-Tour, aus dem Fenster werfen. *„Hörst, scheiß dich nicht an"*, fällte Jiri sein pragmatisches Urteil. *„Den holt sowieso der Fuchs in der Nacht. Der freut sich drüber."* Ich stellte mir vor, wie Meister Reineke nach der Jagd mit dem durchtränkten Tampon im Maul in den Fuchsbau zurückkehrte, um sich mit seiner Fähe und den Welpen einen wohligen Bluttee aufzubrühen. *„Ich hab' noch zwei Abladestellen und einen Auflieger für die Lobau. Ich hab' keine Zeit. Mach weiter"*, ließ er mich in einem fort wissen. Das zweite Grundgesetz der Arbeit manifestierte seine pathologische Dimension. Alles wurde im Lastwagen erledigt. *„In zehn Jahren hab' ich vielleicht Zeit für etwas anderes"*, so Jiri.

Er arbeitete achtzig Stunden in der Woche, weil er mit fünfundvierzig in Pension gehen wollte, was so viel hieß, dass er dann seine Arbeit auf die Hälfte zu reduzieren beabsichtigte. Jiri ernährte sich von Süßigkeiten, Kaffee und Soletti mit Ketchup. Für was anderes blieb keine Zeit. In die leeren Plastikbecher der Kaffeeautomaten schenkte er sich Weißwein aus der Doppelliterflasche nach.

„Wenn nicht zum Arzt gehst, bist auch nicht krank", erklärte er meinen Zustand. Dass ich keiner Erwerbstätigkeit nachging, machte ihn halb wahnsinnig.

Im Herbst wurde ich zur Weinernte eingeteilt, wo ich seiner Ex begegnete, die wegen ihm zum Psychologen ging. Gittis Nervenkostüm war über die Jahre so porös geworden, dass jeder noch so harmlose Dialog, den sie mit Jiri führte, in einer ohrenbetäubenden Zankerei endete. Sie beschenkte mich, weil sie froh war, dass sich jemand um ihn kümmerte. *„Mein Beileid"*, versicherte sie mir ihr Mitgefühl. *„Bin ich froh, wenn ich wieder in Wien bin."*

Während der Weinlese schlief Jiri mit seiner Ex im Doppelbett. Ich durfte die Nächte in der Küche auf dem Sofa verbringen. Im Winter half ich bei den Holzarbeiten. Seine Bude war saukalt. Er weigerte sich, mit Gas zu heizen, da es zu viel kostete. Ständig ging es ums Geld. Gitti hatte sich ein neues Auto gekauft und wollte zwei Wochen nach Mallorca fliegen. Jiri fand das unglaublich. Alles konzentrierte sich auf Gittis Privatleben, in das er sich ständig einmischte. Ich wusste bereits, welche Unterwäsche sie trug, welches Deodorant sie benutzte und kannte alle Details aus Gittis Freundeskreis.

„Jiri. das interessiert mich nicht", probierte ich jeden Monolog zu unterbrechen. Aussichtslos. *„Jiri. Ich weiß nicht, was mir mehr wurst wäre"*, versuchte ich es mit Bismarck. Jiri wusste natürlich nicht, wer Bismarck gewesen war. Wie auch? Bis jetzt hatte er nichts anderes getan als gearbeitet. Angeblich war er mit Gitti einmal im Kino gewesen.

„Hörst? Was soll ich im Kino? Da verdient man nichts. Kostbare Zeit geht drauf. Das ist alles. Und Zeit ist Geld. Verstehst?"

Er leistete sich auch keine Klamotten oder Schuhe. Alles investierte er in seine Zukunftspläne. *„Weißt was das*

Geld kostet? Du hast ja keine Ahnung. Und von nichts kommt nichts", klärte er mich unablässig auf. Bevor er das Haus verließ, stellte er alle Elektrogeräte ab und zog die Stecker. Den Kühlschrank verwendete er gar nicht. Viel zu teuer.

Als wir nach einem langen Arbeitstag am Feld in der Pizzeria saßen, schrie er mich plötzlich an, dass ich alles seiner Ex zu verdanken hätte, dass ich nun so schöne Weinbeeren pflücken durfte den ganzen Tag. Er hatte schon einige Spritzer intus. Trotzdem dachte er gar nicht, mit der Sauferei aufzuhören. Ich fuhr mit dem Pfarrer heim, dem ich vor der Kirche auflauerte. Unterwegs überholten wir ihn. Hoffentlich würde er sich auf seinem Traktor überschlagen, der arme Irre, dachte ich. Schon wieder so ein verrücktes Arschloch. Wenn er nichts zu tun hatte, gebärdete er sich wie ein hyperaktives trotziges Kind.

„Hörst, ich hab' so viel Arbeit zu Hause! Die Bienen gehören versorgt, Honig geschleudert, Rahmen gebaut. Der Wein muss g'spritzt werden. Am Montag muss ich um halb zwei in der Früh nach Tschechien fahren. Der Traktor gehört repariert. Die Gitti tut auch nichts mehr. Versprochen hat sie mir, dass sie die Ersatzteile besorgt und jetzt ist sie einfach im Urlaub, dieses Luder. Hörst, die Gitti is' nur mehr unterwegs. Die schert sich gar nicht mehr um den Betrieb. Alles muss ich allein machen!"

Ich sackte zusammen. Schon wieder so eine Drecksbeziehung.

„Das geht mich alles nichts an. Verstehst? Nicht das Geringste! Mich interessiert das nicht." Aussichtslos. Jiri redete sich um den Verstand: *„Hörst, die Mutter tut auch nichts. Was hat sie schon für mich gemacht? Nichts. Aber haben will sie andauernd etwas von mir. Hörst, ich hab' noch immer nicht das Weihnachtsgeld bekommen. Vom Urlaubsgeld gar nicht erst zu reden. Und was tust du den ganzen Tag? Auch nichts! Die Herum-*

schreiberei. Hörst, vergiss das. Das ist nichts wert. Ohne Geld rühre ich keinen Finger."

Im LKW war das besonders anstrengend. Keine Möglichkeit zu entkommen. Ich hasste den Scheiß-LKW. Für ihn war er sein Ein und Alles. Wenn wir im LKW Sex hatten, erzählte er mir mit einem fetten Grinsen, dass er auch dafür Geld verdiente. Immer öfter musste ich mir die Ohren zuhalten. Stundenlanges Fahren mit dieser Scheiße in den Ohren. *„Das interessiert mich nicht, Jiri. Kapierst? Einen verdammten Dreck interessiert mich das alles. Entweder du kapierst das jetzt oder nicht!"* Er hörte einfach nicht auf.

Bei ihm zu Hause kochte ich. Er fand das überflüssig. Eine Dose Fisch und ein paar Semmeln täten es auch, war er der Auffassung. Kochen hielt er für zu teuer. Außerdem hatte er ja keinen funktionierenden Kühlschrank. Ich buk Brownies, amerikanische Weihnachts-Kekse, denen ich reichlich Zaubergras beifügte. Nach einer Stunde wurde er endlich ruhig und wir sprachen erstmals leise über Dinge, die nichts mit Arbeit zu tun hatten. Danach gab er noch mehr Gas.

Er rief mich an, wenn er irgendwo einen Job für mich entdeckt hatte: als Kassiererin im Drogeriemarkt, in der Fleischabteilung eines Lebensmittelgeschäftes, als Lagerarbeiterin im Möbelhaus, als Verkäuferin am Würstelstand. Wie ein Besessener begann er, Geschäftsideen für mich auszuarbeiten. Dass ich endlich meine selbstgemalten Bilder verkaufen sollte, dass ich mehr schreiben müsste, um die Bücher zu vermarkten.

Als ich wieder zu arbeiten begann, fing er an mich darüber auszufragen, ob ich mich wohl ordentlich benähme, fleißig Überstunden leistete und bei den Chefs buckelte. Längst hatte ich geschnallt, dass er niemals von seiner Ex loskommen würde. Er liebte sie auf eine absolutistische und vereinnahmende Weise. Ich konnte Jiri nicht das Mindeste erzählen. Zuhören zählte nicht zu seinen Stärken. Es gab keinen Austausch. Er bohrte sich an einer Sache fest und konnte sich stundenlang an etwas verbeißen. *„Warum willst denn nicht im LKW schlafen. Geh, fahren wir heut' nicht nach Haus'. Schlafen wir im LKW. Hörst, warum willst denn nicht?"* Je vehementer man dementierte umso sekkanter seine Wiederholungen. Gemeinsame Unternehmungen – Fehlanzeige. Er schaffte es keine drei Minuten dazusitzen, ohne an seine Arbeit und an sein Geld zu denken. *„Ich hab' keine Zeit für so einen Blödsinn. Ich hab' überhaupt keine Zeit. Hörst, scheiß dich nicht an. Scheiß dich jetzt nicht an!"*

Auf der Fahrt nach Deutschland hätte ich am liebsten die Beifahrertür aufgerissen, um mich in den Asphalt zu stürzen. Jiri fuhr die Strecke ohne Pause durch. In der Fahrerkabine quatschte er mir den Helm voll. Gitti, Arbeit, seine Einsamkeit. Aus dem Radio trällerten die Schlager der Volksmusikstars.

Auf der Rückfahrt nach Wien setzte ich mir fette Kopfhörer auf. Dennoch verfolgte mich seine gleichbleibende Litanei, sein endloses Mantra, sein repetierender Schwall der Larmoyanz.

Blaoo im Staoo

Staoo in Stadlaoo
Staoo imma nur Staoo
Heast, do faaalhts
Heast, da Fetzenschedl do
Staoo in der Krieaoo

Heast i muass in de Lobaoo
Heast i muass um siebane driebn sein

I hob ka Zeit, heast
Heast, tua weida
I muass um viere wecka foan

Die Gitti kummt a nimma
I muass olls allan mochn
Die Gitti legt imma glei aoof
Heast, die Gitti wohnt jez in
Brigittenaoo, de kummt nimma

I muass no die Kibln woschn
Für murgn und da Traktor is a hi
Heast, wonn solli des ois mochn?
Du tuast a nix den gonzn Tog
I muass jez grupan und fräsn foan

I bin den gonzn Tog allan
Heast, de Muada is a so tepat
Nur die Mutti-Tant und die Gitti hob i ghobt
Heast, wonnst de Gitti net gebn hätt
Kenntast du ka anzige Weibea o'schneidn

Staoo sogoa bei da Karlaoo
Heast, i scheiß glei auf ois
Imma nua Stress und Oabeit
Imma bin i nua allaan
Heast Handi holtn geht jez net
I hob ka Zeit für so an Bleedsinn

Immer nur allan, so allan
Den gonzn Tog
Nur i und mei Kakooou

So, jez bin i blaoo!

Zu Hause dröhnte ich mich mit meiner Musik zu. Gitti war wieder öfters bei Jiri daheim. Alles gut, also. Die beiden würden für den Rest ihrer Tage nicht voneinander loskommen. Ich löschte mich aus dem Internet. Diesmal für immer. Ich lehnte mich in meinem Schreibtischsessel zurück und überlegte, wie ich am besten Schluss mit dem Alkohol machen könnte. Über Jahrzehnte hatte mir mein Bewältigungshelfer mehr und minder gute Dienste erwiesen. In letzter Zeit überwogen die Nachteile: die Gier, das Morgengrauen, die Sucht. Wenn ich schon wegen der Depressionen auf der Straße landete, dann wenigstens nicht als delirante, demente Säuferin. Vielleicht sollte ich mich außerdem von diesem bürgerlich-romantischem Mythos des Idealpartners verabschieden. Die Haare mussten passen, keine Frage.

Noch einmal zog ich mir „What a day for a daydream" rein, zuerst von Lovin' Spoonfull, dann von Sweet.

Der Nachbar

Der Schriftsteller Anton Christian Glatz brachte mir im Frühjahr 2012 sein Buch „Am Ende aller Wege" zum Testlesen. Ich hatte eine Vollzeit-Stelle im Sekretariat eines IT-Unternehmens bekommen, naturgemäß einen Job, den sonst keiner verrichten wollte. Sämtliche Vorgänger hatten nach kurzer Zeit das Handtuch geworfen. Am Abend konnte ich nicht mehr einschlafen. Ich trank, sobald ich das Büro verließ. Das Buch brachte mich auf andere Gedanken. Transrealismus. Ein total verrücktes Wohnhaus. Skurrile Menschen.

Die Protagonistin Laura zieht ein, da sie eine günstige Unterkunft für ihren neuen Job als Lektorin benötigt. Sie trifft auf ihren neuen Nachbar Pepito, einen Gestaltwandler, und die beiden verlieben sich. Sie treffen sich mal bei ihm, mal bei ihr und finden trotz kurioser Umstände zueinander. Ich saß wieder einmal an meinem Küchentisch und brütete vor mich hin. Wie ich all die neuen Aufgaben in der Arbeit bewerkstelligen sollte, blieb mir ein Rätsel, wenn ich schon vor Angst erstarrte, sobald das Telefon klingelte. Lange würde das nicht gutgehen. Ein paar Wochen und dann würde ich ausgebrannt umknicken. Einschlafen funktionierte nur mehr mit Tabletten und reichlich Alkohol.

Alles leise, nur die Geräusche des Hauses. Kurz nach 17:00 Uhr. Drei Stock tiefer wurde gerade die Haustür aufgestoßen. Aus dem Stiegenhaus waren Schritte zu vernehmen, zuerst ganz leise, dann immer lauter. Ich zögerte. Dann riss ich meine Wohnungstür auf. Mein Nachbar kam mir entgegen. Ich schaute ihn mir das erste Mal richtig an. Er guckte zurück. Wir grüßten uns flüchtig, so wie immer. Ich blieb zwischen Tür und Angel stehen: *„Wie lange lebst du schon hier?"*, fragte ich ihn einfach.

„Seit April letzten Jahres", kam es zurück.

„Gefällt dir deine Wohnung?"

„Ja, alles okay. Ich hab' es mansardig, wegen der paar Stufen, die zwischen unseren Eingängen liegen."

„Bist aber kein Hiesiger, oder?"

„Nein, Oberösterreich, an der Grenze zu Salzburg." Er betrachtete mich jetzt auch genauer. Schweigen.

„Hey, kannst gerne einmal meine Wohnung anschauen kommen, falls es dich interessiert."

„Ja, gerne. Du meine auch", antwortete ich schnell, *„Hey, und kannst du watten?"*

„Sicher kann ich watten,"

„Okay. Dann läut an, wenn du Zeit hast."

Am Abend darauf klingelte es an meiner Tür. Wir hörten gemeinsam Pink Floyd:

> Strangers passing in the street
> By chance two separate glances meet
> And I am you and what I see is me
> And do I take you by the hand
> And lead you through the land
> And help me understand
> The best I can[44]

---

44 Aus „Echoes", Finale von „Meddle" 1971.

Nachwort und Ausblick

Eigentlich wäre es Verschwendung auch nur irgendetwas zu bereuen. Was hätte ich besser machen können? Womöglich gab es das eine oder andere und wenn ich einem dieser Menschen wieder begegnen sollte, was würde ich sagen? „Hey, danke! Schön, dass wir ein paar Augenblicke gemeinsam verbringen konnten." You can't repeat the past. Dinge geschehen. Dinge passieren. Life's a journey, not a destination, aber von wem ist das schon wieder? Ich möchte aufhören zu suchen, irgendeinem Ziel hinterherzuhetzen. Das Leben hält bereit. Natürlich, wenn mir jetzt auch noch jemand die Postmoderne oder Schrödingers Katze erklären könnte, wäre ich restlos zufrieden. Ich möchte nüchtern bleiben, sonst nichts.

>
> Después que uno vive veinte desengaños
> que importa uno más.
> Después que conozcas, la acción de la vida
> no debes llorar.
>
> Hay que darse cuenta que todo es mentira
> que nada es verdad.
> Hay que vivir el momento feliz
> hay que gozar lo que puedas gozar
> porque sacando la cuenta en total
> la vida es un sueño y todo se va …

Nachdem man zwanzig Enttäuschungen erlebt hat, macht eine weitere nichts mehr aus.

Nachdem man den Lauf des Lebens kennt,
braucht man nicht mehr weinen.

Man muss feststellen, dass alles Lüge ist,
dass nichts wahr ist.
Man muss den glücklichen Moment leben,
man muss genießen, was man genießen kann,
denn wenn man die Rechnung macht,
ist das Leben ein Traum und alles geht vorbei ...

(Arsenio Rodríguez: „La Vida es un Sueño/Das Leben ist ein Traum" 1947.)